NORDFINSTERNIS

Ricarda Oertel wurde in Kappeln an der Schlei geboren und zog von hier an viele Orte der Welt, bis nach Monterey in Kalifornien. Sie ist examinierte Germanistin, Theologin sowie Erziehungswissenschaftlerin. Mehrere Jahre arbeitete sie heilpädagogisch mit Jugendlichen. Ihre Kurzgeschichten wurden für verschiedene Literaturpreise nominiert und ausgezeichnet. Heute lebt die Autorin mit ihrer Familie und Katze nahe der Stör in Schleswig-Holstein, wo sie neben dem Schreiben auch als freie Lektorin tätig ist.

Dieses Buch ist ein Roman. Handlungen und Personen sind frei erfunden. Ähnlichkeiten mit lebenden oder toten Personen sind nicht gewollt und rein zufällig. Der Abdruck der Zitate von Astrid Lindgren erfolgt mit freundlicher Genehmigung der Astrid Lindgren Company sowie des Verlages Friedrich Oetinger. Sie sind folgender Bilderbuch-Ausgabe entnommen: Astrid Lindgren: Sonnenau. Übersetzt von Anna-Liese Kornitzky. Verlag Friedrich Oetinger GmbH, Hamburg 2003.

RICARDA OERTEL

NORDFINSTERNIS

Küsten Krimi

emons:

Lust auf mehr? Laden Sie sich die »LChoice«-App runter, scannen Sie den QR-Code und bestellen Sie weitere Bücher direkt in Ihrer Buchhandlung.

Bibliografische Information der Deutschen Nationalbibliothek
Die Deutsche Nationalbibliothek verzeichnet diese Publikation in der Deutschen Nationalbibliografie; detaillierte bibliografische Daten sind im Internet über http://dnb.d-nb.de abrufbar.

MIX
Papier aus verantwortungsvollen Quellen
FSC® C083411

Umschlagmotiv: iStockphoto.com/THEPALMER
Umschlaggestaltung: Nina Schäfer, nach einem Konzept von Leonardo Magrelli und Nina Schäfer
Umsetzung: Tobias Doetsch
Gestaltung Innenteil: César Satz & Grafik GmbH, Köln
Lektorat: Christine Derrer
Druck und Bindung: CPI – Clausen & Bosse, Leck
Printed in Germany 2019
ISBN 978-3-7408-0579-1
Küsten Krimi
Originalausgabe

Dieses Werk wurde vermittelt durch die Literarische Agentur Thomas Schlück GmbH, 30161 Hannover.

Für Holger, Merit und Julie, in Liebe.
Für meine Mutter – die beste.

Und für dich, Papa. Du starbst viel zu früh, in deinen Stiefeln. Seitdem fehlst du. Doch es vergeht kein Tag, an dem ich nicht dein Lächeln fühle.

Prolog

Die Ritze unter der Tür, da kommt kein Licht mehr durch. Alles dunkel. Schrecklich still.

Nein. Etwas rasselt. Ihr Atem, durch den klitzekleinen Schlitz ihrer Luftröhre. Manchmal schnappt sie wie ein Krokodil. Die Zähne hauen aufeinander, das tut weh. Der Bauch ist hart, ihre Finger krallen sich hinein.

Die Augen drücken, sie kriegt sie kaum auf, als hätte sie lange geheult.

Schlafen die anderen?

Ich möchte gucken. So gern gucken. Es geht nicht. Wenn nur die Bauchkrämpfe nicht wären. Sie muss aufs Klo, dringend. Hier ist keins. Das weiß sie schon. Es gibt die dünne Decke und diese Matratze, ein leeres Regal an der Wand. Das hat sie gesehen, bevor es dunkel wurde. Sie drückt ihr Stofftier an die Schläfe.

Mama. Sie hätte das nicht machen dürfen, das ist die Strafe. Mama wird böse sein. Sie ist selbst schuld, dass sie keine Luft mehr kriegt.

Ihre Kehle brennt, der Mund ist taub. Die Zunge ein Klumpen, wie nasser Sand, und Spucke läuft am Kinn runter. Wenn sie in ihr Gesicht fasst, spürt sie, dass die Wangen heiß sind, dick und weich. Aber sie kann ihre Finger nicht fühlen. Finger wie Würste.

Sie schmatzt. Hat in die Ecke gespuckt, das war eklig. Es riecht sauer. Dabei hatte sie sich so über die Schokolade gefreut. Sie hat lange keine mehr gegessen. Er ist immer lieb zu ihr. Ob er schon schläft?

Ihr Herz rast, es pumpt unter ihrer Hand. Sie hat sie auf die Brust gelegt, die sich hebt und senkt. Hebt und senkt. Schnell. Ein Pfeifen. Sie kann nicht rufen. Nur ein Krächzen kommt aus ihrem Rachen. Es hört sich an wie die Schreie der Möwen.

Sie schließt die Augen. Wäre sie nur am Meer, bei Mama.

1

Durch das offene Fenster stiehlt sich die Abendsonne, taucht die Wände in ein leuchtendes Orange. Der Herbstwind trägt den Geruch der Schlei ins Schlafzimmer. Miriam atmet tief ein. Die Nähe des Flusses, der sich vor ihrem Grundstück zum Horizont hin erstreckt, war einer der Gründe, weshalb sie und Arne sich vor ein paar Jahren für dieses Haus in Kappeln entschieden hatten. Miriam liebt das Wasser und die Weite, die Reflexion des Himmels in den Wellen der Schlei.

Sie wirft einen prüfenden Blick in den Kommodenspiegel. Ihre Augen glimmen, Spiegelbild-Augen in Grün, umrahmt von getuschten Wimpern und Kajal. Ungewohnt. Es ist selten geworden, dass sie sich schminkt.

»Bist du bereit?« Arne steht in der Tür, die Grillschürze um die Hüften gebunden.

Miriam strafft die Schultern. Ihr Magen rumort, sie weiß nicht, ob es Hunger ist. Die Vorstellung, dass Hannah und Jörg gleich zu Besuch kommen, erreicht sie wie eine Flaschenpost. Von unten zieht der Geruch von geröstetem Brot herauf.

»Ich schon«, sagt sie. »Fragt sich, ob die Kleine bereit ist, mir freizugeben.«

»Sie schläft, wie es nur ein Baby kann.«

»Wie hast du das geschafft?« Miriam geht auf Arne zu, küsst ihn. Ein Hauch aus Lippen verfehlt knapp ihren Mund.

»Zauberei!« Er singt fast.

Die schlechte Laune, mit der er vorhin aus der Kanzlei kam, ist verflogen. Sein Ärger im Büro hat offenbar der Vorfreude auf das Wochenende und den Besuch Platz gemacht. Obwohl sie Jörg, Hannahs neuen Liebsten, bislang noch nicht kennen.

Arne dreht sich um, bahnt sich vor ihr den Weg treppab, durchs Wohnzimmer in den Garten. Die Schürzenschleife im Rücken wippt mit jedem seiner Schritte. Der laue Oktoberabend erlaubt es ihnen, heute wie erhofft zu grillen, und Miriam hat den Tisch auf der Terrasse schon vorhin gedeckt. Für Arne geht nichts über Essen im Freien.

Im Vorübergehen prüft Miriam die Räume. Alles aufgeräumt. Er hat sogar die Spucktücher vom Sofa genommen. Das Babyfon steht auf dem Regal. Sie nimmt es in die Hand. Beim Kauf hat sie darauf geachtet, dass es mit einem Gürtelclip ausgestattet ist. Es blinkt nicht, Pia scheint zu schlafen. Nur ein kleines grünes Licht. Kein Knacken, kein Rauschen. Ruhe. Oder hat Arne vergessen, den Sender einzuschalten? Miriam hält das Gerät an ihr Ohr. Nichts. Sie atmet schneller. Um ihre Mundwinkel kribbelt es. So kündigt es sich immer an. Alles, nur das nicht ... *Reiß dich zusammen!*

Sie tritt zu Arne auf die Terrasse. »Ich geh noch mal rauf zu ihr. Ich trau diesem Gerät nicht. Mach doch schon einen Sekt auf. Hannah wartet nicht gern!« Sie versucht zu lachen, es gelingt ihr, leise – Arne dagegen nicht.

Er hebt die Augen zum Herbsthimmel, als flögen schwärmende Vögel durch seinen Blick, fedrige Schatten. »Sei doch nicht immer so ein Kontrollfreak, Mirja. Du wirst noch wie deine Mutter.«

Seine Worte schießen scharf durch Miriams Magen. Wie kann er sie mit ihrer Mutter vergleichen? Der kühlen, unnahbaren Jutta, die über alles urteilt, was ihre Tochter tut. In Miriams Ohren rauscht es. Ein Gemisch aus Zorn und Angst kriecht ihr die Kehle hoch, das sie mühsam hinunterschluckt. Nicht jetzt, nicht kurz vor dem Besuch.

»Ich bin gleich wieder da«, presst sie hervor.

Arne schaut sie nicht an. Scharrt mit der Grillzange in den Kohlen, die knisternd aufglühen. Der Rauch schwebt vor sein Gesicht, verwebt sich mit den ersten Silberfäden seiner Haare.

Miriam wendet sich ab. Steigt die Treppe hinauf, das Babyfon mit der einen Hand umklammernd, und findet sich vor der weiß lackierten Tür im Obergeschoss wieder. Sie wollte immer weiße Türen, Holztüren mit Kassetten und matt silbriger Klinke. Sie fühlt sich kühl an, Miriam drückt sie hinunter, der Türspalt weitet sich, und plötzlich kann sie wieder frei atmen.

Babypuderduft. Es ist der Geruch von Pia, der ihr die Lunge öffnet.

Die Kleine liegt auf der Seite – die rechte Hand halb verdeckt von dem Bund ihres Schlafanzugs, zu einem Fäustchen neben dem Gesicht geballt. Auf der Seite ist richtig, niemals auf dem Bauch. Miriam legt behutsam ihre Finger auf den warmen Babyrücken, dann auf die Brust. Vorsichtig krempelt sie das Armbündchen des Stramplers über Pias Hand zurück. Richtet sich auf. Prüft, ob Arne den Sender des Babyfons eingestellt hat. Lässt das Zimmer auf sich wirken, das freundliche, helle mit der Schräge. Als sie das Haus in Kopperby, diesem verwunschenen Ortsteil von Kappeln, entdeckten und durch die leeren Räume gingen, wusste Miriam gleich, dass dies eines Tages der Raum für ihr Kind werden sollte. Dass bis dahin noch Jahre vergehen würden, ahnte sie nicht.

Ein Windstoß weht durch die pastellfarbenen Vorhänge, das Mobile schwingt. Miriam schließt das Fenster, das den Blick auf die blauen Wellen der Schlei freigibt.

An der Wand hinter dem Wickeltisch schimmert die Streifentapete in Zartlila und Weiß, vom Hängeregal schaut der Hase mit den rosa karierten Schlappohren. Die Windeln und Tücher liegen akkurat gestapelt daneben. An den Knauf des weißen Schränkchens für die Strampler, Hemdchen und Bodys hat sie auf einen winzigen Bügel ein Kleid gehängt, das Pia noch lange nicht tragen kann, vielleicht im nächsten Jahr.

Immer wieder kann Miriam hier stehen und den Raum betrachten. Alles ist perfekt geworden. Als sie kurz nach ihrem sechsunddreißigsten Geburtstag schwanger wurde, hatte sie es genossen, die Babymärkte zu durchstöbern nach dem schönsten Kinderwagen, den niedlichsten Stofftieren, den dekorativsten Möbeln. Sie hatte Ratgeber verschlungen, Fläschchen, Lätzchen, Schnuller und Kinderbücher gekauft und die Schätze wieder und wieder in die Hand genommen, während die andere auf ihrem gewölbten, strammen Bauch ruhte. Sie war vorbereitet und hatte Pia ein wunderbares Nest geschaffen bis zum Tag der Geburt. Auf alles, was danach kam, war Miriam nicht vorbereitet.

Das Klingeln schreckt sie aus ihren Gedanken. Sie schaut rasch zu Pia, die sich nicht rührt. Leise schleicht Miriam hinaus, schließt die Tür. Von unten hört sie das Hallo, Hannahs vertraute, tiefe Stimme. Und sie lacht, natürlich lacht Hannah, eine Woge von Munterkeit schwappt in den Flur, und Arne lacht mit. Miriam muss lächeln. Sie klemmt sich den Empfänger des Babyfons an den Gürtel, schüttelt sich noch einmal durchs Haar. Für ein paar Stunden trägt sie es wieder offen.

Sie steigt die Stufen hinab, hält sich am Geländer fest – wie immer, ihre seltsame Marotte, diese klammleise Verunsicherung, die sie auf Treppen spürt. Nie kann sie leichtfüßig hinabspringen wie Arne. Vielleicht wirkt es würdevoll, zumindest sehen ihr drei Augenpaare von unten wohlwollend entgegen. Hannah öffnet schon die Arme und steuert auf sie zu.

»Miriam, du siehst toll aus! Dein Haar ist lang geworden.«

»Keine Zeit für den Friseur.« Sie drückt Hannah an sich, ihr Rücken fühlt sich fest an. Der Duft des vertrauten Parfüms kitzelt ihre Nase.

»Lass es so. Trag sie offen, es steht dir gut!«, flüstert Hannah. Ein grünes Kleid schmiegt sich um ihren Körper, mit Blumenornamenten und einem Ausschnitt, der ihr gebräuntes Dekolleté großzügig freilegt. Ihre Augen leuchten, um den Mund zeigt sich ein weicher Zug, den Miriam lange nicht an ihr gesehen hat. Eine glückliche Frau.

Miriam tritt an Jörg heran und reicht ihm die Hand, für eine Umarmung kennt sie ihn noch zu wenig. Er schickt ihr einen unverhohlen neugierigen Blick, in den sich noch etwas anderes mischt, das sie so rasch nicht deuten kann.

»Freut mich sehr, dass wir uns kennenlernen«, sagt sie und lächelt.

Jörg drückt ihre Hand fast zu fest. »Ich mich auch. Ich muss mich doch endlich mit eigenen Augen davon überzeugen, was Hannah für eine tolle Freundin hat. Sie erwähnt dich in jedem zweiten Satz.«

Hannah nickt zustimmend und lacht, ihr langes Haar wippt bestätigend mit.

»Wirklich?« Miriam schmunzelt. »Na ja, dafür spricht sie mit mir fast nur über dich.«

Jörg zuckt gespielt entschuldigend mit den Schultern und sieht Hannah verschwörerisch an. »Das höre ich gern, Süße.« Er gibt ihr einen Kuss.

»Nun aber ab mit euch in den Garten«, befiehlt Arne, die perfekte Harmonie der zwei frisch Verliebten scheint ihn anzustrengen. »Der Grill hat schon ordentlich Saft!«

»Wie kann es sein, dass der Grill Saft hat, und ich steh hier mit leeren Händen, Arne?« Hannah blinzelt ihn spitzbübisch an.

»Ich hab's dir gesagt – Hannah wartet nicht gern.« Miriam lacht.

Arne reibt sich die Hände und wendet sich in die Küche. »Sekt kommt sofort. Zusammen mit der Vorspeise.«

»Jörg, geh doch mal mit. Helfen.« Hannah deutet zur Küchentür. Eher zögerlich folgt Jörg ihrer Aufforderung und verschwindet mit Arne.

Hannah hakt sich bei Miriam unter, geht mit ihr nach draußen zur Terrasse. »Und? Wie findest du ihn?«, flüstert sie.

Miriam überlegt kurz. »Ich habe gerade erst zwei Sätze mit ihm gesprochen. Aber er ist … sympathisch. Strahlt so was Souveränes aus.«

»Ja!« Hannah seufzt verträumt. Sie lässt sich auf die Gartenbank nieder und klopft auf das Kissen neben sich.

Miriam setzt sich zu ihr. Kater Louis tappt herbei und umschnurrt ihre Beine. Sie bückt sich und hebt ihn auf ihren Schoß, krault ihm das schwarz-weiß gefleckte Fell, während Hannah wieder einmal von Jörg und ihrer ersten Begegnung erzählt.

»Er ist immer so großzügig. Und ein aufmerksamer Mensch. Das war das Erste, was mir an ihm auffiel. Wir haben uns ganz doof im Supermarkt kennengelernt, an der Kasse. Mir sind ein paar Münzen aus dem Portemonnaie gekullert, und er hat sie sofort aufgehoben. Dann dieser verschmitzte Blick, sein Witz darüber, wie viel Finderlohn ihm bei drei Cent zusteht. Und dann sagte er: ›Wissen Sie was? Auf Geld leg ich keinen Wert. Ihre Telefonnummer würde mir reichen!‹« Hannah gluckst.

Miriam kennt die Geschichte, lacht aus Höflichkeit mit und tut, als höre sie alles zum ersten Mal. Der Grill schickt duftende Rauchschleifen in den Himmel, die Kohlen glühen und knistern. Vor ihnen wiegen sich halb verblühte Herbstanemonen auf langen Stielen, zwischen Purpurfetthenne, Astern und den verblassten Blüten der Hortensien. Der Rasen steht hoch und noch immer voller Gänseblümchen, aber sie gefallen Miriam. Und wecken immer ein Gefühl von Erinnerung. An nackte Kinderbeine im Sommer.

»Weißt du, es geht mir richtig gut, seit ich ihn kenne«, fährt Hannah fort. »Ich habe das Gefühl, wenn wir zusammen sind, zähle nur ich für ihn. Niemand sonst. Er macht mein Leben rund. Er macht mich komplett.«

Miriam horcht auf. Komplett. Ein rundes Leben. Ist ihres das auch? Es müsste sich so anfühlen. Stattdessen hat sie oft das Gefühl, dass etwas fehlt. Und das war schon vor Arnes Zeit so. Der Gedanke verliert sich, so schnell er gekommen ist.

Ihre Freundin plappert weiter. Die Abendstimmung, Louis' Schnurren und das melodische Murmeln von Hannahs Stimme lullen Miriam ein. Sie muss gähnen und lehnt sich an Hannahs Schulter.

»Nicht schlappmachen«, schmunzelt Hannah. »Heute feiern wir mal. Und trinken. Du stillst ja nicht mehr, oder?«

Miriam nickt, und endlich stehen Arne und Jörg vor ihnen, vier Gläser mit kühlem Sekt schwenkend, auf dem Tablett geröstete Brotscheiben mit duftender Knoblauch-, Auberginen- und Olivenpaste.

Pia! Als Miriam in der Nacht erwacht, klebt Schweiß an ihrem Rücken. Sie versteht nicht gleich, was sie geweckt hat. Richtet sich benommen auf, der Blick hastet zum Babyfon. Nur das kleine grüne Licht. Alles still.

Arne atmet mit ruhigen Zügen. Sein Arm ist von ihrem Oberkörper hinabgerutscht, seine Hand hängt noch über ihrer nackten Hüfte. Die Hand, die vor wenigen Stunden noch verborgenste Winkel gestreichelt, liebkost hat, mit zärtlichen Fingern, nachdem die Freunde sich zu später Stunde verabschiedet hatten und sie beide halb betrunken und aufgedreht die Treppe zum Schlafzimmer hochgestolpert waren. Fröhlich wie lange nicht mehr. Auf halbem Weg nach oben schon hatte Arne Miriam umarmt, sie geküsst. Am liebsten wollte er noch auf den Stufen mit ihr schlafen, aber sie führte ihn an der Hand weiter, flüsterte kichernd: »Du weißt doch, ich hasse Treppen.«

Arnes duftende Hand – dieselbe, nun schwer und schlaff, traumvergessen. Miriam schiebt sie behutsam von ihrer Hüfte und lässt sie auf das Laken gleiten.

Kein Laut durchbricht die Stille. Der Schrei, sie muss geträumt haben, aber sicherheitshalber möchte sie nach Pia schauen.

Sie ist kaum aufgestanden, da hört sie es wieder. Das Kreischen, hysterischem Babyjammern ähnlich. Es ist zum Blutgefrieren, und nie wird sie sich daran gewöhnen. An die Rufe der Katzen in den nächtlichen Gärten, auf der Straße, zwischen den sorgsam geschnittenen Hecken und Büschen der Nachbarn. Jedes Mal schießt es ihr durch Mark und Bein. Sie tritt ans Fenster und linst nach draußen – Louis könnte in einem Kampf stecken, aber nirgendwo ist eine Katze zu entdecken.

Es beginnt. Am Tag konnte sie es zurückdrängen, doch nun ist Nacht. Dunkelheit, obwohl sie wie ein Kind bei angelehnter Tür und mit einem Nachtlicht schläft, woran sich Arne zum Glück gewöhnen konnte. Ihr Atem geht stoßweise. Sie muss sich wieder auf den Bettrand setzen. Das Kribbeln um den Mund ist da, es umfährt ihre Lippen wie ein kreisrunder Ring, ein Karussell, das sich bald spiralförmig vom Kinn abwärts über den Hals fortsetzt und ihren Rachen zu zerdrücken droht. Die Hände zittern, der Atem wird flach. Kalter Schweiß bricht aus, setzt sich auf ihrer Stirn, im Nacken ab. Ihre Glieder erstarren, werden zu unbiegsamen, schweren Knochen, die zusammenhanglos und mit Muskelfleisch umwickelt an ihr festgeschraubt sind. Atmen, sie muss atmen, aber es ist fast unmöglich, Luft zu bekommen durch die enge Spirale ihrer Kehle. Sie versucht, den Mund zu öffnen, japst, vielleicht kann sie dann mehr Luft inhalieren, doch die Zunge klebt an ihrem Gaumen, sie vernimmt ein schmatzendes Geräusch, als gehöre es nicht zu ihr. Ihr Herz pocht hörbar in ihren Ohren, hastig, das Rauschen schwillt an. Sie sieht es vor sich, ein großes dunkles Vakuum, das sie einzusaugen droht, in dem sie verschwindet, sich auflöst, in einem Kosmos aus nichts, aus Schwärze. Aus Totenstille.

Kurz bevor das Vakuum sie ganz umschließt und sie den Anker im Hier und Jetzt verliert, zerplatzt die Blase aus Angst, und Miriam wird hinausgespuckt aus einem schwerkraftlosen Universum. Zurück auf die Erde, in das Haus, zu dem Fleck, auf dem sie steht. Sie sackt zusammen, mit einem heftigen Schmerz in den Lendenwirbeln, an den Nieren.

Sie weiß nicht, wie viel Zeit vergangen ist, im Vakuum gibt es keine Zeit. Ihre Beine kribbeln. Sie taumelt ans Fenster, öffnet es sperrangelweit und spürt die Nachtkühle an ihren Wangen, auf ihrer Stirn, zwingt sich, tief ein- und auszuatmen. Der Duft der Schlei strömt frisch in ihre Brust, ein heilendes Elixier. Luft! Das Rauschen in den Ohren verebbt, der Druck fällt ab, der Ring um den Hals springt auseinander.

Sie ist wieder zu Hause.

Arne hat sich keinen Zentimeter bewegt, er schläft noch immer – wie komatös nach dem vielen Alkohol.

Der Schlafzimmerteppich schmiegt sich an Miriams nackte Fußsohlen. Sie starrt auf die zerdrückten Kissen. Die Decke. Das Laken. Alles da. Unverändert.

Sie greift nach der Wasserflasche neben dem Bett und trinkt mit durstigen Schlucken. Die Knie zittern noch immer. Sie zieht ihren Kimono vom Stuhl und wirft ihn sich über die nackten Schultern. Ein angestrengter Blick ins Kinderzimmer bestätigt ihr, dass auch Pia tief und fest schläft.

Der Treppenlauf liegt glatt und rund in Miriams Hand, die Stufen knarzen. Wieder diese Beklommenheit mit jedem Tritt nach unten, aber sie ist nichts im Vergleich zu den Angstattacken. Unten angekommen, durchquert sie den Hauswirtschaftsraum bis zur Hintertür, die in den Garten führt. Sie schaut auf Louis' Napf. Gefressen hat er. Sie öffnet das Fenster, das in die Tür eingelassen ist, und ruft heiser nach dem Kater, immer wieder. Der Rasen ist ein dunkler Teppich, aus dem das Zirpen unsichtbarer Grillen dringt. Das Kreischen der Katzen hat aufgehört.

»Louis!«

Ein Geräusch hinter ihr lässt sie herumfahren. Schon spürt sie sein weiches Fell an den Beinen.

»Da bist du ja! Du warst gar nicht draußen. Das ist gut. Bleib drinnen, bei uns.« Ihre Stimme ist nur ein Flüstern. Sie bückt sich und streichelt dem Tier über den Kopf, was es mit einem Nicken gegen ihre Hand beantwortet. Sie nimmt Louis auf den Arm und trägt ihn nach oben ins Bett, einen schweren, warmen Schatz, der sich bereitwillig schnurrend auf ihrem Kissen niederlässt.

Miriam kuschelt sich daneben, schlingt den Arm um ihn, vergräbt die Nase in seinem Fell. Arnes Satz vom Vortag sickert zurück in ihr Bewusstsein, jetzt, wo die Panikattacke die Freude über den gelungenen Abend zerfressen hat. *Du wirst noch wie deine Mutter. Kontrollfreak.* Sie schluckt die Erinnerung daran herunter, eine bittere Tinktur, die sich in ihren Bauch ätzt.

Mutter. Sie hat es lange vor sich hergeschoben, sie zu besuchen. Die unerklärliche Distanz, die von ihr ausgeht, seit Miriam denken kann, ist nahezu unüberwindlich. Trotzdem will sie am Montag zu ihr nach Schleswig fahren und die Kleine mitnehmen. Nur für einen Nachmittag. Schließlich sollte Pia hin und wieder Zeit mit ihrer Oma verbringen. Und vielleicht tut es auch ihr, Miriam, gut. Vielleicht spendet es auf irgendeine magische Weise Beruhigung, ihre Mutter zu sehen.

Die Morgendämmerung umhüllt schon das Haus, als Miriam endlich wieder einnickt, nicht lange bevor Pia wach werden wird.

***

Niemand, der es nicht erlebt hat, kann das Gefühl ausloten. Es ist besser als ein Orgasmus – wenn man gewinnt. Eine ewige Reibung an den Nervenenden bis zum Sieg. Ein Zustand fortwährender Erregung, der dein Herz zum Platzen bringt. Die Lichter stechen in deinem Kopf, lösen ein Feuer nach dem anderen aus. Deine Hand zittert mit jeder Bewegung, du siehst die Bilder vor dir. Sie fließen in konzentrischen Kreisen ineinander. Die Kugel, die rollt. Zahlen. Farben, Rot oder Schwarz. Gesichter.

Stimmengewirr. Das Rascheln. Hitze. Du bist wie auf Droge, alles wird überdeutlich, überlaut. Dein Körper schwirrt schwerelos durch einen anderen Kosmos, ohne Bodenhaftung, deine Stirn glüht, das Blut jagt durch deine Adern. Dein Atem geht schneller und schneller, je langsamer die Kugel sich dreht.

Du willst, dass es nie endet. Und doch kommt irgendwann die Nacht. Bremst alles aus. Gießt sich unaufhaltsam in dich hinein, schwarz. Schmerzlich. Wenn der Rausch verebbt, zerschneidet die Ernüchterung dir das Hirn, der Durst legt deine Zunge lahm. Das Erwachen ist wie ein Schlag in den Nacken, ein Muskelkater. Dabei hast du dich nicht vom Fleck bewegt, dein Hintern ist schon taub, der Tisch klebrig von Bier und Schnaps. Es stinkt, der Qualm beißt dir in den Augen. Du kippst um vor plötzlicher Ermüdung, bist nur noch ein Fisch, der auf Wüstensand strandet.

Das Adrenalin verebbt. Bis er irgendwann zurückkehrt, der Sog, der dich wieder und wieder hintreibt. Mitten in die Messerschneide zwischen Gewinn oder Verlust. Hoch oder Tief. Sieg oder Niederlage.

Meistens verlierst du. Aber manchmal, manchmal lohnt es sich.

2

Auf ihrem Weg zur B 201 Richtung Schleswig passiert Miriam die vierspurige Schleibrücke in Kappeln. Das Gewässer links und rechts von ihr glitzert im Sonnenlicht, und Miriam kann alle schweren Gedanken wegblenden. Mit dem Auto zu fahren schenkt ihr immer ein Gefühl von Freiheit. Bald fliegen die flachen Felder an ihr vorbei. Die Blätter der Eichen zu beiden Seiten leuchten golden, als seien sie mit funkelndem Bernstein überzogen.

Das Schild, das den Weg nach Busdorf zur alten Wikingerstätte Haithabu weist, erinnert Miriam an einen dortigen Besuch in ihrer Kindheit. Damals beherbergte das Museum noch Moorleichen, die inzwischen zum Schloss Gottorf umgelagert wurden. Sie sieht ihn noch vor sich, den Leichnam eines jungen Mädchens, wie zu dieser Zeit noch angenommen wurde. Am Kopf der Toten klebten verblichene Haarsträhnen. Der Körper schwarz und dürr, ausgemergelt. Wie verkohlt. Schutzlos lag er hinter einer Glaswand, den Blicken der erschauernden Menschen ausgeliefert, und für Miriam fühlte es sich an, als drehte sich ihr kindliches Herz einmal um die eigene Achse. Lange ließ sie die Frage nicht los, welches Schicksal dieses Mädchen wohl ereilt hatte, das zum Zeitpunkt ihres Sterbens nur wenige Jahre älter als sie gewesen war. Lange Zeit später las Miriam in der Zeitung, dass jene Moorleiche nach neuen Erkenntnissen die eines Jungen sei, doch der Moment, in dem sie sich als Kind dem toten, angeblichen Mädchen nahe fühlte, blieb für sie unvergessen.

So in ihre Gedanken vertieft, biegt Miriam in die Wohnsiedlung ihrer Mutter mit den Mehrfamilienhäusern aus rotem Backstein ein. Sie parkt, hebt behutsam Pia aus dem Wagen und läuft einige Schritte bis zur Haustür.

»Jutta Peters« – Miriam drückt die Klingel. Jedes Mal stößt es ihr auf, dass nur noch Mutters Name dort steht. Als gebe es Papa nicht mehr, als sei er gestorben. Sicher, er wird nicht zurückkehren. Aber er ist nicht tot, nur verändert.

Der Summer ertönt, und Miriam erklimmt mit Pia auf dem Arm die Treppen ins zweite Stockwerk.

»Da seid ihr.«

Nie sagt ihre Mutter »Hallo, mein Schatz« oder »Schön, dass du kommst«, irgendetwas, das andere Eltern sagen, wenn ihre erwachsenen Töchter sie besuchen. Zur Begrüßung bringt sie stets diese sachliche Feststellung hervor, weder mit einer Regung der Freude noch der Ablehnung. Hatte Miriam früher gehofft, ein Enkelkind könnte etwas an diesen starren Mustern ändern, ist sie inzwischen geerdet. Ein mulmiges Gefühl breitet sich in ihrem Magen aus. Sie hätte auf Arne hören sollen. »Bist du sicher?«, hatte er sie morgens gefragt, bevor er in die Kanzlei fuhr. »Willst du heute wirklich zu deiner Mutter? Es geht dir besser, wir hatten einen tollen Abend. Du weißt doch, wie es dich runterzieht, sie zu sehen.«

Aber nun ist Miriam da.

»Nimmst du mal Pia, dann kann ich meine Jacke ausziehen.« Sie drückt der Mutter das Baby in den Arm, ohne eine Antwort abzuwarten. Diese nimmt Pia in Empfang, befühlt den Stoff ihres Jäckchens zwischen zweien ihrer arthritisch verformten Finger. Sie sieht dem Kind nicht ins Gesicht.

»Das ist zu kühl für sie. Du musst ihr etwas Wärmeres anziehen. Der Sommer ist vorbei.«

Miriam widersteht dem Impuls, auf dem Absatz umzudrehen. »Am Wochenende war es noch sehr mild. Wir haben sogar draußen gegessen. Sie trägt einen warmen Strampler, außerdem hatten wir nur eine halbe Stunde Fahrt im Auto, keine Wanderung durch die Antarktis.«

»Und was für ein Material hat der Strampler? Manche Stoffe sind schädlich für die Kinderhaut.«

»Mama – ich hab dir was mitgebracht.« Miriam bückt sich nach ihrer Tasche, die sie neben dem Wickelrucksack im Flur abgelegt hat, und fummelt aus raschelndem Papier ein Alpenveilchen hervor.

»Ach Miriam, du weißt doch. Grünzeug stirbt mir weg.« Immerhin lächelt die Mutter müde, die Rille zwischen den Augenbrauen könnte fast als Lachfalte durchgehen.

»Eben. Die Wohnung ist so kahl ohne Blumen. Oder stell sie auf den Balkon, da schafft sie es schon.«

Jutta geht mit Pia im Arm und der Blume in der Hand zur Küche. »Möchtest du Tee?«

»Wenn du hast, gern auch Kaffee.«

Die Mutter schaut sie kritisch an.

»Ich stille nicht mehr. Und selbst wenn …«

»Wie du meinst.« Sie stellt das Veilchen auf die Küchenanrichte und überreicht Miriam das Baby wie ein unförmiges Paket, öffnet den Hängeschrank, holt Kaffeedose und Filter hervor.

Miriam setzt sich an den Küchentisch, mit Pia auf dem Schoß, die die Händchen nach Miriams Locken ausstreckt. Die Kinderaugen sind von einem glänzenden Rest Schlaf überzogen.

»Du fütterst aber keine Industriemilch, oder? Und Brei ist auch noch ein bisschen früh.«

Durch Pias Gesichtchen huscht plötzlich ein vorwitziges Lächeln, mit dem sie Miriam überrascht, ein Schalk. Der Schnuller löst sich mit einem Schmatzen aus dem Mund. Miriam lächelt zurück, sie atmet tief ein. »Mama. Es geht ihr gut.«

Bald seufzt sich der Kaffee Tröpfchen für Tröpfchen durch die Maschine. Ein nostalgisches Geräusch, das Miriam selten hört. Arne liebt seinen Kaffeevollautomaten, dessen ohrenbetäubendes Mahlwerk jedes Mal Kater Louis in die Flucht schlägt.

Schließlich stehen zwei dampfende Tassen auf dem Tisch, Jutta schneidet von einem duftenden Biokuchen ein Stück ab, legt es Miriam auf den Teller und setzt sich langsam. Der Rücken der Mutter wirkt noch gekrümmter, ihre Hände noch knorpeliger als zuvor.

»Wie läuft es in Arnes Kanzlei?«

Miriam kaut hingebungsvoll. »Stress. Sie müssen eine neue

Kollegin einarbeiten, die sich ziemlich blöd anstellt. Er und Sabine tun ihr Bestes, aber die Klienten sind wohl ungeduldig.«

»Sabine?«

»Frau Kühnert, die sich die Kanzlei mit ihm teilt.« Miriam hält inne. »Isst du denn nichts?«

Jutta schlürft an dem heißen Kaffee und setzt die Tasse ab. »Ich habe keinen Hunger.«

Im Flur klingelt das Telefon in unnatürlich hohen Tönen. Miriam sieht ihre Mutter schwerfällig aufstehen und durch die Küchentür verschwinden. Die nervtötende Melodie verstummt. Eine Weile hört Miriam nichts mehr. Dann leises, unverständliches Gemurmel. Kurz darauf kehrt Jutta zurück. Wie in Trance, vor ihren Blick hat sich eine gläserne Wand geschoben.

Miriam stutzt. »Wer war denn das?«

Jutta antwortet nicht, sie setzt sich nur.

»Mama, sag schon. Ist was passiert? Mit Papa?« Eine Welle aus Sorge und Angst rollt heran.

Aber Jutta schüttelt den Kopf. »Nein, nein. Gregor geht es … den Umständen entsprechend.«

Miriam atmet auf. »Warst du gestern wieder bei ihm?«

»Ja.«

»Hat er dich erkannt?« Eine Hoffnung keimt auf, ein Wehmutswinken wie von fern. Sie möchte ihn dringend wieder besuchen.

Jutta schüttelt noch einmal den Kopf. »Nein, aber es ist alles in Ordnung. Man kümmert sich gut um ihn. Es ist was anderes passiert. Das war Jannes eben.«

»Jannes hat dich angerufen?« Miriam kann ihre Irritation kaum verbergen. Zwischen ihm und Jutta herrschte immer Funkstille. Bei dem Gedanken an ihren Cousin macht ihr Herz einen leisen Hüpfer. »Weshalb denn?«

»Edith ist tot.«

Der letzte Happen pappt klumpig in Miriams Mund. Sie lässt die Gabel mit dem nächsten Kuchenstückchen sinken.

Pias Finger finden sogleich den Leckerbissen und wühlen sich hinein.

»Tante Edith? Warum? Seit wann?«

»Gestern.«

»So plötzlich?«

»Was heißt denn plötzlich bei Krebs?« Jutta wirft ihr einen grimmigen Blick zu.

»Aber ich habe gedacht, es sei nicht so weit fortgeschritten. Und dass sie gut therapiert wird. Ich wusste nicht …« Der Satz verebbt. Was spielte das jetzt für eine Rolle?

»Eine Krankenschwester hat sie in der Nacht tot in ihrem Bett vorgefunden.« Jutta trinkt einen weiteren Schluck Kaffee, er gurgelt geräuschvoll die Kehle hinab. Ihre Augen wandern ins Leere.

»Es war also niemand bei ihr?«

»Nein. Wozu auch? Sie war ja schon völlig sediert.«

»Deshalb sollte trotzdem niemand allein sterben! Ich wusste nicht, dass es so schlimm um sie stand …«

»Natürlich, was hast du denn gedacht? Sie lag doch schon wochenlang auf der Palliativstation, von Krebs zerfressen. Es war klar, dass sie nur noch mit den Füßen voran herauskommt.«

Miriam kann so schnell nichts erwidern. Ihre Mutter hatte Ediths Erkrankung immer heruntergespielt. Und von Palliativstation war nie die Rede gewesen.

Jutta seufzt. »Jannes setzt eine Todesanzeige auf, in den Segeberger Nachrichten. Wollte wissen, ob er unsere Namen bei den Trauernden mit aufnehmen kann.« Sie stellt die leere Kaffeetasse hart auf dem Tisch ab. »Wir müssen jetzt überlegen, was aus ihrem Haus wird. Eigentlich sollte dein Cousin da ab und zu mal nach dem Rechten sehen. Aber wie zuverlässig der ist, wissen wir ja.«

»Jetzt hack doch nicht gleich wieder auf Jannes herum. Wie … wie klang er denn überhaupt am Telefon?«

Ein Schulterzucken. »Tja. Aufgewühlt. Hektisch. Und überfordert.«

»Immerhin hat er dich angerufen und scheint sich doch zu kümmern.«

Jutta macht eine wegwerfende Geste. »Um gar nichts wird er sich kümmern. Um das Haus erst recht nicht. Edith hat sowieso dafür gesorgt, dass er außer seinem Pflichtteil nichts bekommt. Das hat sie mir mal gesagt. Er hasst sein Elternhaus – und außerdem hat sie befürchtet, dass er nach dem Verkauf das Geld in null Komma nichts in irgendwelche krummen Geschäfte steckt. Die Bruchbude wird aber ohnehin nicht viel abwerfen. Wenn du mich fragst, hat Jannes auch deshalb keine Lust, sich die Arbeit aufzuhalsen.« Jutta seufzt noch einmal tief. »Wir werden uns bald um alles kümmern müssen.«

Miriam schluckt, drückt das Engegefühl in ihrer Brust fort. Das Gesicht ihrer Mutter ist verhärtet, wie in Stein gemeißelt. »Mama.« Miriams Finger suchen vorsichtig Juttas Hand, die reglos auf dem Küchentisch ruht. »Eins nach dem anderen. Es tut mir leid.«

»Ach was. Für sie ist es eine Erlösung.« Jutta zieht die Hand weg und steht auf, um sich Kaffee nachzuschenken.

»Aber sie war deine Schwester. Das ist ein schmerzlicher Verlust.«

Der Kaffeestrahl ergießt sich irritierend laut in die Tasse, bevor Jutta die Kanne schwungvoll zurück auf die Wärmeplatte schiebt.

»Es gibt schlimmere Verluste.«

Als Miriam die Tür nach draußen aufstößt, empfängt sie würzige Luft, die sie tief inhaliert. Im Vergleich zum Vortag ist es tatsächlich merklich abgekühlt. Sie drückt Pia fest an sich. Auf dem kurzen Weg zum Parkplatz reift der Entschluss, sofort zu ihrem Vater nach Flensburg zu fahren. Sie hat noch genug Zeit. Der Besuch bei der Mutter fand ein schnelleres Ende als geplant. Es ist ihr nicht gelungen, die Wand, die sich bei jedem Wort über Edith deutlicher vor Juttas Blick geschoben hat, einzureißen. Schließlich ist sie mit der Ausrede, ein paar Einkäufe erledigen zu müssen, wieder aufgebrochen, nachdem sie Pia unter der missbilligenden Miene der Mutter mit Pastinakenbrei aus dem Industriegläschen gefüttert hatte.

Sie schnallt die Kleine in den Kindersitz, was diese ausnahmsweise willig geschehen lässt. Pia hat eindeutig zu wenig Mittagsschlaf gehalten und schlummert schon nach wenigen Kilometern ein, das Köpfchen leicht schief gelegt.

Miriam nutzt die knapp halbstündige Fahrt, den Erinnerungen an ihre Tante nachzuhängen. Sie hat Edith gemocht, doch nie einen richtigen Draht zu ihr gefunden und sie selten gesehen. Wenn sie sich begegneten, trat ihr Edith immer geradezu respektvoll entgegen, freundlich, aber distanziert. Miriam hatte diese Attitüde als eine Art altjüngferliche Höflichkeit empfunden, obwohl Edith natürlich keine Jungfrau und bis zu seinem Unfalltod mit Joachim verheiratet gewesen war. Er stürzte unglücklich auf der Kellertreppe. Miriam erinnert sich nicht wirklich an ihn, sie war noch zu klein. Seitdem hatte sich Edith nie wieder an einen Mann gebunden.

Jannes wuchs von da an ohne den Vater auf. Miriam hat sich ihm immer nahe gefühlt. Dass er nun seine Mutter begraben muss, die ihn aufgrund seines zweifelhaften Werdegangs später ablehnte, tut ihr leid. Edith konnte ihm nie Paroli bieten. Er tanzte ihr schon als Kind auf der Nase herum. So jedenfalls lautet der allgemeine Familientenor, mit dem begründet wird, warum Jannes auch mit vierzig noch ein bindungsunfähiger Hallodri ist, ein Hansdampf in allen Gassen, der von einer gescheiterten Beziehung zur nächsten schlittert und es zu nichts »Großem« gebracht hat. Eine abgebrochene Ausbildung. Gelegenheitsjobs. Vorbestraft wegen krimineller Kleindelikte. Als Jugendlicher hat er schon Autos geknackt. Einmal erwischte man ihn mit Marihuana. Offensichtlich einer der Gründe, warum Edith ihm das Erbe nicht überlassen mochte – zumal Jannes sowieso keinen Wert darauf legt. Seit er in einem Callcenter in Kiel aufgestiegen ist, verdient er wohl genug. Er kann sich dort immerhin eine großzügige Stadtwohnung leisten und scheint von der kriminellen Schiene endgültig abgerückt zu sein. An seinem Ruf in der Familie hat das trotzdem nichts geändert. Er klebt an ihm wie Grießbrei.

An Miriam nagt das schlechte Gewissen, seine Mutter in den vergangenen Jahren kein einziges Mal besucht zu haben. Sie hätte sich sicher auch gefreut, die kleine Pia einmal zu sehen. Aber Miriam hatte nicht begriffen, dass es mit Tante Edith zu Ende ging. Wieder ärgert sie sich über ihre Mutter, die ihr die Wahrheit über Ediths Zustand verschwiegen hatte. So konnte sie keinen Abschied mehr nehmen.

Zu spät. Aber sie wird wenigstens versuchen, Jannes beizustehen, und ihn am Abend anrufen.

***

Gestern hab ich Jago am Hamburger Hafen getroffen. Für einen neuen Lieferdienst. Ich brauche Geld. Dringend. Hab alles verzockt. Jago hat mir den Stoff ausgehändigt, und wir sind wortlos auseinandergegangen, wie immer. Aber dann ist alles aus dem Ruder gelaufen. Ein ganzer Trupp Schläger stand plötzlich um ihn herum. Ich konnte gerade noch hinter einem Betonpfeiler verschwinden. Sie haben mich nicht bemerkt. Aber Jago starrte in meine Richtung. Und sein Blick durchbohrte mich, weil er in dem Moment begriff, was ich getan hatte. Er flüsterte irgendwas. Sie stürzten ihn zu Boden, begruben ihn unter ihren Fäusten.

Mir geht die Pumpe, wenn ich daran zurückdenke. Bin weggerannt, kilometerweit, die Tasche voll mit dem Zeug, das immer schwerer gegen meine Beine schlug, wie Kanonenkugeln. Dann habe ich mich zwei Stunden damit versteckt. Ich durfte nicht zu früh wieder zum Hafen, zu meinem Wagen. Die hätten mich kaltgemacht, wenn sie mich entdeckt hätten. Als ich zurückkam, war die Luft wieder rein. Auch von Jago keine Spur mehr. Er muss sich aufgerappelt haben, irgendwie.

Brutal verprügelt haben sie ihn, obwohl er nichts damit zu tun hatte. Schließlich hat er immer astreines Zeug weiterge-

reicht. Aber das wissen die nicht, ist denen sowieso egal, wer dahintersteckt. Hauptsache draufhauen. Natürlich hat Jago eins und eins zusammengezählt. Kapiert, dass ich dafür verantwortlich sein muss. Ich bin die Zwischenstelle. Ich nehm alles von ihm in Empfang und fahr es zu den Kunden, verteile es. Aber ich misch vorher was rein. Mannitol. Leicht zu kriegen und schön billig.

Ich musste die Gewinnspanne vergrößern, so einfach ist das. Das hat mir den Kragen gerettet, solange es keiner merkte. Konnte sogar meiner Süßen Geschenke machen. Und diesen Hunger befriedigen, der größer wird und größer. Jetzt muss ich für meine Gier zahlen. Aber das Glücksgefühl, das ist unbezahlbar.

Früher oder später musste es rauskommen. Ich hätte es geschickter anstellen müssen. Hab die Kontrolle verloren. Am Anfang war alles so einfach. Klar, was zu tun war. Easy Job. Das Zeug von A nach B bringen, bisschen pimpen, es den Käufern in die ausgestreckte Pranke drücken. Den Abnehmern, den mickrigen Jungs von der Straße, den kleinen Dealern. Und endlich war da genug Kohle für die Zockerei und auch mal 'ne Line für mich drin. Aber dann hat es immer weniger gereicht. Die Preise werden mieser, das Zeug wird massenhaft vertickt. Da hab ich eben mehr aus der Ware rausgeholt. Der Süßen gefällt's schließlich auch, wenn ich was springen lassen kann. Hat ja keine Ahnung, wie ich eigentlich an die Piepen komme.

Aber jetzt steh ich bei Jago auf der Abschussliste. Der versteht keinen Spaß, wenn man ihn verarscht. Er wird seine Leute auf mich hetzen, das ist so sicher wie das Amen in der Kirche. Die machen mich fertig. Wenigstens kann mir niemand was beweisen. Also ruhig Blut. Sie werden mich schon nicht killen. Ich muss nur funktionieren, darf keinen Fehler mehr machen. Jago hat seine Handlanger, aber was er nicht weiß: Ich habe meinen. Bro. Der ist zwar schwach, aber nützlich. Große Augen hat er gemacht, als ich ihm alles erzählen musste. Aber er ist Wachs in meinen Händen.

Sollen sie alles auf den Kopf stellen. Hier werden sie nichts mehr finden. Einen Teil habe ich ganz schnell verkauft, bevor sich alles rumspricht. Das Geld ist schon verspielt. Egal. Beim nächsten Mal hab ich wieder mehr Glück. Und ich hab noch viel Stoff übrig. Der ist jetzt sicher untergebracht. Kommt keiner drauf. Das Haus auf dem Land. Die Alte kommt so schnell nicht wieder zurück, und da, wo es ist, geht sie sowieso nicht hin. Ein besseres Versteck kann es gar nicht geben.

3

Miriam parkt den Wagen am Straßenrand, nicht weit von der Flensburger Förde. So hoch im Norden, kurz vor Dänemark, ist der Geschmack des Meeres noch greifbarer als in Kappeln, der Wind frischer, die Luft salziger. Diese Vorboten der Küste, mit der Miriam sich so tief verwoben fühlt, als sei sie im Wasser geboren.

Bald steht sie mit Pia vor dem Pflegeheim, in dem ihr Vater lebt. Eine gelb verputzte Villa, die sie vor einem Jahr gemeinsam mit Arne ausfindig gemacht hat. Haus »Sonnenau«. Natürlich war es nicht der Name, der den Ausschlag dafür gegeben hatte, sich für diese Unterkunft zu entscheiden, aber er ließ sie damals aufmerken. Er versetzte sie zurück in die Kinderjahre, in denen ihr Vater Abend für Abend die gleichnamige Erzählung von Astrid Lindgren vorgelesen hatte. Diese Worte streichelten ihr Herz und verliehen traurigen Gefühlen, deren Herkunft sie nicht kannte, einen zartbunten Schmelz. Jedes Mal, wenn der Vater sagte: »Komm, Mirja, lass uns noch einmal ›Sonnenau‹ lesen« und den lindgrün gebundenen Schatz mit der Märchensammlung aus dem Regal zog, hatte sie das feuchte Glitzern in seinen Augen gesehen, und während seine warme Stimme die Geschichte zum Leben erweckte, schmiegte sich Miriam an ihn. Seine Atemzüge wiegten sie sachte, bis sie schläfrig wurde und sein Gemurmel sich mehr und mehr entfernte. Aber immer, wenn der Vater die Zeile »Bliebe ich doch nur bis zum Winter leben und dürfte zur Schule gehen« erreichte, stockte ihm der Atem, geriet der Wiegerhythmus aus dem Takt.

Als Miriam dann letztes Jahr im Internet das Haus »Sonnenau« mit den weiß lackierten Holzverzierungen an Fassade und Fenstern aufstöberte, mit einer Birke im Vorgarten, schien ihr das wie ein Wink. Erst da konnte sie den Gedanken zulassen, ihren Vater professionellen Händen anzuvertrauen, fern von seinem Zuhause, fern von seiner Frau Jutta, die viele

Monate gestöhnt hatte, wie viel Kraft er ihr abverlange. Am liebsten hätte Miriam ihn zu sich genommen, aber Arne hatte zu Recht große Bedenken – die Geburt Pias stand bevor.

Miriam betritt den hellen Flur, der nach Putzmitteln riecht, nach Holz und kühlen Fliesen. Frau Neubauer trägt mit der Routine einer Kellnerin ein Tablett mit halb leeren Trinkbechern über einem Arm, nimmt Kurs auf Miriam und reicht ihr die freie Hand zur Begrüßung.

»Frau Jensen, schön, dass Sie vorbeikommen.« Sie zwickt Pia sanft in die Wange. »Das wird Ihrem Vater guttun. Er hat einen nachdenklichen Tag heute.«

»Grüße Sie. Ich wollte ihn schon viel eher wieder besuchen.«

Frau Neubauer winkt beschwichtigend ab. »Sie haben die Kleine und können sich nicht vielteilen. Ihre Mutter kommt ja regelmäßig. Sie finden ihn auf seinem Zimmer. Er mag immer noch nicht gern mit den anderen sitzen. Aber ab und zu macht er einen kleinen Spaziergang durch den Garten. Vielleicht können Sie ihn dazu ermuntern.«

»Ich danke Ihnen.« Sie sieht Frau Neubauer hinterher, der Pflegerin in Weiß, deren blonder Pferdeschwanz im Fortgehen hin- und herschwappt. Ihre Birkenstocksandalen lassen ein fröhliches Flipp-Flapp im selben Rhythmus ertönen.

Miriam drückt sich an der geöffneten Tür des Aufenthaltsraums vorbei, aus dem kaum ein Laut zu hören ist. Sie steigt die Stufen ins erste Stockwerk empor und klopft leise an die zweite Tür rechts. Keine Antwort. Sie klopft ein zweites Mal, diesmal bestimmter. Schweigen. Ihr Herz pocht schneller, sie bewegt vorsichtig die Klinke. Ihr Vater sitzt mit dem Rücken schräg zu ihr am Fenster, in dem bequemen Sessel, den sie ihm zu seinem Einzug ins Pflegeheim geschenkt hat, und starrt hinaus in die Baumwipfel.

»Papa«, sagt Miriam, während sie die Tür sacht hinter sich schließt. »Ich bin es.«

Der Vater reagiert nicht.

»Ich bin es, Miriam. Deine Tochter.« Sie geht langsam auf ihn zu und berührt seine Schulter.

Wie erweckt wendet er ihr den Kopf zu und sieht sie mit Befremden an. Seine Augen sehen müde aus und verschleiert. »Nicht mein Kind«, sagt er.

Miriam ignoriert den schon vertrauten Stich in ihrem Herzen. »Schau, Pia ist mitgekommen. Pia, deine Enkelin.«

Seine Augen wandern tiefer, hin zum Gesicht des Babys. Und er lächelt.

»Erkennst du sie? Ist sie nicht wunderhübsch? Sie ist jetzt schon fast ein halbes Jahr.« Miriam öffnet das Babyjäckchen.

Der Vater streckt seine große Hand aus und streichelt Pia über den Kopf. Er lacht. »Blubb hat's gemacht. Und dann gleich noch mal. Zwei Mal Blubb hat's gemacht.«

Pia ist ganz still und schaut ihren Opa aus blauen Augen an. Miriam setzt das Kind vorsichtig auf seinen Schoß, hockt sich auf den Boden und behält ihre Hand auf Pias Bauch. Die andere legt sie ihrem Vater auf das dürre Knie. Er ist in den vergangenen Monaten noch knochiger geworden. Miriam schaut sich um. Sein Trinkbecher steht griffbereit auf dem Beistelltisch, neben den silbern gerahmten Familienbildern. Sie reichen bis in seine Kindheit zurück. Möglichst vieles, was an seine Vergangenheit erinnert, sollten sie um ihn herum einrichten, hatte Frau Neubauer ihnen bei seinem Einzug geraten. Ein Foto von Miriam als Kind ist nicht dabei. Überhaupt hat sie nie Kinderfotos von sich gesehen, was ihre Mutter immer damit erklärt, sie seien bei einem Umzug verloren gegangen.

»Trinkst du auch genug? Soll ich dir den Becher reichen?«

Der Vater schüttelt langsam den Kopf. Pia hat ihre Finger um seine faltige Hand geschlungen und blickt fasziniert auf seinen goldenen Ehering. Und Gregor reagiert. Er bewegt langsam den Ringfinger hin und her, damit sich die Strahlen der Oktobersonne immer neu in dem Schmuckstück brechen. Pia staunt, dann patscht sie jauchzend auf die Hand ihres Opas. Wieder lacht er.

Miriam stimmt mit ein. »Wir haben einen schönen Tag heute. Vielleicht magst du mit uns einen kleinen Spaziergang machen?«

»Nein. Nein, nein.« Seine Miene verdunkelt sich schlagartig.

»Aber du liebst doch den Herbst. Draußen ist herrlich kühle Luft, und Bewegung tut gut.«

»Ich bin müde. Lass mich schlafen.«

»Ja, nachher. Nachher kannst du schlafen.«

»Nachher. Aber ich kann den roten Vogel nicht finden.«

»Was für einen Vogel, Papa?«

»Vogelpapa.«

»Okay. Vielleicht weiß Mama, welchen du meinst. Ich frage sie, und beim nächsten Mal kann ich ihn dir mitbringen von zu Hause, ja?«

»Zu Hause.« Der Vater verstummt.

Miriam zögert kurz, entscheidet dann, dass er es erfahren sollte mit Tante Edith. Entweder versteht er es ohnehin nicht, oder es weckt Erinnerungen.

»Papa, ich muss dir was sagen.«

»Zweimal Blubb hat's gemacht!« Er lacht leise und streichelt wieder über Pias flaumigen Kopf.

»Es ist was passiert. Tante Edith ist gestorben. Mamas Schwester.«

Gregor hält beim Streicheln inne. Sein Blick wandert nach draußen. »Schwester. Der rote Vogel?«

»Nein, kein Vogel. Edith, Papa. Sie war Mamas Schwester. Weißt du noch? Es ging ihr sehr schlecht. Für sie ist es besser so.«

»Edith.«

»Ja, genau.« Miriam fixiert ihn, forscht, ob seine Augen aufklaren, etwas Innerliches fokussieren. Ein Bild der Erinnerung oder einen transparenten Gedanken.

»Sie konnte ja nichts dafür. Das arme Ding.«

»Ja. Sie lag wochenlang im Krankenhaus. Niemand sollte so leiden müssen.«

»Ich habe immer zu deiner Mutter gesagt, dass sie nichts dafürkann.«

Miriam trifft es wie ein Pfeil, der ihr durchs Herz schießt und es hinaufschnellen lässt. *Deine Mutter.* »Papa! Genau, meine

Mutter, das ist deine Frau. Und ich bin Miriam, eure Tochter. Mirja, weißt du?«

Der Vater schaut ihr direkt in die Augen, mit einer überraschenden Klarheit. »Edith hatte nie was Böses im Sinn. Naiv, vielleicht ein bisschen dümmlich. Deine Mutter konnte aber keinen Frieden machen.«

Miriam schmiegt sich, noch immer am Boden hockend, seitlich an seine Beine, sie legt die Wange auf sein spitzes Knie. Ein dunkler Fleck bildet sich da, wo der Stoff seiner Hose die Träne empfängt, die sich aus ihrem Auge löst. »Ach Papa, du weißt ja doch, wer ich bin. Womit konnte Mama keinen Frieden machen? Ich hatte immer das Gefühl, dass sie Edith ablehnt, aber ich habe nie verstanden, warum.«

»Sie hat versucht, es wiedergutzumachen, die Edith.«

»Was wiedergutzumachen?«

»Und deine Mutter ist auch kein Engel.«

Miriam muss schmunzeln. »Nein, ein Engel ist sie nicht.«

»Diese alte Kratzbürste.«

»Papa!« Sie muss weinen und lachen zugleich. Pia zappelt auf Gregors Schoß unruhig hin und her, sodass Miriam sie an sich nehmen muss. Sie wischt sich das Gesicht trocken und drückt die Hand des Vaters.

»Hast du neue Artikel für die Zeitung geschrieben?«, fragt er.

Miriam glaubt, sich verhört zu haben, aber er hat es tatsächlich gesagt. »Noch nicht. Ich bin in Elternzeit. Mein Chef will mich zwar schnell wieder am Schreibtisch sehen, aber ich möchte erst mal für Pia da sein.« Sie ist unendlich froh. Er hat einen klaren Moment. Erinnert sich sogar an ihren Beruf – jeden Artikel von ihr hat er früher gesammelt, so stolz war er auf sie.

»Vergiss nicht«, sagt er nur.

»Nein … bestimmt nicht. Wenn Pia ein bisschen größer ist, dann kann ich gut von zu Hause aus wieder arbeiten. Und später …«

»Zu Hause. Der rote Vogel kommt nicht.« Sein Blick

schweift durchs Fenster hinaus und bleibt in den Ästen der Birke hängen, die im Vorgarten von Haus »Sonnenau« wächst.

Miriam stutzt. »Meinst du einen echten Vogel? Hast du da mal ein Rotkehlchen gesehen? Was meinst du, Papa?«

»Er soll flattern, Kind.«

»Das klingt schön. Aber was willst du mir sagen?«

Als hätte sich der dunkle Vorhang wieder vor seine Gedanken geschoben, wackelt ihr Vater leicht mit dem Kopf.

Pia beginnt zu weinen.

Miriam wartet einen Moment, ob er ihr Antwort gibt. Aber er hat sich für heute unwiederbringlich entfernt. Sie beschließt, aufzubrechen. Sie hat mehr von ihm bekommen als erwartet. Dieses Glücksgefühl will sie nicht gefährden und ihn vor allem nicht mit Babygeschrei aufregen. Vor dem Abschied greift sie rasch nach dem Trinkbecher und setzt ihn dem Vater an die Lippen. Und er trinkt. Nur ein dünnes Rinnsal Wasser sucht sich seinen Weg vom linken Mundwinkel Richtung Kinn. Miriam tupft es mit dem Zeigefinger fort.

»Papa, ich mache mich mit Pia wieder auf. Sie hat bestimmt Hunger. Du siehst müde aus, halt ein Nickerchen, und dann ist Zeit fürs Abendbrot. Vielleicht solltest du mal mit den anderen essen, nicht hier allein?« Sie wartet keine Antwort ab, er wird sie ihr nicht geben. »Ich komme bald wieder. Versprochen.« Sie neigt sich zu ihm und küsst ihn auf die stoppelige Wange.

Noch einmal rudert sein Blick wie aus der Tiefsee an die Oberfläche und bleibt an ihr hängen. »Nicht mein Kind.«

Miriam schluckt und knöpft Pia, die sich unter ihren Händen unwillig versteift, die Jacke zu. »Mach's gut.«

Sie steht schon in der geöffneten Tür, als Gregor ihr nachruft: »Vergessen Sie nicht, die Pforte zu schließen, Frau Neubauer!«

Auf der Rückfahrt dröhnt Miriams Schädel. Ihr Nacken schmerzt, der Pulli klebt an ihrem Körper. Pia schreit ununterbrochen, obwohl Miriam sie noch vor der Abfahrt gefüttert hat. Hunger kann es nicht sein. Eine Überreizung wahrscheinlich, zu viel Fremdes.

Überreizt ist Miriam auch. Pias Gebrüll reißt jeden Gedanken in Fetzen – unmöglich, die Worte des Vaters in einen sinnvollen Zusammenhang zu bringen. Beinah streift Miriams Wagen einen Fahrradfahrer, der unvermittelt die Straße überquert. Ihr Fuß springt auf die Bremse, sie werden im Auto ruckartig vor- und wieder zurückgeschleudert. »Du machst mich fertig!«, schreit Miriam nach hinten zu Pia. »Hör endlich auf!« Es macht alles nur schlimmer.

Zu Hause angekommen, will sie das Kind so schnell wie möglich ins Bett legen. Auch wenn sie groggy ist, möchte sie nachher Jannes anrufen, dem heute weit Schlimmeres widerfahren ist, und vielleicht sollte sie auch noch ihre Mutter nach dem roten Vogel fragen, den ihr Vater vermisst. Vertraute Gegenstände sind bedeutungsvoll für sein Wohlbefinden, sinnvoll, um die Erinnerungen lebendig zu halten.

Sie wirft ihr Schlüsselbund auf die Flurkommode, wo es mit einem lauten Klirren landet. Arne kommt ihr entgegen und nimmt ihr Pia aus den Armen, deren Augen vom Heulen verquollen sind. Als sie ihren Vater sieht, wölben sich ihre Lippen zu einem unsagbar verwundbaren Lächeln, und Miriam fühlt sich schuldig.

»Na, Schatz!« Arne gibt ihr einen Kuss. »Was gibt's heut zu essen?«

Sie zuckt müde mit den Schultern. »Ich bin völlig fertig. Lass uns was bestellen.«

»Auch gut. Für mich eine Pizza Quattro Stagioni. Du glaubst nicht, was bei mir wieder los war. Der reinste Kindergarten. Die neue Kollegin will sich nichts sagen lassen, weder von Sabine noch von mir.« Arne verschwindet mit Pia im Wohnzimmer.

Miriam lauscht den zärtlichen Lauten, mit denen Vater und Tochter sich unterhalten. Alles hört sich heil an, eine perfekte, friedliche Ordnung und Harmonie, und Miriam weiß plötzlich nicht, wohin mit sich. Sie lehnt sich gegen den Türrahmen und schließt für einen Moment die Augen. Öffnet sie wieder, blickt auf die beiden Menschen, die ihr das Wichtigste auf der Welt und im Moment doch so fern sind.

»Ich geh in die Badewanne. Bringst du die Maus ins Bett? Sie könnte noch eine Milch vertragen. Und wickle sie bitte.«

»Ja klar. Wir kommen zurecht. Was, Pia?« Arne pikst ihr in den Bauch, Pia quietscht vor Vergnügen.

Miriam wählt den Pizzaservice an, gibt die Bestellung auf und geht hinauf ins Bad.

Erst im heißen Wasser löst sich die Spannung von ihren Schultern. Ein Schluck Wein würde guttun, aber den hat sie vergessen. Früher brachte Arne ihr oft einen Sekt ins Bad, manchmal glitt er auch zu ihr in den Schaum. Früher. Wieder rollen Tränen, kleinkindhaft groß, und plumpsen geräuschlos ins Wasser. Ihre Heulattacken haben nach der Geburt begonnen, sie hat es immer auf die Hormone geschoben. Aber was ist mit der Angst? Diesen schwarzen Gewichten, die ihr die Luft zum Atmen nehmen, sich auf sie legen, von einem Moment zum anderen?

Hannah fällt ihr ein. Vielleicht sollte sie es ihr anvertrauen. Die Freundin hat die Begabung, aus allen Dingen, die einen schwer wie Blei in den Erdkern hinabziehen wollen, etwas Fruchtbares zu machen. Etwas, das nach oben wächst. Wie die Birke im Garten »Sonnenau«.

Oder sollte sie Arne endlich sagen, was manchmal mit ihr los ist? Erst jetzt fällt Miriam auf, dass er heute früher als sonst nach Hause gekommen sein muss. Und obwohl er schon da war, als sie zurückkam, hat sie ihm noch nichts vom Tag erzählt. Er weiß weder von Ediths Tod noch von Papas wachem Moment und dessen Andeutungen. Auch nichts von Pias Schreiattacke. Wann hat sie aufgehört, sich ihm mitzuteilen, und warum eigentlich? Immer scheinen seine Belange wichtiger. Was weiß er überhaupt? Von der nächtlichen Angst ganz zu schweigen. Aber das ist ihre eigene Schuld. Wenn sie sich vorstellt, ihm von ihren Panikzuständen zu berichten, wird ihr schwindelig. Die Angst würde dann verbindlich. Unausweichlich. Miriam müsste Stellung beziehen und handeln. Das würde er einfordern. Aber dazu hat sie keine Kraft. Außerdem frisst Arne sein Beruf als Anwalt auf, sie hat es schon oft zu spüren bekommen. Der ewige Stress, der Ärger mit den Kollegen. Miriam möchte nicht noch mehr Holz ins Feuer legen. Sie will seine Restenergie lieber Pia schenken. Und eigentlich hat sie ihre Attacken noch ganz gut im Griff. Sie muss in diesen dunklen Momenten nur dafür sorgen, genug Luft zu bekommen. Ein Fenster öffnen, tief inhalieren. Sie weiß, was zu tun ist, um sich zu beruhigen. Es wird schon irgendwie gehen.

Trotzdem saugt sich der Gedanke in ihr fest, Hannah in ihr Geheimnis einzuweihen. Sie wird sie bestimmt besser verstehen als der rationale Arne und sie nicht überfordern.

»Wie war es bei deiner Mutter?« Arne zerkaut mit großem Appetit ein Stück Pizza und kann es kaum schnell genug hinunterschlucken.

»Das Übliche.«

Er macht keine Anstalten, mehr von ihr zu erfahren. Aber es nützt nichts. Von Ediths Tod muss sie erzählen.

»Meine Mutter hat Kuchen gebacken, immerhin, einen ihrer leckeren Biokuchen. Aber dann kam ein Anruf von Jannes. Tante Edith ist heute Nacht gestorben. Auch wenn meine Mutter es nie zugeben würde, es muss ihr doch zugesetzt haben.«

Arne blickt auf. »Edith? Gestern? Oh. War es doch so ernst?«

»Ja. Es war mir auch nicht klar. Mutter hat es nie so aussehen lassen. Sonst wäre ich hingefahren.« Gegen ihren Willen bilden sich erneut Tränen. Sie versteht es nicht. So nah stand die Tante ihr nicht.

»Ach Mirja, das tut mir leid.« Er lässt für einen Moment die Gabel sinken.

Miriam winkt ab. »Es war alles ein bisschen viel heute. Die Zickereien von meiner Mutter. Ihre komischen Reaktionen. Und dann bin ich noch zu meinem Vater gefahren. Erst hat er mich wie immer nicht erkannt. Dann plötzlich doch. Er hat mich sogar nach meiner Arbeit gefragt. Und als ich ging, nannte er mich Frau Neubauer.« Sie lacht angestrengt.

»Dabei siehst du ihr so gar nicht ähnlich«, versucht Arne

einen schwachen Witz. Und fügt hinzu: »Es ist ganz normal, dass es innerhalb von Minuten schwankt bei Demenz. Das hat der Arzt doch gesagt. Und immerhin hat dein Vater dich zwischendrin erkannt.«

»Ja.« Miriam schnäuzt sich. »Das hat gutgetan. Da war er mir näher als meine Mutter, die geistig da ist und sich trotzdem für nichts interessiert. Nicht für mich und nicht mal für Pia. In ihren Augen mache ich alles falsch, nur darüber redet sie mit mir.«

Arne hat die Pizza aufgegessen und trinkt einen großen Schluck Rotwein. Er setzt das Glas schwungvoll ab, dann schaut er Miriam ins Gesicht. »Ich verstehe, dass dich das alles mitnimmt, aber mit deiner Mutter, das ist nichts Neues. Hör auf, ständig Türen einrennen zu wollen bei ihr, du wirst immer wieder enttäuscht. Ich hab dir abgeraten, hinzufahren, weißt du noch? Weil ich gewusst habe, dass du wie ein Häufchen Elend zurückkommst.« In seine Stimme hat sich ein gereizter, nahezu strenger Unterton geschlichen, mit dem Miriam nicht gerechnet hat. »Jetzt freu dich doch einfach, dass dein Vater einen klaren Moment hatte!«

Arne ist also von der Arbeit erschöpft und möchte keine Probleme wälzen. Wie immer. Gleich wird er fragen, ob es etwas Sehenswertes im Fernsehen gibt, ganz so, als hätte sie alle Zeit und Ruhe der Welt, tagsüber das Fernsehprogramm zu studieren. Sie steht auf und räumt das wenige Geschirr, auch ihre halb aufgegessene Pizza, vom Esstisch. Tatsächlich nimmt Arne sein Glas und die Zeitung von heute und begibt sich zum Sessel, in den er sich seufzend fallen lässt. Wie vorhersehbar ihr Alltag ist.

»Wann ist denn die Beerdigung?«, ruft er zu ihr herüber.

Miriam beschließt, nicht in die Rolle der beleidigten Leberwurst zu schlüpfen. »Keine Ahnung. Jannes habe ich noch nicht erreicht, aber wir werden schon von ihm hören.« Der Gedanke daran wirft in Miriam eine schäumende Woge empor. Sie wird ihn bald wiedersehen. Endlich. Jannes hatte immer die Gabe, in ihr wie in einem Buch zu lesen, und manchmal kommen aus ihren Mündern gleichzeitig dieselben Worte. Auch ihrem Bruder Nils wird sie wieder begegnen. Er ist zwei Jahre älter als sie und lebt in Lübeck. Sie sehen sich selten, weil er beruflich oft im Ausland unterwegs ist. Er arbeitet mit Leidenschaft für eine Firma, die Ersatzteile von Oldtimern aus Amerika importiert, und klappert dafür Schrottplätze, Auktionen und Privatverkäufer ab. Aber sie schickt ihm immer wieder Fotos von Pia auf sein Handy, und sowie seine Zeit es zulässt, antwortet er.

Es ist ein trauriger Anlass, doch er wird die Familie für ein paar Stunden zusammenführen.

***

Jede Bewegung ist ein Martyrium. Ich krümme mich am Boden, meine Eingeweide winden sich. Sie waren da. Gleich mit vier Mann sind sie gekommen. Jagos Leute. Ich konnte mich nicht ewig verstecken. Die wussten, wo sie mich finden. Kaum ein Wort haben sie verloren, der Auftrag war klar. Kohle her. Oder den Stoff zurück. Alles durchwühlt haben sie, aber natürlich war da nichts. Hab das Geld ja verzockt. Und der Teil, den ich bisher nicht vertickt habe, ist zum Glück noch in Sicherheit.

»Ich hab nichts mehr. Auch kein Geld.« Mehr konnte ich nicht erklären, da haben sie schon zugetreten. Immer wieder. Wichser! Die haben mich dazu gebracht zu winseln wie ein Tier. »Jago bescheißt man nicht, merk dir das. Beim nächsten Mal bist du tot.« Das war das Letzte, was der eine zischte. Nie gesehen, den Kerl. Eisaugen, aus denen nackter Hass blitzt. Dann sind sie weg.

Der Schmerz brennt in meinem Rücken, im Bauch. Ich brauche Tabletten, starke, niemand darf was merken. Auch die Süße nicht. Versuche hochzukommen. Sabber läuft mir aus dem Mund, alles verschwimmt vor meinen Augen. Mir wird speiübel. Meine Beine sacken weg, die Fliesen schwanken unter mir. Ich kralle mich am Waschbecken fest, kotze hinein. Drehe den Hahn auf, schütte mir kaltes Wasser über den dröhnenden Schädel. Das Gesicht im Spiegel ist weiß wie die Wände hier, aber nicht eine Schramme. Mein Rücken wird blau werden, meine Rippen sind Matsch. Aber das sind Profis. Die sind nicht so blöd, da Spuren zu hinterlassen, wo sie jeder sehen kann.

Es war ein Trugschluss, zu glauben, dass mich schon keiner umbringen würde. Die Typen sind zu allem fähig.

Ich muss mir eine Waffe besorgen. Und mein Messer ab jetzt immer dabeihaben.

4

Anderthalb Wochen sind nach Ediths Tod vergangen. An dem regnerischen Morgen der Beerdigung verweigert die Herbstsonne ihren Dienst. Miriam spürt das Herannahen des Novembers wie eine düstere Vorahnung. Noch am vergangenen Wochenende haben sie, Arne und Pia einen Ausflug nach Grömitz unternommen, wo sie nachmittags auf der warm beschienenen Promenade einen eisgekühlten Aperol Spritz zu sich nahmen, der goldorange im Glas schimmerte, während Pia im Buggy nach ihren eigenen Füßen griff. Der Ausblick auf den Strand mit seinem weißen Sand und den leeren Strandkörben, die sich dem Meer zuwandten, war wie Abschiednehmen vom Sommer gewesen.

Heute erscheint Miriam diese Erinnerung wie die letzte Vision vom Paradies, als sie vor der neugotischen, rot verklinkerten Kirche in Brokstedt aus dem Auto steigt und der Regen ihre Haare benetzt, im Nu ihre Schultern durchnässt. Tante Edith wohnte zwar in Weddelbrook, doch Ediths Schwiegereltern lebten einst in Brokstedt und haben hier eine Familiengrabstätte, in der schon Joachim beigesetzt wurde. Nun soll Edith neben ihm ihre letzte Ruhe finden.

Miriam entdeckt ein paar Meter weiter an der Straße Mutters versteinertes Gesicht, beschattet von einem Schirm, den sie wie eine überdimensionale, nach unten gestülpte Krone vor die Stirn hält.

»Da seid ihr«, sagt sie. Was sonst.

»Ist Nils noch nicht da?«, fragt Miriam.

Jutta schüttelt den Kopf. »Der kommt und geht doch, wie er will.«

Miriam hört darüber hinweg. »Und Jannes?«

»Er wartet dahinten. Nachher müssen wir klären, wie es mit Ediths Haus weitergehen soll.«

Miriam muss sich der Pietätlosigkeit ihrer Mutter entwinden, mit der sie über das Erbe spricht, noch bevor Edith beerdigt ist. Sie nimmt Arne bei der Hand, der die ganze Zeit angestrengt in die Ferne gestarrt hat. In Anwesenheit ihrer Familie zeigt er immer eine Reserviertheit, deren Wurzel Miriam nur erahnen kann. Besonders zwischen ihm und Jannes mit seinem unsteten Leben prallen wohl Welten aufeinander. Aber sie kann verstehen, dass Arne sich mehr seiner eigenen Familie verbunden fühlt, besonders seinem einzigen Bruder, den er aber ähnlich selten trifft wie Miriam Nils.

Sie zieht Arne Richtung Kirchenvorplatz, wo schon wenige Trauergäste versammelt sind. »Halt durch!«, raunt sie ihm zu, und wie um ihr zu zeigen, dass er es irgendwie schaffen wird, summt Arne ironisch.

Dann sieht sie ihn. Jannes, er lehnt mit der Hüfte gegen eine niedrige Mauer, die sich in einem Halbrund vor dem Rasen entlangwindet. Der Regen hat sein Haar eine Nuance dunkler getönt, es hängt glänzend und schwer in seine Stirn. Seine Arme sind verschränkt, er schaut über die Schulter hin zu den Bäumen, in denen noch ein Rest Leben wirkt, gelb und rot hinabwirbelnde Blätter lenken sein Augenmerk weg von den Trauergästen. Als Miriam fast vor ihm steht, wendet er ihr den Kopf zu. Sofort verändern sich seine Gesichtszüge. Ein Ruck geht durch seinen Körper, kaum merklich, ein sanfter Stoß, etwas in ihm, an seiner Haltung, hellt sich auf. Er steht auf. Sein Blick strandet wie eine warme Welle in ihrem.

»Miri.«

So nennt er sie immer. Mehr sagt er nicht. Sie fühlt sich umfangen von seiner Umarmung, drückt ihr Gesicht an seinen nassen, grauen Mantel, der nach Zeder und Rauch riecht. Beide treten einen Schritt zurück. Jannes' Augen treffen wieder ihre, mit fast gläserner Iris, herbstlaubfarben. Miriam muss an filigranes, durchscheinendes Porzellan denken, fein und golden geädert. Nichts ist zu spüren von dem familienverschrienen Hallodri mit seinen Vorstrafen. Einmal mehr kommt es ihr so vor, als gebe es verschiedene Frequenzen, mit denen Menschen einander hören oder wahrnehmen können, verschiedene

Farbspektren. Als sei die Wahrheit einer Seele nur das Abbild von Belichtungszeiten, die ein anderer ihr zu schenken bereit ist. Jannes ist einer der Menschen, dem sie alles Licht der Welt geben würde. Sie hat bis heute nicht verstanden, warum.

Arne neben ihr scharrt nervös mit den Füßen. Er und Jannes haben sich die Hände gereicht, mit einem leichten Kopfnicken hat Arne ihm ein Beileid zugemurmelt. Aus Jannes' dunkler Haarsträhne löst sich ein Regentropfen.

»Weißt du, was das für Leute hier sind?«, flüstert Miriam.

Jannes blickt kurz zur Seite. »Ich kenne nur die Nachbarin meiner Mutter, Christa Blotenberg, das daneben ist ihr Sohn Kai. Wohnt immer noch bei ihr. Die anderen sagen mir nichts. Wahrscheinlich auch Leute aus Weddelbrook.« Wieder dreht er den Kopf und betrachtet das Herbstschauspiel hinter sich, seine Augen wandern unruhig hin und her.

Miriam legt eine Hand an seinen Arm. »Komm. Wir müssen hingehen und sie begrüßen.«

Er nickt.

Frau Blotenberg, eine rundliche Frau von vielleicht Mitte sechzig, nimmt Jannes' Hand entgegen und schüttelt sie lange, bedenkt Miriam mit einem vertraulichen Lächeln, das eine Reihe schiefer Zähne entblößt.

»Sie war 'ne gute Seele, die Edith. Wir hatten ja gar nich viel mittenander zu tun, aber wenn ich ma Zucker brauchte oder 'n Ei, da warse immer hilfsbereit. Eben nur 'n bisschen zurückgezogen, wir hatten ja erst gar nich mitgekricht, dasse so krank war. Hätt ich mich doch gern umse gekümmert oder mal Blumen gegossen, ne? Na, nun, min Jung, wenn ihr ma Hilfe braucht jetz mit dem Haus oder so, sach ma Bescheid. Mein Kai is ja auch noch da. Kann ordentlich zupacken, wenn ma was zu tun is. Hat halt was am Kopp, aber Muskeln hatter.« Sie schiebt Kai, einen bärenhaften Mann, etwa Anfang vierzig, am Arm in die kleine Runde. »Jetz sach ma Hallo zu den Leuten. Das is Jannes, den kennste doch noch.«

Kai schaut zu Boden, reicht Jannes linkisch eine tatzenförmige Hand, um sie schnell wieder zurückzuziehen. Als niemand ein Wort sagt und Jannes' Blick leer zum Kirchenportal flieht, übernimmt Miriam das Gespräch.

»Frau Blotenberg, das ist sehr nett, uns Hilfe anzubieten. Vielleicht kommen wir darauf zurück.«

»Du warst noch die ... na ... ich komm gleich drauf.«

»Miriam. Miriam Jensen.«

»Ach ja. Miriam. Ach Gott, ja ... Kai, guck ma, das is Miriam. Kennste auch noch, die Nichte von Edith.«

Miriam ist irritiert. Woher sollten sie sich kennen? Bevor sie antworten kann, steht Mutter neben ihr. »Wo steckt Nils denn? Es kann jeden Moment loslegen, nie kann man sich auf ihn verlassen ...« Sie klappt den Schirm zusammen.

Die Glocken läuten. Mit tiefen, erhabenen Klängen verdrängen sie weitere Wortfetzen von Frau Blotenberg, von Mutter. Miriam ist froh, sich abwenden und in die Kirche gehen zu können, sie reiht sich dicht bei Jannes ein. Er setzt seine Schritte unsicher, fast möchte sie seine Hand nehmen, aber sie lässt es bleiben, spürt Arne neben sich, der sich rechts auf eine der Kirchenbänke fallen lässt. Sie setzt sich neben ihn.

Im Altarraum steht der aufgebahrte, verschlossene Sarg aus Kiefernholz, seidenglänzend lackiert bietet er den Blumengestecken aus Lilien und Rosen einen hellen Hintergrund, und Jannes hat sich wohl entschieden, ein großes, gerahmtes Foto seiner Mutter mit aufstellen zu lassen, aus einer Zeit, in der es ihr noch gut zu gehen schien. Zumindest lächelt sie.

Der Trauergottesdienst hat bereits begonnen, als die Kirchentür krachend ins Schloss fällt. Mehrere Gäste wenden den Kopf nach hinten, auch Miriam. Nils ist da. Sein flachsblonder Schopf schwebt wie eine Leuchtkerze durch den Mittelgang, er nickt einigen kurz zu, Mutters Lippen verengen sich. Dann setzt er sich, wird von dunklen Mänteln und Jacken, von fremden Köpfen verschluckt. Er hat Miriam noch nicht bemerkt.

Die Rede des Pastors fällt warmherzig und tröstlich aus, auch wenn spürbar ist, dass es keine nähere Verbindung zur Verstorbenen gegeben hat. Edith hatte sicher schon seit Jahrzehnten keine Kirche mehr betreten, und offensichtlich hat Jannes sich mit persönlichen Details aus ihrem Leben beim Vorgespräch zurückgehalten. Der Pfarrer tut sein Bestes mit den mageren Informationen. Die Orgelklänge zerbersten an den Wänden. Es war richtig, Pia für diese Stunden in die Obhut Hannahs gegeben zu haben. Spätestens jetzt würde die Kleine schreien, dessen ist sich Miriam sicher. Und es hatte sich erstaunlich gut angefühlt, das Kind mal zurückzulassen, Hand in Hand mit Arne den Schauplatz der Müdigkeit, des ewigen Kreisens zwischen Bettchen, Wickeltisch und Babybrei kurzzeitig zu verlassen. Hannah hatte in der Haustür gestanden, mit Pia auf dem Arm und Jörg an ihrer Seite, der Miriam und Arne mit einem leicht verkniffenen Gesicht nachsah. Miriam hatte nichts dagegen gehabt, dass er Hannah beim Babysitten unterstützt. Obwohl sie über diese Bitte schmunzeln musste. Die beiden kleben geradezu aneinander.

Die kleine Trauergemeinschaft erhebt sich plötzlich und strebt dem Ausgang zu. Miriam zuckt zusammen, sie war völlig in ihre Gedanken vertieft. Arnes Nähe beruhigt sie. Sie fühlt wieder seine Hand in ihrer, als sie sich in den Mittelgang einreihen.

Draußen empfängt sie die klamme Herbstluft. Die Sargträger schreiten voran, drei an jeder Seite des Sargs, sechs Männer in dunklen Anzügen umfassen mit ernster Miene die Griffe mit den Händen. So viele Hände, so viel Muskelkraft, denkt Miriam, dabei wirkte Edith immer so leicht, ätherisch, mit zarten, nach oben gesteckten Haarsträhnen. Sicher war sie zum Ende ihres Lebens hin noch dünner geworden.

Sie spürt eine Berührung in ihrem Rücken. Es ist Nils' Hand, sein helles, sommersprossiges Gesicht geht wie eine Sonne über ihr auf. Sie drückt ihn innig.

»Was für 'n Scheiß, was?«, sagt Nils leise, mit seinem ziegenbockartigen Lachen, mit dem er Miriam immer ansteckt. »Sie war 'ne Feder, die würde ich mir über die Schulter legen und im eleganten Bogen ins Grab werfen.«

Arne grinst gequält, Miriam knufft den Bruder in die Seite,

hofft, dass Jannes ihn nicht gehört hat und Nils wenigstens den Mund hält, wenn sich alle vor dem offenen Grab sammeln.

Sie überqueren die Straße und nähern sich langsam einem schmiedeeisernen Tor, das rechter Hand den Weg auf den Friedhof freigibt. Kreuze erheben sich aus einigen der Verstrebungen Richtung Himmel. Bald knirscht der Sandweg unter Miriams Tritten. Eine große Linde. Marmorne Grabsteine. Engelsskulpturen. Sie fixiert ihre schwarzen Schuhspitzen. Einen Schritt vor den anderen setzen … In ihrem Magen krampft sich etwas zusammen, ein undefinierbarer, schwerer Klumpen. Als sie den Friedhof fast bis zum hinteren Ende durchschritten haben, kommen sie vor der offenen Grube zum Stehen. Miriams Beine zittern. Das Grab, in dem schon Ediths Mann Joachim vor zweiunddreißig Jahren beerdigt wurde. Miriam starrt auf die Inschrift. »Joachim Roth«, prangt auf dem grauen Granitstein, darunter sein Geburts- und Todesjahr. Für Ediths Namen und Daten ist noch Platz. Miriam schaut auf. Jannes' Lippen sind fast weiß geworden. Er hat die Schultern hochgezogen, seine Hände krallen sich ineinander.

Der Sarg wird eingelassen. Mit einem Poltern ruckelt sich ihr letztes Bett in seiner Senke zurecht.

»Erde zu Erde, Staub zu Staub.« Die Stimme des Pastors verliert sich, in Miriams Ohren rauscht es. Erde prasselt Schaufel für Schaufel nieder, Rosen segeln hinunter und landen mit einem sanften Rascheln auf dem lackierten Holz. Jannes tritt beiseite, sein Kopf ist gesenkt. Miriam greift nach der kleinen Schippe und lässt Erde hinabrieseln, ihre Hand zittert. Sie sieht starr in die Grube vor sich, kämpft mit dem Kribbeln um ihren Mund. Im Augenwinkel nimmt sie Nils wahr, der sie aufmerksam betrachtet.

Sie muss sich abwenden, löst sich aus der Gruppe und geht willkürlich einige Schritte. Nur Abstand braucht sie. Vor ihr führt der Weg durch zwei hochgewachsene Nadelbäume in Richtung eines schmalen Tors. Ein Hinterausgang, nur wenige Meter von der Menge entfernt. Zwei Mauersäulen rahmen ihn ein. Miriam lehnt sich gegen das schmutzige Gestein. Atmen, sie muss atmen, aber jeder Luftzug verengt sich zu einem Pfeifen.

»Miri. Alles in Ordnung?«

Jannes.

»Jaja.«

»Wirklich?«

Sie schüttelt erst den Kopf, dann nickt sie. Deutet ihm wortlos an, dass wenigstens er und Nils für die Beileidsbekundungen am Grab stehen bleiben sollten, Jutta hat sich schon positioniert. Jannes versteht und geht zögerlich zurück, entfernt sich wie die Luft um Miriam. Sie sieht seinen Rücken kleiner werden, ihr Sichtfeld schrumpft ein. Ihre Handflächen fühlen noch das nasskalte Gestein der Säule, dann wird ihr schwarz vor Augen.

***

Wie blass du bist. Und zugenommen hast du. Endlich Brüste bekommen. Na, kannst ja nicht ewig das Kind bleiben. Jetzt, wo Pia da ist.

Du bist so naiv. Pur. Fast gehäutet. Und freundlich zu allen. Eine Lichtgestalt, könnte man meinen. Wie sich deine Hand immer zu anderen Menschen gräbt, als gäbe es dort was zu finden. Lächerlich. Wirst noch ersticken an deiner Liebe. Deiner Unwissenheit.

Eigentlich mag ich dich. Ja, ich hab dich gern. Das gelingt mir schon. So gut es eben geht. Etwas in deinem Wesen rührt mich an. Aber zwischen uns liegen Welten. Du in deinem Pseudo-Paradies. Ich im Dreck. Du bist Lichtjahre von mir entfernt. Von dem, was du nicht mehr weißt. Nichts ahnst du von dem Abgrund, der mich umgibt. Uns alle hier.

Euer dumpfes Gerede um Nichtigkeiten. Die Illusion, alles sei in Ordnung. Nichts ist in Ordnung, aber ihr wollt die Wahrheit nicht sehen. Blind seid ihr. Ein verlogener Haufen, der nicht mal merkt, wenn neben euch einer verreckt.

Im Versteckspielen seid ihr alle Meister. Eckstein, Eckstein, alles muss versteckt sein. Versteckt in euren Gehirnen, ihr Idioten.

Aber ich, ich seh alles. Vorhin war ich in dem Haus, die Lage checken. Die Erinnerung hat mich eiskalt angefasst. Sogar der Geruch war noch derselbe. Der Ort ist jetzt nicht mehr so sicher. Nur weiß ich im Moment keinen besseren. Warum musste die Alte auch so plötzlich abtreten? Hab vorsichtshalber den Zugang versteckt.

Kann ja schlecht die Tür bewachen.

So wie früher.

5

Es ist Arne, der an Miriams Seite hockt, seine Hand an ihrem Arm, als sie benommen mit den Augen blinzelt. Sein Gesicht schwebt über ihr, verzieht sich zu einem erleichterten Lächeln. Dicht hinter ihm stehen Nils und Mutter und blicken betroffen auf sie herab. Jannes weist gerade den wenigen anderen Trauergästen die Richtung zur Gaststätte des Ortes, den Bürgerstuben, in denen man noch beisammen sein wird. Miriam ist dankbar. Nur weg sollen diese Leute. Auf der Seite im feuchten Dreck zu liegen gibt ihr das Gefühl, unglaublich mickrig zu sein. Sie schämt sich, Ediths letzten Weg so peinlich gestört zu haben.

Sie versucht, sich halb aufzurichten.

»Noch nicht. Mach langsam, Schatz«, flüstert Arne. »Sonst fällst du gleich wieder um.«

»Es tut mir leid«, sagt Miriam benommen.

»Quatsch.«

»Hat irgendwer 'nen Flachmann dabei?«, ruft Nils in die sich zerstreuende Menge und schaut Miriam dann mit einem schiefen Lächeln an. »Offenbar keine heimlichen Alkoholiker anwesend.« Er blinzelt ihr zu.

Miriam möchte im Boden versinken. Nils' Albernheit macht vor keiner Situation halt. »Du bist unmöglich«, schimpft sie schwach.

Mutter bedeckt nur die Augen mit einer Hand.

»Was jagst du uns denn für einen Schrecken ein?« Jannes hat sich vom Pastor verabschiedet, der besorgt seine Hilfe angeboten hatte, und ist zu ihnen gekommen. Seine dunklen Augen ruhen auf ihr.

»Schnaps ist keine schlechte Idee«, meint Arne. Und zu ihr gewandt: »Schaffst du es bis zum Auto? Das Restaurant ist nicht weit, aber besser, wir fahren hin. Und bestellen dir einen Kurzen.«

»Den brauchen wir alle«, sagt Nils trocken.

»Was soll denn das, Kind? Hast du nichts gefrühstückt heute Morgen?«

Arne macht eine wegwischende Geste in Juttas Richtung, und sie schweigt.

Im Gasthof angekommen, fühlt sich Miriam leichter. Vor dem rustikalen Kneipenraum liegt ein separater Restaurantbereich, zu dem Arne Miriam behutsam hinführt. Er rückt ihr einen Stuhl zurecht und bestellt einen Aquavit.

»Zwei, bitte, Linie«, ordert Nils, und korrigiert mit einem Augenzwinkern in Richtung Jannes: »Drei – doppelte!« Er klopft ihm freundschaftlich auf die Schulter.

Nach dem ersten Schluck rückt das Bild des engen Erdlochs von Miriam ab, vergisst sie den blechernen Ring, der sich wieder um ihren Hals gelegt hatte. Sie lässt die anderen in dem Glauben, dass es nur ein kleiner Schwächeanfall war.

Erstaunlich fröhlich geht es in der Runde zu, man isst mit großem Appetit. Das Essen, gutbürgerlich, schmeckt ausgezeichnet, doch Miriam bringt kaum einen Bissen hinunter. Hin und wieder wandert ihr Blick zu Jannes, der ihr schräg gegenübersitzt und wie sie wenig spricht. Auch seine Augen tasten sich zu ihr hin, saugen sich traurig in ihren fest. Sie lächelt ihm tröstend zu.

Als sich Arne, Nils, Jutta und Miriam zu einem kurzen Spaziergang vor dem Nachtisch entschließen, winkt Jannes nur ab. »Geht ihr ruhig. Tut dir gut, Miri, bringt den Kreislauf in Schwung.«

Der Regen hat nachgelassen, trotzdem sind nur wenige Menschen auf den Straßen unterwegs. Wahrscheinlich sitzen viele beim Mittagessen, vor einem flackernden Fernsehbild. Miriam sieht die typischen Lichteffekte durch die Fensterscheiben mancher Häuser flimmern. Sie spazieren an einem weißen Gebäude mit zwei großen Schaufenstern vorbei, eine Verkaufstheke steht verlassen in dem leeren Raum. Vielleicht eine ehemalige Bäckerei. Etwas daran bestürzt Miriam.

»Was machen deine Amischlitten?«, fragt Arne ihren Bruder.

»Das Geschäft läuft wie ’ne Eins.«

Miriam hakt sich bei Nils unter. »Wann bist du wieder in Amerika?«

»Ich fliege direkt Montag wieder. Es gibt ein paar wichtige Auktionen.«

»Du könntest doch nachher noch mit zu uns kommen. Damit du die Kleine mal wiedersiehst.«

»Würde ich so gern. Aber ich muss gleich wieder los. Es gibt viel vorzubereiten. Termine mit Privatleuten machen und so weiter. Da findet man manchmal die größten Schätze.«

»Schade.«

»Ich weiß – schick mir aber gern ein paar Fotos von Pia, okay?«

»Wie lange wirst du wegbleiben?«

»Die ganze Woche. Und im November bin ich noch mal zwei Wochen unterwegs.«

Miriam kommt eine Idee. »Hast du denn Weihnachten schon was vor?«

»Weihnachten? Kind, das ist doch noch ewig hin …«, mischt sich Jutta ein.

»Wenn Nils nie da ist, müssen wir es aber jetzt besprechen«, gibt Miriam zurück. Ihr Bruder ist beruflich erfolgreich, aber ewiger Single, und jedes Jahr tut es ihr leid, dass er sich dennoch nicht zu einem Familienbesuch entschließen kann. Wahrscheinlich weil er glaubt, ihnen zur Last zur fallen.

»Es stimmt«, sagt Arne jetzt. »Du brauchst die Feiertage nicht allein zu verbringen.«

Miriam wirft ihm einen dankbaren Blick zu. »Es wird Pias erstes Weihnachtsfest, da wäre es doch schön, wenn die Familie zusammen ist. Wir würden uns freuen.«

»Weiß ich. Aber mach dir um mich mal keine Sorgen.« Er hebt die Schultern. »Ich hab’s einfach nicht so mit Weihnachten und Friede, Freude, Eierkuchen.«

Jutta ergreift wieder das Wort. »Dass du immer unterwegs

sein musst, Nils. Manchmal gibt es Wichtigeres als deine Oldtimer.«

Nils verdreht die Augen. »Als da wäre?« Seine Stimme klingt kühl.

»Zum Beispiel Familienangelegenheiten. Edith wollte ihr Haus an uns vererben. Sie hat Jannes schon lange nicht mehr getraut, und außerdem hat er immer betont, dass er das Haus nicht will.«

»Und?«

»Wer kümmert sich darum? Einziehen möchte ja wohl niemand von uns. Es ist völlig marode. Wäre fast ein Wunder, wenn sich ein Käufer dafür findet. Trotzdem muss jemand hin und es entrümpeln.«

»Edith ist gerade erst unter der Erde, Mama«, wirft Miriam ein.

»Genau. Kommt Zeit, kommt Rat«, sagt Nils gelangweilt.

»Es soll also weiter vor sich hin verfallen?« Juttas Stimme wird spitz. »Ich möchte das Ding so schnell wie möglich loswerden! Es ist nichts als eine Belastung, Jannes weiß schon, warum er damit nichts zu tun haben will.«

»Wer weiß«, witzelt Nils, »vielleicht zieh ich ja mal ein? Mit Frau und Kind?« Er funkelt Jutta an und lacht sein Ziegenbocklachen.

»Du? Das ist ja wohl ein schlechter Scherz. Was ist mit dir, Miriam? Kannst du nicht mal hinfahren?«

»Jetzt mach nicht so eine Wallung um das blöde Haus!« Nils wird endlich einmal ernst. »Ihr braucht euch da nicht krummzulegen. Miriam erst recht nicht. Es geht ihr nicht gut, man fällt schließlich nicht ohne Grund in Ohnmacht.« Er blickt mit einem Vorwurf in den Augen Jutta an, dann fasst er Miriam behutsam am Arm. »Erhol dich erst mal, du hast sowieso genug mit Pia zu tun. Und du«, wendet er sich wieder an seine Mutter, »brauchst auch nichts zu machen. Ich kann mich da gern mal umschauen, aber es hat Zeit, bis ich aus Amerika zurück bin. Okay?«

»Wir sollten sowieso erst mal abwarten«, sagt Miriam. »Vielleicht stimmt es gar nicht, dass sie Jannes enterbt hat. Und wenn doch, möchte er vielleicht trotzdem selbst ausmisten, es ist schließlich sein Elternhaus.«

»Eben!«, bestärkt sie Nils.

»Das glaubt ihr doch wohl selbst nicht ...« Jutta schüttelt resigniert den Kopf.

Schließlich meldet sich Arne zu Wort. »Auch wenn ich nur angeheiratet bin – ich bin auch noch da.«

Nacheinander treten sie wieder in die »Bürgerstuben« ein. Jannes lehnt an der Tür zum Speiseraum, als habe er auf sie gewartet. Im Flur hängt ein großer Spiegel mit einer Ablage davor. Alle fünf werden darin sichtbar, Jannes, Nils, Arne, Jutta und Miriam. Ein seltenes Familienbild. Ein blinder Fleck auf der Oberfläche legt sich genau über Mutters Gesicht.

Jannes' und Miriams Blicke begegnen sich im Spiegel. Nur kurz, aber deutlich genug, dass Miriam Hitze in die Wangen steigt. Ein drittes, blaues Augenpaar gesellt sich hinzu. Nils. Er zieht die Augenbrauen hoch, und Miriam fühlt sich wie ertappt.

»Ich hab's mit Frau Blotenberg da drin nicht mehr ausgehalten«, raunt Jannes und grinst.

»Gott, seh ich scheiße aus!« Nils stellt sich mit gespielt verächtlicher Pose vor den Spiegel. Er zieht einen Kamm aus seiner Jacketttasche und ordnet sein Blondhaar. Bevor sie wieder in den Gastraum gehen, verabschiedet er sich und bricht hastig auf.

Nach dem Dessert und letzten, verebbenden Gesprächen verklebt die restliche Trauergemeinschaft zu einem sich teils umarmenden, teils Hände reichenden Abschiedsklumpen.

Frau Blotenberg drückt Miriam fest die Hand. »Armes Ding.« Mitleidig betrachtet sie Miriams Gesicht, dann seufzt sie schwer.

Miriam lächelt verkrampft. Armes Ding? Das ist übertrieben. Edith war nur ihre Tante, nicht ihre Mutter. Frau Blotenberg, die jetzt ihrem Sohn Kai in die Seite boxt, scheint etwas durcheinanderzubringen. Kai streckt Miriam daraufhin brav, ohne sie anzusehen, seine große Pranke hin. Sie fühlt sich an wie Knetgummi.

Beim Hinausgehen schaut Miriam noch einmal zurück. Auf der schmalen Ablage liegt Nils' Kamm – er hat ihn vergessen, fahrig und zerstreut, wie er immer ist. Schmunzelnd steckt Miriam den Kamm in die Brusttasche ihrer Jacke.

6

Miriam lässt den Telefonhörer sinken, die Stimme ihrer Mutter entfernt sich zu einem blechernen Flüstern. Sie hätte das Gespräch nicht annehmen sollen. Vorbei die Schonung, die Jutta ihr zugestand, nachdem sie auf Ediths Beerdigung »diesen kindischen Anfall« gehabt hatte, wie sie es nennt. Ein »unschönes Kreislaufversagen«.

Sie führt den Hörer langsam wieder ans Ohr.

»... könntest zumindest mal nach dem Rechten sehen. Dein Bruder kann nicht so bald von seinen Verpflichtungen weg. Und über Jannes brauchen wir kein Wort zu verlieren. Er ist und bleibt ein Versager. Was noch an persönlichen Sachen von ihm im Elternhaus ist, kann er sich abholen. Ansonsten bekommt er seinen Pflichtteil und gut.«

Mutters Tirade über Jannes drückt Miriam die Eingeweide zusammen.

Tatsächlich war Anfang November, kurz nach Tante Ediths Beerdigung, das erwartete Schreiben des Notars hereingeflattert, in dem die Verwandten zur Eröffnung des Testaments geladen wurden. Jannes zeigte keine Reaktion im Nachlassgericht, in dem sich alle wie Bienen im Bau versammelt hatten. Zumindest wirkte er nicht überrascht, als das, wovon man bereits wusste, offiziell verkündet wurde. Nachdem die Erben die Schlüssel zum Haus entgegengenommen hatten, war Jannes im Nu an Miriam vorbeigehuscht, mit einem raschen Seitenblick auf sie, und geflohen.

Juttas fordernde Stimme reißt Miriam aus der Erinnerung. »Was ist nun? Fährst du hin?«

Miriam sagt nichts. Die Vorstellung, Ediths altes Haus zu durchforsten, allein, mit Pia im Schlepptau, ist bedrückend. Was, wenn die Panik kommt? Sie möchte sich und das Kind nicht dieser Situation ausliefern, zumal Weddelbrook nicht gerade um die Ecke liegt.

»Irgendwer muss da mal die Ärmel hochkrempeln«, hört sie Jutta sagen.

»Nils wollte sich doch eigentlich um alles kümmern.«

»Du weißt, dass er dauernd auf Dienstreise ist und viel redet, wenn der Tag lang ist.«

Miriam seufzt.

»Oder ich hole eine Entrümpelungsfirma.« Es klingt wie eine Drohung aus Juttas Mund, nicht wie ein Angebot.

Miriam räuspert sich. »Das wäre mir recht. Versteh mich nicht falsch. Es ist nicht so, dass mir das alles nichts bedeutet, aber ich kriege das mit der Kleinen nicht so einfach hin.«

»Was ist nur heute mit euch jungen Leuten los? Ihr brecht schon bei der kleinsten Aufgabe zusammen!« Jutta wird auf einmal weinerlich. »Wie soll ich mit meiner Arthrose zupacken? Ich schaffe das nicht mehr, nicht mit diesen Händen und meinem Rücken. Ich hab genug mit Gregor zu tun, ich –«

Miriam reibt sich die Augen, fällt ihr ins Wort. »Mama, wir kriegen das schon hin irgendwie, okay? Ich verstehe deine Eile nur nicht.«

Pia liegt auf ihrer Krabbeldecke. Sie ist bei dem Versuch, sich in Sitzposition zu bringen, zur Seite gefallen und jammert. Miriam, den Hörer zwischen Schulter und Kinn geklemmt, setzt sie wieder aufrecht, legt ihr ein Kissen in den Rücken und hält ihr einen bunten Knisterwürfel hin.

»Das Haus steht schon viel zu lange unbewohnt. Wir müssen bald eine Lösung finden.«

»Ja, werden wir.«

Jutta verabschiedet sich seufzend, Miriam wirft den Hörer aufs Sofa und lässt sich selbst danebenplumpsen, samt Pia, die nicht aufhört zu krakeelen. Miriams Mund fühlt sich trocken an, sie braucht ein Glas Wasser, das ihr momentan unerreichbar fern scheint. Sie will ewig auf der Couch sitzen, den nackten Ästen des Apfelbaums in ihrem Garten beim Schaukeln zusehen. Vereinzelt hängen noch kleine, runzlige Äpfel an den Zweigen, die der Baum nicht losgelassen hat. Sie hat es nicht geschafft, dieses Jahr alle abzuernten, nur im Vorübergehen hin und wieder einen Apfel gepflückt und mit ins Haus genommen, um Pia einen Brei daraus zu kochen. Arne rührt kaum Obst oder Gemüse an, trotzdem hatte er darauf bestanden, diesen Baum zu pflanzen. Er trug ihn eines Abends völlig unerwartet nach Dienstschluss durch die Gartenpforte, ein damals noch zartes Gerippe. »Ein Mann muss ein Haus bauen, ein Kind zeugen und einen Baum pflanzen«, hatte er geflachst, und Miriam biss den Schmerz weg, indem sie auf ihren Lippen kaute und schwieg, denn auf ein Kind warteten sie seit Jahren vergeblich.

Sonnenstrahlen durchbrechen die Wolkendecke draußen und bescheinen die Wohnzimmermöbel, tasten sich über Pias Gesicht, die blinzeln muss und ihre Händchen ausstreckt nach golden aufschimmernden Staubpartikeln. Miriam muss lächeln, und bevor sie darüber nachgrübeln kann, wann sie das letzte Mal geputzt hat, fasst sie den Entschluss, sich bei Hannah zu melden. Heute ist Dienstag. Da arbeitet sie meist nur vormittags im Labor – vielleicht können sie sich verabreden. Zumindest hofft Miriam das, denn seit die Freundin in Jörg die Liebe wiederentdeckt hat, ist ihre Zeit drastisch reduziert.

Miriam hat Glück. Ihr Anruf erreicht Hannah allein in der Badewanne, wie die Freundin fröhlich verkündet. Miriam hört das Wasser am anderen Ende plätschern.

»Du deponierst dein Telefon schon neben der Wanne?«, fragt sie amüsiert.

»Jörg wollte sich melden.« Hannah kichert.

Eine Erinnerung segelt herbei, blass wie ein vergilbtes Foto. Gefühle von Verliebtsein, Sehnsucht, unstillbarem Begehren. Arne und Miriam. Zeit mit ihrem Mann allein, der ihr von Anfang an so vertraut vorkam, als würde sie ihn aus einem früheren Leben kennen. Ein Fünkchen Neid flammt in Miriam empor, denn diese wertvolle Zweisamkeit ist inzwischen auf ein Minimum beschränkt. Sie schüttelt die Wehmut ab und macht den Vorschlag, heute an der Schlei spazieren zu gehen, vielleicht im Café Alte Schmiede in Kappeln einzukehren.

»Hm«, hört sie Hannah sagen. »Eigentlich – na ja, Jörg rechnet bestimmt damit, dass wir uns heute noch sehen.«

Miriam schluckt.

»Und er kann manchmal ganz schön beleidigt sein, wenn ich keine Zeit habe.« Gelächter am anderen Ende.

»Ist das dein Ernst?« Aus irgendeinem Grund kann Miriam das nicht witzig finden. »Ihr könnt euch doch heute Abend noch sehen.«

»Ja, du hast recht. Wird er schon verstehen, lass uns treffen!«

Miriam ist erleichtert. Und schiebt den Ärger weg, dass Hannah das bisschen gemeinsame Zeit mit ihrer langjährigen Freundin von Jörgs Gunst abhängig macht. Auch erwähnt sie lieber nicht, dass sie Rat von Hannah braucht, dass sie ihr seltsame Dinge über sich eröffnen will, denn sie befürchtet, ihre Freundin könnte für solche Outings im Moment zu verliebt sein und kein Ohr dafür haben. Der Gedanke macht Miriam beklommen.

Als sie sich später am Hafen von Kappeln treffen, weiß Miriam nicht recht, wie sie von ihrem Problem anfangen soll. Sie lässt lieber Hannah den neuesten Tratsch über ihre Laborkolleginnen erzählen, während sie stumm den Kinderwagen schiebt und beide gemächlich am Ufer der Schlei entlangschlendern. Die Boote liegen vertäut und wiegen sich träumerisch in den Wellen. Ein brackig-fischiger Geruch zieht durch Miriams Nase, ein kleiner Kutter wirbelt Wasser auf. Wie immer, wenn sie hier spazieren geht, erfasst sie ein Sehnen. Es ist die Nähe der Ostsee, die Vorahnung des Meeres, das seinen Arm bis hierhin mitten durch den Ort hält. Als wollte es etwas aus dem Land hervorschöpfen, den Zeigefinger bis nach Arnis ausgestreckt.

Irgendwann kehren sie um und laufen bis in die Schmiedestraße zurück, wo das Feldsteinhaus steht, in dem sich früher die Schmiede befand und inzwischen ein Café betrieben wird. Mit frisch geröteten Wangen lassen sie sich auf die blauen Stühle an einem Nischentisch nieder, die schlummernde Pia im Kinderwagen neben sich. Miriam schaut in Hannahs aufmerksame Augen und weiß plötzlich, wie unbegründet ihr Zögern ist. Sie muss den Moment nutzen, bevor die Kleine erwacht. Sie atmet tief ein und beginnt mit Juttas Forderung, sich um das Haus der verstorbenen Tante zu kümmern, erwähnt den ausgebooteten Jannes, der ihr so am Herzen liegt. Sie berichtet von dem viel beschäftigten Bruder und von Arne, den sie kaum mit ihren Belangen behelligen kann und will.

»Welche Belange meinst du?«, legt Hannah vorsichtig den Finger in die Wunde und führt die Kaffeetasse an ihre Lippen. »Redest du jetzt von dem Haus und deiner Familie, von Sex, oder gibt es noch was anderes?« Sie zwinkert ihr zu.

Miriam muss schmunzeln. »Nein, Sex ist nicht das Problem. Zwar seltener, aber immer noch gut.« Sie legt die Hände übereinander auf den Tisch. »Hannah, du solltest wissen, dass du mit 'nem Psycho befreundet bist.«

»Erzähl mir was Neues«, gibt Hannah sofort trocken zurück, sie lachen beide. Miriams Zunge löst sich endgültig. Sie weiß nicht, was sie zu dem entscheidenden Sprung beflügelt, es wird Hannahs entwaffnende Offenheit sein, die Art, mit der sie ihre Augen auf Miriam heftet und durch nichts aus ihrem festen Sattel geworfen werden kann. Miriam erzählt von den Anfällen, die wie aus heiterem Himmel über sie kommen. Mit jeder Silbe wird sie alles los, den eisernen Ring um den Hals, das schwarze Loch zu ihren Füßen, den Sog des Nichts. Die Angst. Das Japsen nach Luft, bis die Panikwelle wieder verebbt.

Für einen Moment versickern ihre Worte im Gemurmel der anderen Cafégäste, und Miriam fürchtet schon, einen Fehler begangen zu haben. Dann zeigt sich, dass es nur Hannahs Gewohnheit zu analysieren entspricht, um ihre Gedanken klar zu ordnen, bevor sie etwas erwidert.

»Seit wann hast du das?«

»Seit März. Seit Pias Geburt.«

»Wirklich nie vorher, auch früher nicht?«

Miriam schüttelt den Kopf.

»Wann genau das erste Mal?«

»Das weiß ich noch gut. Es passierte im Krankenhaus. Ich hatte Schmerzen im Unterleib, sie fühlten sich anders an als die

Nachwehen, mehr stechend. Ich hatte der Krankenschwester davon erzählt, und sie gab es an die Ärztin weiter, die mich dann vor meiner Entlassung noch mal untersuchen wollte.«

»Also aus Angst, dass was sein könnte, hattest du Panik?«

»Nein, ich glaube, nicht deshalb. Es passierte erst nach der Untersuchung. Die Ärztin machte einen Ultraschall, und auf dem Monitor sah ich nur einen gähnend leeren, grauen Raum. Mein Bauch, eine verlassene Höhle. Da, wo vorher immer das Herzchen geschlagen hatte, wo Beine und Arme in Bewegung waren.« Eine Hand schließt sich bei dieser Erinnerung um ihr Herz und drückt zu.

Hannah schaut sie nur hoch konzentriert an.

Miriam fährt zögerlich fort. »Wie eine Wohnung, aus der mein Kind für immer ausgezogen war. Schlimmer noch – als wäre mein Kind gestorben. Das hat mich furchtbar traurig gemacht. Obwohl sie doch in meinen Armen lag, an meiner Brust. Verstehst du das? Sie war bei mir und sah mich aus diesen großen blauen Augen an. Sehr nahe, aber auch geheimnisvoll und fern. Ich musste ständig weinen bei ihrem Anblick, etwas daran tat weh. Als wäre bei der Geburt eine Wand in mir zerknackt.«

»Okay.« Hannah streichelt kurz Miriams Unterarm, der wie lahmgelegt auf dem Kaffeetischchen ruht. »Das klingt ein bisschen nach dieser typischen Hormon-Depri-Phase. Sollte sich eigentlich legen mit der Zeit. Wann aber hattest du jetzt eine Panikattacke?«

»Unmittelbar darauf. Ich hatte Pia nach der Untersuchung gestillt, die nichts ergeben hatte. Die Ärztin tippte auf eine Überdehnung der Mutterbänder und sagte, das würde nachlassen. Dann war sie froh, mich verabschieden zu können, weil ihr Pieper losging. Ich bin ein letztes Mal auf mein Krankenhausbett und habe Pia die Brust gegeben, bevor Arne kommen sollte, um uns abzuholen. Draußen wurde es schon dunkel, weil ich so lange auf die Untersuchung hatte warten müssen. Meine Zimmernachbarin war auch längst nach Hause gefahren. Ich saß da in dem leeren Zimmer, mit meinem gepackten Koffer neben mir, und traute mich nicht, Licht zu machen, weil Pia am Einnicken war – und da kam sie zum ersten Mal, die Angst.«

Die Hand um ihr Herz drückt fester zu. Mehr kann sie zu diesem Tag nicht erzählen. Es ist auch nicht nötig. Hannah scheint die Tränen in Miriams Augen zu sehen, sie nickt ihr beinah zärtlich zu.

»Verstehe. Wahrscheinlich hast du dich einsam gefühlt. Und als Arne dann kam, war alles vorbei, was? Und du wolltest nur noch nach Hause und hast ihm nichts gesagt.«

Miriam nickt und trocknet sich die Augen. Es ist dämlich, zu dämlich, dieses ewige Geheule.

Hannah winkt der vorbeieilenden Kellnerin. »Wir hätten gern noch einen Kaffee. Diesmal mit Schuss.«

»Zwei Pharisäer? Gern.«

»Magst du vielleicht auch ein Stück Kuchen?«, fragt Hannah fürsorglich.

Miriams Blick huscht flüchtig über die kunstvoll gestalteten Torten, die in einer Glasvitrine am Tresen ausliegen. Eine simple Zimtschnecke wäre ihr lieb, aber nach einer Sahneschnitte steht ihr jetzt nicht der Sinn.

»Wir haben zurzeit auch Waffeln mit Pflaumenkompott im Angebot«, schlägt die Kellnerin vor.

Miriam schüttelt den Kopf und erntet trotzdem ein warmherziges Lächeln von der Bedienung, bevor diese an den nächsten Tisch weitereilt.

Die Kralle um Miriams Herz löst sich. Sie ist es losgeworden, was sie seit Monaten mit sich trägt wie ein schweres, verbotenes Geheimnis, eine Schuld. Ihr kleines Irresein, das niemand bisher gesehen hat und das sie nun mit Hannah teilt, ohne dass diese aufstünde und die Flucht ergreifen würde. Was hatte Miriam denn geglaubt? Dass die Welt stehen bliebe, wenn sie davon erzählt? Wie dumm von ihr, viel eher schon hätte sie ihr Herz lüften müssen.

Der heiße Kaffee mit Rum wärmt sie im Innersten, die Sahne legt sich wie eine sanfte Decke in ihren Magen. Am liebsten würde sie ewig hier sitzen. Sie schaut Pia an, deren Kopf schief im Kinderwagen hängt, schlafend auf die Brust gefallen. Ein Speckstreifen Kinn stützt ihn, und ein winziges Rinnsal Spucke glänzt in ihrem puppenhaften Mundwinkel. Mit einem Mal ist wieder Freude da. Das Staunen über dieses Wunder, das sich ihr Kind nennt.

»Und nun?«, ergreift Hannah als Erste wieder das Wort.

»Ich weiß nicht. Meiner Mutter begreiflich machen, dass ich nicht allein in diesem Haus herumwühlen will, kann ich nicht.«

»Ich meine überhaupt: was nun? So kann es ja nicht weitergehen. Hast du mal an eine Therapie gedacht?«

»Doch, schon. Aber das will ich nicht. Zumindest *noch* nicht.«

»Warum denn? Das ist nichts Ungewöhnliches mehr. Du bist deshalb doch kein Freak.«

»Ich fühl mich aber so.«

»Sicher. Ein bisschen freakig sollst du ja auch bleiben«, neckt Hannah sie. »Aber leiden solltest du nicht.«

»Von Leiden zu sprechen ist vielleicht übertrieben. Es ist auch nicht so, dass ich es gar nicht im Griff hätte. Ich habe da einen Trick, mit dem ich mich wieder fangen kann.«

»Was denn für einen Trick?«

»Ich öffne ein Fenster. Atme Luft. Das hilft. Die Beklemmung löst sich dann.«

Hannah sieht sie fasziniert an, wortlos. Ein bisschen, als sei Miriam eine Zirkusattraktion.

»Und wenn meine Mutter mich mal in Ruhe lassen würde, wäre sowieso alles halb so wild.«

»Quatsch. Das glaubst du doch selbst nicht. Deine Mutter verlangt nichts Unmenschliches von dir. Schließlich weiß sie nichts von deinen Zuständen. Du solltest es ihr sagen und Arne erst recht.«

Sofort boxt sich etwas in Miriams Magen, das selbst die Sahne und der Rum nicht abfangen können. »Nein!«

Hannah nimmt einen Schluck von ihrem Pharisäer und tupft sich etwas Sahne von den Lippen. Miriam fällt auf, dass die

Freundin heute noch gar nicht auf ihr Handy geschaut hat, um schnell ein paar Liebesworte an Jörg zu tippen. Ihr Outing muss Hannah schwer beeindrucken.

»Darf ich fragen, warum?«, fragt diese jetzt.

»Es geht einfach nicht. Arne ist total gestresst. Dauernd jammern seine Kolleginnen ihm was vor, liegen im Clinch, und er muss schlichten. Von einigen spinnerten Klienten mal ganz abgesehen. Ich möchte ihn da nicht auch noch nerven. Ich hoffe einfach, dass die Attacken irgendwann von selbst wieder aufhören. Wenn die Hormone sich wieder eingependelt haben. Vielleicht ist es mehr so eine Art postnatale Depression.«

»Aber das müssten sie doch längst. Hör mal, Miriam. Nimm's mir bitte nicht übel, aber ich glaube, dann ist dein Leidensdruck nicht groß genug. Dann kannst du auch ins Haus gehen und ausmisten. Oder es stimmt mit deiner Ehe was nicht, wenn du solche Angst hast, mit ihm zu reden.«

Miriam hebt wie angestochen den Kopf und starrt Hannah an.

»Ich meine«, fügt diese hastig hinzu, »versteh mich nicht falsch. Aber er ist auffallend viel und lange in der Kanzlei, meinst du nicht? Zumindest lässt er dich zu oft allein.«

Miriam will nicht glauben, was sie hört. Das Gespräch geht in eine Richtung, die sie nicht vorgesehen hat. Sie hätte es wissen müssen. Hannah war immer schonungslos ehrlich. Und eine widerwillige Stimme in ihr muss ihr sogar recht geben.

Bevor sie antworten kann, klingelt das Handy in Hannahs Tasche. »Jörg«, stellt die Freundin nur fest und drückt den Anruf zu Miriams Erstaunen weg. »Das hier ist jetzt wichtiger«, sagt Hannah und lächelt ermutigend.

Miriam fühlt sich besänftigt. »Ich glaube nur nicht, dass es im Moment irgendwas bringen würde, ihm das alles zu erzählen«, setzt sie an. »Es stimmt, Arne ist beruflich sehr eingespannt und hat ständig Ärger in der Kanzlei. Deshalb bin ich froh, wenn er mal gute Laune hat und sich für Pia Zeit nimmt. Da möchte ich ihm nicht noch mit so was kommen. Wie sollte er mir auch helfen? Ich weiß selbst, dass da ein Psychologe ranmüsste, und genau das würde Arne auch sagen. Das bringe ich aber gerade nicht. Wie auch, soll ich mich mit Pia auf dem Schoß auf die Couch legen?«

»Okay. Aber dann versuch es erst mal anders.«

»Und was soll ich versuchen?«

»Anscheinend kommen solche Attacken ja, wenn du allein bist oder dich einsam fühlst. Oder im Dunkeln. Konfrontier dich. Lass dich darauf ein, stell dich der Situation.«

»Wie denn?«

»Indem du das tust, was ansteht, und nicht davor wegläufst. Lass dich von der Angst nicht einschränken. Miste den Kram von deiner Tante aus. Ob du zu Hause oder da eine Panikattacke bekommst, macht eigentlich keinen Unterschied.«

»Ich weiß nicht.«

»Was ist daran so unmöglich? Du meinst doch selbst, dass du die Angst halbwegs im Griff hast«, sagt Hannah. »Wo ist überhaupt dieses Haus?«

»Am Ende der Welt. Ein kleines Dorf in der Nähe von Bad Bramstedt. Weddelbrook. Man fährt von uns aus anderthalb Stunden dahin. Die Fahrerei will ich mir nicht täglich antun.«

»Und wenn du ein paar Tage da wohnst?«

»Niemals!« Miriam schüttelt heftig den Kopf.

»Also, entweder suchst du dir Hilfe, oder du versuchst, so normal wie möglich mit diesen Anfällen zu leben. Dazu gehört dann aber auch, dass du dich traust, mal irgendwo allein zu sein.«

»Wenn das so einfach wäre.«

»Du hättest mich zur Not. Du könntest dich jederzeit bei mir melden. Oder ich komme mal über Nacht vorbei. Das schaffst du!«

Miriam schweigt. Pia blinzelt, ein leises Nölen dringt aus der Kinderkehle. Es ist Miriam willkommen. Sie steht sofort auf und hebt das Kind aus dem Wagen.

»Wir könnten daraus sogar 'ne richtig nette Zeit machen, so wie früher, ganz ohne Anhang. Pizza bestellen und Filme gucken.«

»Du stellst dir das so gemütlich vor«, sagt Miriam und wippt mit Pia auf dem Arm auf und ab, deren Unmut immer lauter wird. Sie schwitzt in ihrer Jacke, die Wangen sind gerötet.

»Du solltest es dir überlegen.«

»Lass uns mal zahlen. Bevor Pia hier den Laden zusammenbrüllt. Mein Portemonnaie ist in der Tasche. Sei so lieb.«

»Du bist eingeladen«, winkt Hannah ab.

Hannah bezahlt, dann verlassen sie das Café. Draußen ist es dunkel geworden. Das Eingangslicht wirft einen Glanz über Hannahs Blondhaar, ihr Gesicht wie immer kühn und gelassen.

»Man könnte meinen, du wärst ein Engel, Hannah. Ein Arsch-Engel.«

»Stets zu deinen Diensten, mein Freak.« Hannah grinst und zieht Miriam fest in ihre Arme. »Ruf mich wieder an, wenn du nachmittags Langeweile hast. Oder Panik. Bis bald!«

Miriam schubst Hannah spielerisch von sich und sieht ihr nach. Die Freundin zückt noch im Weggehen ihr Handy. Einzelne Worte wehen an ihr Ohr. »Ja, ja ... schon unterwegs ... länger gedauert ...« Offensichtlich muss Jörg beruhigt werden, der sie wohl sehnsüchtig erwartet. Miriam zischt durch die Zähne. Natürlich lässt Arne sie oft allein, aber das ist ihr tausendmal lieber als so ein klammeriger, eifersüchtiger Freund. Sie mag Jörg, aber diese Anhänglichkeit nervt sie. Nachdenklich sieht sie Hannah hinterher, bis sie samt federndem Gang von der Dunkelheit verschluckt wird. Der Klang ihrer Schritte verhallt zwischen den Häuserfassaden.

»Was soll das?« Arne zuckt zusammen und lässt sein Handy fallen, als Miriam vom Flur ins Wohnzimmer tritt.

»Wie, was soll das?«

»Du hast mich erschreckt, Herrgott noch mal!« Er fährt sich hektisch durch das Haar.

Miriam weiß nicht, ob sie lachen soll. »Entschuldige mal, aber ich wohne auch hier ...«

»Ich wusste nicht, dass du doch zu Hause bist. Wollte dir gerade eine Nachricht schreiben, wo du bleibst.«

»Ich bin eben erst zur Tür herein.«

»Wo warst du denn? Kannst du mir nicht wenigstens eine Nachricht hinterlassen, wenn du irgendwohin gehst?« Er klingt wie ein strenger Vater.

Miriam bläht ihre Wangen auf und lässt die Luft wieder entweichen. »Also, erstens dachte ich, du kämst so spät wie sonst auch nach Hause. Und zweitens muss ich ja wohl kein Protokoll über meinen Tagesablauf führen.«

Arne schnaubt. »Na gut, dann komm ich morgen eben wieder später.« Er steht auf und verlässt das Zimmer, schenkt nicht einmal Pia einen Blick. Miriam hört seine stapfenden Schritte die Treppen hinauf bis unters Dach, wo er sein Arbeitszimmer hat. Mit einem Rums knallt die Tür zu. Miriam bleibt im Wohnzimmer stehen wie ein begossener Pudel.

»Was war das jetzt? Was hat Papa denn, hm, meine Kleine?«, flüstert sie. Stress hin oder her, das geht zu weit. Dass er heute Abend das Kind zu Bett bringt, kann sie sich wohl abschminken, sie wird ihm kaum hinterherbetteln.

Sie geht betont ruhig in die Küche, setzt Pia in den Hochstuhl, wärmt ein Gläschen Grießbrei und stampft eine Banane mit hinein. Pia krakeelt und klopft mit dem Plastiklöffel an der Tischkante herum. Ihre Beinchen wackeln in aufgeregter Vorfreude, der kleine Körper hüpft auf und ab. Mit jedem Löffelchen, das schließlich in der Minischnute verschwindet, denkt Miriam daran zurück, wie diese zarten Lippen zum ersten Mal ihre Brustwarze umfingen und mit einer Heftigkeit daran saugten, dass es ihr fast den Atem nahm. Sie spürte damals in einer aufwallenden Erkenntnis, dass es dem Neugeborenen ums nackte Überleben ging, vom ersten Moment an, und das war zutiefst erschütternd. Es hatte nichts zu tun mit Stillkissen, Spieluhren und rosa verzierten Schnullern. Es war ein Urkampf, der sich seit Jahrmillionen wiederholt und den Millionen gewinnen, Millionen aber auch verlieren, immer wieder.

Als das Glas leer ist, löst Miriam das Lätzchen von Pias Hals, »Papa ist der Beste«, steht darauf mit bunten, tanzenden Buchstaben. Sie hatte es Arne geschenkt, nachdem der Schwangerschaftstest endlich positiv gewesen war. Dazu hatte sie ihm einen Schnaps überreicht. Arne starrte sie erst verwirrt an, dann zerfloss sein Blick in einem Lächeln und er nahm sie in den Arm.

»›Papa ist der Beste‹, na, da macht er heute wohl mal eine Ausnahme«, murmelt Miriam.

»Da!«, ruft Pia.

»Ja! Genau!« Miriam drückt ihr einen Kuss auf die breiverklebte Wange, sie schmeckt nach Banane. Dann nimmt sie ihr Kleines mit ins Kinderzimmer hinauf, ein warmes, moppeliges Trostpaket. Wickeln, Schlafanzug ankleiden, ein Bilderbuch gucken. Singen, Spieluhr aufziehen, Babyfon an. Ein häuslicher Alltag aus Ritualen, am äußersten Rand der großen Dinge, die in der Welt passieren. Ein Parallelkosmos. Und doch seit Monaten das Herzstück ihres Lebens.

Als sie die Tür leise hinter sich zuzieht, spürt sie jeden Knochen. Kurz horcht sie an der Treppe nach oben, kein Laut dringt aus dem Arbeitszimmer. Arne hat sich an den Computer verkrochen, schmollend – worüber auch immer.

Sie schluckt ihren Ärger hinunter. Geht zurück ins Wohnzimmer, noch unschlüssig, was sie aus dem Abend allein machen soll. Fernsehen? Sich früh hinlegen? Vielleicht endlich mal wieder lesen.

Auf dem Fußboden, halb vom Sofa verdeckt, liegt noch immer Arnes Handy. Er verschickt eigentlich selten und ungern Nachrichten. Sie versteht seine Reaktion nicht. Was hat ihn an ihrer Abwesenheit so unruhig, ja zornig gemacht? Sie bückt sich, fischt das Gerät vom Boden, um es auf den Tisch zu legen. Da leuchtet das Display in ihrer Hand auf. Ein Reflex, dass sie es anschaut. Eine WhatsApp. Sabine. Arnes Kollegin.

»Zwei sind eine zu viel. Entweder du redest endlich Klartext mit ihr, oder ich bin weg. Ich bin es leid!«

***

Zu viel. Alles zu viel. Die Bilder. Die Bilder in meinem Kopf. Ich presse die Handknöchel gegen die Schläfen. Sie gehen nicht weg. Zucken wie Stromstöße durch meinen Körper, Blitzlichter, die mich irremachen. Ich wippe vor und zurück. Die Anspannung wird unerträglich. Der Drang zerfrisst mich. Das Zittern ist wieder da, aber ich muss mich beherrschen. Darf jetzt nicht hier weg, mir keine Blöße geben, auch wenn der Hunger übermächtig ist. Ich muss einfach sitzen bleiben, auf meinem Stuhl. Mich nicht vom Fleck rühren.

Ich drehe noch durch. Das ist nicht gut. Keiner darf sehen, wo das Leck ist. Der Spalt, durch den das Gift strömt. Ich muss sie abschütteln. Die stinkenden Gedanken, den Moder der Erinnerung. Wenigstens brauche ich keine Tabletten mehr, um den Tag zu überstehen. Die Schmerzen sind weg. Gut so, ich muss weitermachen, als sei nichts passiert. Niemand hat was bemerkt, nicht mal die Süße. Aber ich werde sein kaltes Gesicht nicht vergessen. Die Eisaugen. Diese Fresse, die nur grinst, wenn jemand winselt. Manchmal kann ich nicht mehr auseinanderhalten, ob es das Gesicht von früher ist, das ich vor mir sehe. Oder das von Jagos Schlägertyp. Alles verschwimmt, das Gestern und Heute, in einer Nacht wie dieser. Ich könnte Erlösung finden in der Hölle. Im Rausch. Aber da kann ich jetzt nicht hin.

Jago hat nichts mehr von sich hören lassen. Ich traue dem Frieden nicht. Der wird erst Ruhe geben, wenn er Geld sieht.

Ich muss aufpassen. Mich konzentrieren. Wenn jemand das Zeug findet, bin ich geliefert. Es ist mein letzter Anker. Ich brauche die Kohle, die der Stoff noch abwirft. Bei den Straßendealern kann ich das gestreckte Zeug nicht mehr verticken. Hat sich mittlerweile garantiert rumgesprochen, der Betrug.

Vielleicht im Darknet. Ist anonym. Ja, das wäre eine Lösung. Mit dem Geld kann ich dann zocken, mehr draus machen. Jago auszahlen und endlich meinen Arsch retten.

7

Am frühen Morgen fährt Miriam zum Supermarkt und kauft wie eine Besessene Paletten von Babygläschen, als gelte es, wochenlang in einem Bunker zu überleben. Sie hat Weddelbrook völlig verschlafen in Erinnerung, irgendwo am Ende der Welt, wo sie sich nicht auskennt. Also lieber auf Nummer sicher gehen. Wasser und ein paar Fertiggerichte, Obst, Brot und Käse landen auch im Einkaufswagen.

»Ich tu's!«, ruft sie noch im Supermarkt in ihr Handy, ein Maxi-Pack Windeln unterm Arm, während sie den Wagen mit der jauchzenden Pia hektisch Richtung Kasse schiebt. Ein älteres Ehepaar dreht sich schmunzelnd nach ihr um. Es ist Miriam egal. So in Fahrt hat sie sich lange nicht gefühlt.

Hannah, ohne zu ahnen, was den Mut ihrer Freundin so beflügelt, gibt nur zurück: »Ich bin stolz auf dich.«

Miriam klärt sie nicht über den schrecklichen Vorabend auf, sie muss erst einmal selbst einen klaren Gedanken fassen. Die WhatsApp von gestern ist ihr wie Feuer und Eis zugleich in die Glieder gefahren, hatte Hitze- und Kältewellen über ihre Haut geschickt. Kurze Begegnungen mit Sabine in der Kanzlei und im Plauderton vorgebrachte Bemerkungen von Arne über seine Kollegin purzelten in ihren Kopf wie durch ein Sieb. Sie hatte den Impuls unterdrückt, die Treppe nach oben in sein Arbeitszimmer zu stapfen und ihm das Handy vor die Füße zu knallen. Nein, sie wollte ihm den Gefallen, die hysterisch eifersüchtige Ehefrau zu spielen, nicht tun. Sie würde ihn nicht gleich konfrontieren, vor allem auch sich selbst solche Szenen nicht antun. Sondern ihre Würde bewahren, ihn links liegen lassen. Mehr noch: Sie würde wegfahren. Tante Ediths Haus war plötzlich wie eine erlösende Idee erschienen, eine hingereichte Hand vor ihrem geistigen Auge. Eine Zuflucht.

Ja. Sie wird es tun, und Hannah wird ihr Versprechen wahr machen, sie dort zu besuchen, darauf kann sie sich verlassen.

Und dann will sie ihr alles erzählen, mit ihr eine Lösung finden, wie sie mit der Entdeckung, dass Arne sie betrügt, umgehen soll.

Zu Hause wirft Miriam Zahnbürste, Deo, Duschgel in die Kulturtasche. Irgendeine Creme, die ihr in die Hände fällt und die wohl ihre ist. Zahnpasta steckt sie auch ein. Soll Arne doch zusehen, womit er sich die Zähne putzt.

Was für ein Zwergenaufstand. Lächerlich. Banalitäten – Treibgut, an das sich eine Ertrinkende vor dem Untergehen klammert. Diese Erkenntnis senkt sich als dumpfer Schmerz in ihr Bewusstsein.

Miriam startet den Motor und programmiert das Navi. Auf der Rückbank schwenkt Pia ihre Rassel. Wenn das nicht ein Denkzettel für Arne sein wird, heute Abend wieder ein leeres Haus vorzufinden, diesmal gleich für ein paar Tage! Am liebsten hätte sie ihn nicht einmal benachrichtigt. Schließlich ist es seine Schuld, dass er gestern nicht mehr zu ihr kam und sie ihm nichts von ihrem Entschluss sagen konnte. Was allerdings besser so war. Wahrscheinlich hätte sie ihm dann doch ihren Zorn um die Ohren gehauen, alles wäre eskaliert. Lieber still verschwinden. Der hingelegte Zettel »Bin ein paar Tage in Weddelbrook, Ediths Nachlass durchsehen« muss reichen. Fast schon zu viel der Ehre.

Im Rückspiegel sieht Miriam ihr Haus eigenartig schwerelos in die Ferne segeln. Sie muss schlucken, ein Kloß bildet sich in ihrem Hals und will sich in Tränen verflüssigen.

»Bloß für ein paar Tage«, beruhigt sie sich flüsternd. Sie muss nur Abstand gewinnen. Das Chaos in ihrem Inneren sortieren, nachdenken, wie es weitergehen kann. Und sich der Angst stellen.

»Waa!« Pia kreischt, sie sieht einen Hund auf der Straße und lässt ihren Arm in seine Richtung schnellen. Ihre Hand patscht gegen das Fenster und hinterlässt neblige Schmierspuren.

»Ein Wauwau, ja!«, stimmt Miriam angestrengt ein. Diese kindliche Begeisterung. Die unermüdliche Freude an den kleinen Dingen, die sich wie Perlen an die unendliche Schnur eines ewig langen Kindertages reihen.

Miriam setzt den Blinker und biegt ab auf die B 203, die Schwansenstraße Richtung Eckernförde. Bald drückt sie das Gaspedal beinah durch. Die Eichenkronen links und rechts der Straße recken ihre fast kahlen Äste, als wollten sie den bleiernen Himmel kratzen. Wiesen, nur noch von wenigen Pferden bewohnt, schweben hinter den Knicks vorbei, Kurve um Kurve legt sich der Wagen in die Fahrbahn und surrt monoton. Fast eine Meditation. Langsam schwingt sich ein düsterer Gedanke nach dem anderen davon. Ihr fällt ein, dass sie Jutta Bescheid geben sollte. Sie wird sie vielleicht besänftigen können, jetzt, wo sie alles in die Hand nimmt. Und Jannes sollte auch wissen, dass sie ein paar Tage in seinem Elternhaus wohnt. Aber dann wehen auch diese Gedanken fort, gemeinsam mit der Erinnerung an Jannes' Gesicht. An die nasse, dunkle Locke, die ihm in die Stirn fiel, als sie ihn traurig auf dem Friedhof warten sah und er so verloren wirkte.

Der Wagen wiegt Pia sanft in den Schlaf. Miriam legt ihre Lieblings-CD von London Grammar ein. Die tiefe, dunkle Stimme der Sängerin lullt sie ein. »*Excuse me for a while, while I'm wide eyed and I'm so damn caught in the middle ... And a lion, a lion, roars would you not listen? If a child, a child cries would you not forgive them?*« Miriam gibt sich der schwermütigen Melodie hin. Sie kommt viel zu selten dazu, Musik zu hören. Meist nur beim Autofahren.

Es ist schon nach Mittag, als Miriam Bad Bramstedt hinter sich lässt. Kurz nach dem Ortseingang von Weddelbrook liegt linker Hand ein rot verklinkertes, altes Gebäude. Im Vorbeifahren sieht sie das Schild mit der Aufschrift »Wolters Gasthof seit 1787«. Das Restaurant erscheint ihr vertraut, irgendwann waren sie vielleicht mit der Familie hier.

Einmal noch abbiegen und das Navi vermeldet bald mit blecherner Stimme: »Das Ziel liegt links.« Miriam lässt den Wagen langsam auf den kieseligen Stellplatz rollen, der seit dem Tod des Onkels immer verwaist geblieben war. Der Platz ist so groß, dass er locker für zwei Autos Raum bietet, doch Edith hat nie einen Führerschein besessen.

Miriam bleibt noch einen Moment sitzen und betrachtet das weiß verputzte Haus, an dessen Fassaden stellenweise die Farbe abblättert. Auch die braunen Fensterrahmen sind verwittert. Über die Ränder des Pflasterwegs, der zum Eingang führt, beugt sich hohes Gras, die Fugen überwuchert Moos und Unkraut. Was Edith einmal an Beeten angelegt hatte, lässt sich nur erahnen. Sicher fehlte ihr in den letzten Monaten ihres Lebens die Kraft, das Grundstück zu pflegen. Die Rosenbüsche an der Hauswand tragen noch wenige vergilbte Blütenköpfe, die den Herbststürmen trotzten. Miriam seufzt. Arme Tante Edith.

An einem Fenster im Erdgeschoss des Nachbarhauses bewegt sich die Gardine kaum merklich. Etwas Dumpfes verknotet sich in Miriams Bauch.

Vielleicht hätte sie nicht herkommen sollen. Was will sie hier? Es könnte ein Fass ohne Boden sein, das sie öffnet – die Arbeit nicht von Tagen, sondern von Wochen, dieses alte Haus zu durchforsten, und das, wo sie eine ganz andere Not hat. Sie blickt nach hinten. Pia liegt in ihrem Sitz, die Lippen kräuseln sich im Schlaf. Es ist Wahnsinn, das Kind in eine solche Umgebung zu bringen, Wahnsinn, überhaupt hergefahren zu sein! Ohne vorher mit Arne gesprochen zu haben – was auch immer mit dieser Sabine läuft. Die Entschlossenheit bröckelt von Miriam ab wie die Farbe des Hauses von der Wand. Sie könnte einfach wieder den Motor anlassen und zurückfahren. Anderthalb Stunden, länger hat sie nicht gebraucht. Sie wäre sogar vor Arnes Büroschluss zurück, könnte den Zettel wegwerfen, den sie ihm hinterlassen hat, Abendbrot machen und in Ruhe mit ihm reden. Ihm erzählen, dass sie die WhatsApp gelesen hat, und klären, was zu klären ist.

Nein! Arne soll spüren, wie wenig selbstverständlich ihre Anwesenheit ist, erst recht, wenn er sich offenbar mit einer anderen Frau vergnügt hat, während sie zu Hause seine Wäsche wusch und Anfragen ihres Chefs für neue Artikel ablehnte. Die Wut lässt ihren Puls wieder in die Höhe schnellen.

Miriam schnappt sich ihre Handtasche vom Beifahrersitz, öffnet die Autotür und steigt aus. Die kalte Novemberluft fasst an ihre Wangen. Da Pia noch immer schläft, beschließt Miriam, das Haus kurz allein zu begehen. Sie wühlt den Schlüssel aus der Tasche und schiebt ihn ins Schloss. Die dunkle Tür mit den gelben Zerrglasfenstern ist verzogen, sie muss mehrmals an ihr rütteln, bis sie mit einem Quietschen aufschwingt. Sie betritt den Flur, so leise, als könne sie jemanden erschrecken. Auch hier zeichnet ihr Atem Wölkchen, sie muss zuerst die Heizkörper aufdrehen, sonst wird sich Pia erkälten. Die Holzdielen knarzen unter Miriams Schritten, als sie die Türen öffnet, die vom Flur abgehen. Sie kennt die Räume. Ihr letzter Besuch ist allerdings Jahre her, damals lud Edith die Familie zu einer Feier ein. Ein runder Geburtstag – war es Ediths sechzigster? Miriam weiß es nicht mehr. Verändert hat sich seitdem nichts. Sie betrachtet still das altbackene Wohnzimmer im Gelsenkirchener Barock. Das einzig schöne Stück ist eine antike Standuhr, die wie für immer verstummt ist. Ihre Zeiger stehen auf zehn vor elf. Miriam erinnert sich an das schwingende Pendel, das tickende Geräusch. Sieht die Kuchen vor ihrem geistigen Auge, die Edith in diesem Zimmer aufgetischt hatte, während Jutta Bemerkungen darüber machte, dass sie gekauft statt selbst gemacht, geschweige denn »bio« waren.

Das große Blumenfenster zur Straße beherbergt ein Sammelsurium an Pflanzenleichen in unterschiedlichen Übertöpfen. Die Bank ist übersät von vertrockneten Blättern, abgefallenen Blüten. Wie zum Hohn steht eine befüllte Gießkanne griffbereit daneben, das Wasser hat einen öligen Film gebildet und dort, wo es verdunstet ist, gelbliche Streifen am Innenrand hinterlassen. Ein muffiger Geruch hängt im Haus, der sich in den grob gemusterten Gardinen und Tapeten verdichtet. Eigentlich müsste stundenlang gelüftet werden, aber Wärme ist jetzt wichtiger. Miriam dreht die Thermostate im unteren Stockwerk auf die höchste Stufe, ins Obergeschoss kann sie später gehen. Die Heizkörper beginnen widerwillig zu gluckern. Auch in der Küche heizt sie. Ihr Blick wandert über die Schränke und ein Küchenbord an der Wand. Gewürze. Bunte Teedosen aus Blech. Daneben eine Hakenleiste für Schlüssel. Auf dem Tisch liegt noch eine Zeitung, so gefaltet, dass sie ungelesen zu sein scheint. Miriam schaut auf das Datum: 10. August. Sie überfliegt die Schlagzeilen und erinnert sich an einige der Nachrichten. Kurz darauf muss Edith also in die Klinik gegangen sein. Vorher scheint sie sich um einiges gekümmert zu haben, denn sonst hätten weiterhin Zeitungen und Ähnliches geliefert werden müssen. Aus dem Postkasten quoll nichts. Oder hat Jannes doch hin und wieder nach dem Rechten gesehen? Sie muss ihn anrufen, ihn und Mutter, fällt ihr wieder ein. Ihnen sagen, dass sie hier ist.

Sie geht durch den Flur nach draußen, schaut ins Auto. Pia schlummert noch immer friedlich. Miriam bleibt am Wagen stehen und wählt schnell Juttas Nummer an.

»Peters.«

»Ich bin es. Ich wollte dir kurz Bescheid geben, dass ich in Ediths Haus bin.«

»Ach, jetzt doch so plötzlich? Ich wollte gerade Nils Bescheid gegeben, dass er sich um einen Entrümpler kümmern soll, wenn er aus Amerika zurück ist. Weil du der Aufgabe nicht gewachsen bist.«

»Hör mal ... Ich bin der Aufgabe durchaus gewachsen. Sie kam nur etwas ... ungünstig. Ich bin jetzt mit Pia für ein paar Tage hier und schaue so gut es geht alles durch. Dann kann immer noch eine Firma kommen. Ich dachte, das ist in deinem Sinn?«

»Versteh euch einer. Nun gut, mir ist es mehr als recht, dass du deine Meinung geändert hast.«

Es ist Miriam klar, dass von ihrer Mutter keine Luftsprünge zu erwarten sind, aber wenigstens ein Dankeschön wäre passend. Bevor sie auflegt, fällt ihr etwas ein, das sie völlig vergessen hat.

»Noch etwas – Papa hat bei meinem letzten Besuch von einem roten Vogel gesprochen. Er scheint ihn zu vermissen.

Ist es eine Figur oder so? Etwas, das du ihm von zu Hause mitbringen könntest?«

»Einen roten Vogel? Unsinn. So was haben wir nicht.«

»Was meinte er dann? Ein Bild vielleicht?«

»Du stellst Fragen. Gregor ist dement, Miriam. Er redet wirres Zeug.« Damit verabschiedet sie sich. Miriam steckt das Handy ein. Trotz der Kälte spürt sie Schweiß unter den Achseln.

Als sie sich umwendet, erschrickt sie. Ein Schatten im Fenster des Nachbarhauses, in dem sich vorhin die Gardine bewegt hat. Dort steht eine große Gestalt, beobachtet sie, reglos. Sie kann nur Umrisse erkennen, aber es scheint ein Mann zu sein. Ein weißes Gesicht, in unscharfen Konturen hinter der Scheibe. Für einen Moment ist Miriam wie erstarrt. Was für eine unverhohlene, unhöfliche Neugier. Dann entschließt sie sich zur Flucht nach vorn, hebt langsam eine Hand und winkt. Sie sieht die Gestalt in den Raum zurücktreten. Der Vorhang geht zu.

Miriam pustet langsam die Luft aus, die sie angehalten hat, ohne es zu merken. »Netter Empfang!«, stößt sie hervor und dreht sich zum Auto um. Aus dem Inneren des Wagens blicken ihr zwei taubenblaue Kinderaugen entgegen, eine kleine Hand presst sich von innen auf das Fenster. Miriam legt ihre Hand dagegen und lächelt.

In der Küche schaltet Miriam den leeren, müffelnden Kühlschrank ein, schließt den elektrischen Flaschenwärmer an die Steckdose an und stellt ein Breigläschen hinein. Gut, dass sie daran gedacht hat. Sie öffnet die Küchenschränke und stößt einen angeekelten Laut aus. Vielleicht hatte Edith im Alter Schwierigkeiten mit den Augen. Früher gab sie viel darauf, eine gründliche Hausfrau zu sein. Jetzt zeigen die Töpfe krustige Böden, Schlieren haften am Besteck. Motten ruhen wie festgeklebt an der Zimmerdecke. Miriam sieht dunkle, halbmondförmige Ränder in den Ecken zwischen Decke und Wänden, Schimmel offenbar. Spinnen haben seidene Netze in Nischen gewebt, in denen die eingewickelten, knotigen Reste nicht mehr zu definierender Insekten hängen. Miriam schüttelt sich. Sie wird auf die Suche nach dem Staubsauger gehen, wenn Pia gefüttert ist.

Der Breilöffel verschwindet in ihrem Kindermund, der sich nach jedem Happen sogleich gierig öffnet wie der kleine Schnabel eines Vogeljungen. Miriam muss schmunzeln über so viel Hunger. Ein zufriedener Rülpser beschließt die Mahlzeit, und sie kann das Mädchen mit Spielzeug auf seiner Krabbeldecke absetzen, die Miriam auf dem Boden ausgebreitet hat. Zum ersten Mal ist sie froh, dass Pia noch immer nicht krabbeln kann. Sonst würde ihr hier nichts anderes übrig bleiben, als sie tagsüber immer wieder in ihrem Reisebett zu parken. Kindersicher ist das Haus an keiner Stelle.

Weil Pia satt und zufrieden ist, nutzt Miriam die Gunst der Stunde, um ihren Koffer und das zusammengefaltete Reisebett in den ersten Stock zu schaffen. Sie erinnert sich dunkel an das Schlafzimmer ihrer Tante, auch an einen Raum, in dem früher Jannes wohnte, und an ein drittes, enges Zimmer, eher ein halbes. In einem der Räume wird sie sich für die Nächte einrichten müssen. Sie entscheidet sich für das alte Zimmer ihres Cousins, das Edith später fast unverändert als Gästezimmer nutzte. Im eigentlichen Schlafgemach ihrer Tante zu nächtigen käme Miriam pietätlos vor, und unter der Schräge im halben Zimmer liegt eine so schmale Pritsche, dass sie Platzangst bekäme. Außerdem bildet sie sich ein, dass im ehemaligen Kinderzimmer noch ein Hauch von Jannes' Geruch hängt, und fühlt sich prompt eine Spur wohler.

Sie dreht die Heizung unter dem Fenster auf. Davor steht – mit Aussicht auf den verwachsenen Garten – ein Kiefernschreibtisch mit zerkratzter Oberfläche und einem roten Drehstuhl. Beides achtziger Jahre, schätzt Miriam. Auf dem Bett liegen Decke und Kissen, doch sie hat ihr eigenes Bettzeug mitgebracht. Sie öffnet den Kleiderschrank und seufzt erleichtert. Er ist leer. In diesem Zimmer wird es nicht viel zu tun geben.

Sie legt ihren Koffer auf dem Bett ab, schiebt den Schreibtischstuhl ein Stück zur Seite, um Platz für das Reisebett zu schaffen, baut es mit wenigen Handgriffen auf und platziert das Babyfon vorsorglich auf dem Schreibtisch. Sie lauscht. Alles ruhig. Trotzdem will sie lieber wieder nach unten, sie kann die Tasche noch ausräumen, wenn Pia hier oben am Abend schläft. Die Kulturtasche trägt sie schnell hinüber in das Bad neben dem Schlafzimmer. Moosgrüne Kacheln mit braunen, kreisförmigen Verzierungen, auch hier hat sich der Achtziger-Jahre-Schick gehalten.

Sie kehrt ins Wohnzimmer zurück und lässt sich neben dem Baby auf dem Fußboden nieder. Ihr Blick wandert über die Schränke. Morgen. Sie wird erst morgen beginnen.

8

Der Klingelton des Handys zerreißt die Stille im Wohnzimmer, in das sich bereits das Dämmerlicht schiebt. Arne.

»Mirja! Ich habe gerade deinen Zettel gefunden. Du bist so plötzlich aufgebrochen, hast mir gar nichts von deinen Plänen gesagt. Ist alles in Ordnung?«

Miriam unterdrückt den Impuls, auf den roten Hörer zu tippen. Sie atmet tief durch.

»Mirja?«

»Ja. Es ergab sich gestern keine Gelegenheit, mit dir zu sprechen.« Ihr sachlicher, ruhiger Ton überrascht sie selbst.

Arne räuspert sich. »Ich weiß. Es tut mir leid. Es ist ganz blöd gelaufen gestern … Ich wollte nicht so grob zu dir sein. Bin heute extra wieder früher nach Hause gekommen.«

»Hm.« Was für eine Heldentat!

»Im Moment ist im Büro ständig die Kacke am Dampfen. Die Neue ist mit der Arbeit völlig überfordert, und die Klienten steigen mir aufs Dach. Manchmal weiß ich einfach nicht, wo mir der Kopf steht.«

»Geht mir auch so!«, faucht Miriam nun doch. Immer wieder seine Arbeit. Bei der er jeden Tag Sabine sehen kann.

»Das weiß ich doch. Und jetzt noch das Haus … Es hätte doch auch Zeit bis zum Wochenende gehabt. Dann hätte ich dich begleiten können.«

»Ich komme zurecht.« Zumindest hofft sie das.

»Lass uns was Schönes zusammen machen, wenn du wieder zurück bist. Was glaubst du, wie lange du brauchen wirst?«

Durch Miriams Magen bohrt sich ein heißer Stich. Tastet er jetzt ab, wie viel Zeit er ungestört mit Sabine verbringen kann?

»Ich weiß es noch nicht. Ich melde mich. Ciao.«

»Ich vermisse euch beide jetzt schon!«

Ohne seinen Abschied abzuwarten, legt sie auf. Sie ist noch nicht bereit, den Kampf zu eröffnen, auch wenn die Wut von innen gegen ihre Brust hämmert und ihr tausend Fragen im Kopf herumschwirren.

Übergangslos wählt sie Jannes' Nummer, überrascht von dem Anflug eines Triumphgefühls. Er meldet sich mit warmer Stimme.

»Miri?«

»Hallo, Jannes. Ich … wollte dir sagen, dass ich hier bin. Für ein paar Tage. Im Haus deiner Mutter. Ich dachte, das solltest du wissen.«

Für einen Moment ist es still in der Leitung.

»Was denn, du bist in Weddelbrook?« Die Wärme ist aus seiner Stimme gewichen.

»Ja. Aber ich würde nichts mitnehmen oder entsorgen, woran dir etwas liegt. Es ist mir egal, was Edith verfügt hat. Vielleicht magst du Dinge abholen, die dir wichtig sind?«

Jannes am anderen Ende schnaubt kaum hörbar. »Da gibt es nichts Wichtiges. Was hast du schon durchgesehen?«

»Noch gar nichts. Ich wollte dir erst Bescheid sagen.«

»Wie lange bleibst du?«

»Keine Ahnung. Vielleicht zwei, drei Tage?«

»Okay. Ich werd mal schauen. Ich melde mich.«

Fahrig verabschiedet er sich und unterbricht die Verbindung.

Miriam lässt enttäuscht den Hörer auf den Tisch gleiten. Er ist Ediths Sohn. Es ist *sein* Elternhaus. Warum lässt er sie mit dieser Aufgabe allein? Enterbt hin oder her. Außerdem … Ja. Sie spürt es deutlich, gegen ihren Willen. Außerdem möchte sie ihn wiedersehen.

Die erste Nacht in der Fremde legt sich wie ein schwarzer Wattebausch um Ediths Haus, vor die Fenster. Miriam kontrolliert bange, ob die Haustür verriegelt ist. Der neugierige Nachbar hinter der Gardine kommt ihr in den Sinn, unheimlich. Sich auf ein Buch zu konzentrieren gelingt ihr nicht, stattdessen lässt sie sich von Ediths dickbauchigem Fernseher berieseln. Bilder, die zusammenhanglos vor ihren müden Augen flimmern.

Da ist die Angst vor der Angst, als sie sich zu später Stunde leise neben der im Reisebett schlummernden Pia hinlegt. In Jannes' altes Jugendbett. Aber es muss die Erschöpfung nach dem aufwühlenden Erlebnis mit Arne sein, die sie gnädig bis zum frühen Morgen durchschlafen lässt.

Nach einem kargen Frühstück steht sie unschlüssig vor Ediths Kleiderschrank, während Pia sabbernd in ihren Knisterwürfel beißt und undefinierbare Brabbellaute von sich gibt. Miriam hat entschieden, in Ediths Schlafzimmer mit dem Sichten zu beginnen. Um die wenigen Dinge in Jannes' altem Zimmer kann er sich selbst kümmern. Das Pritschenzimmer ist so gut wie leer. Später wird sich Miriam den Wohnbereich vornehmen. Auch Dachboden und Keller werden ihr nicht erspart bleiben. Bei dem Gedanken daran muss sie schlucken.

Sie öffnet langsam die Schiebetüren des Kleiderschranks. Lavendelgeruch und ein Hauch von Kölnischwasser dringen ihr entgegen. Der Schrank ist nur halb voll, obwohl Edith sicher nicht viele Dinge mit ins Krankenhaus genommen hat. Eine Ersatzdecke, ein Kissen, wenig Kleidung. Sie war eine bescheidene Person. Miriam empfindet so etwas wie Dankbarkeit dafür – das Sortieren wird nicht zu viel Zeit in Anspruch nehmen. Ihre Hand gleitet durch wenige geblümte, gestreifte, unifarbene Stoffe. Weich, grob, seidig. Oben auf der Ablage liegt ein Hütchen in Altrosa. Sie setzt es kurz auf den Kopf und schaut in die große Spiegeltür, stellt sich in Pose. »Guck mal, Pia!« Ihr Mädchen staunt. Sie beugt sich zu ihm hinunter und drückt einen Schmatzer auf seine Pfirsichwangen. Für eine Sekunde sind die Gedanken an Arne und Sabine verschwunden.

Miriam zieht den Stuhl neben Ediths Nachttisch heran und stellt sich darauf, um in den hinteren Teil des Schranks zu sehen. Bingo! Ein schwarzer Schmuckkasten. Voller Neugier nimmt sie ihn in die Hände. Ein Schloss. Miriams Befürchtung, dass es sich nicht öffnen lässt, bestätigt sich. Sie schnalzt mit der Zunge. Irgendwo im Haus wird sie also einen winzigen Schlüssel finden müssen, wenn sie der Schatulle nicht Gewalt antun will. Sie vermutet keine großen Reichtümer darin, aber das Kästchen gehört schon mal in die Kategorie »Mitnehmen«.

Sie legt wenig anderes, das ihr noch würdig scheint, aufbewahrt zu werden, vorläufig auf das Bett. Sie wird diese Dinge mit Jannes noch einmal sichten und für das, was sie am Ende wirklich behalten möchten, Kartons besorgen.

In der Kommode findet sie neben Bettzeug und zerschlissenen Handtüchern ein paar Spitzendeckchen, die Edith offenbar selbst handgearbeitet hat. Vielleicht auch Erbstücke. Sie legt sie zu dem kleinen Sammelsurium auf das Bett. Auf dem Nachtschrank steht nichts bis auf eine kleine Leselampe. Wahrscheinlich waren dort Gegenstände, die sie mit in die Klinik genommen hat. Zum Schluss schiebt sie die Nachttischschublade auf. Mehrere leere Fläschchen Underberg kullern ihr entgegen. Offenbar brauchte die arme Edith abends hin und wieder einen Schlummertrunk. Sie wirft die Fläschchen in die Mülltüte, die sie aus Ediths Küche mit nach oben gebracht hat. Dieses kleine Geheimnis darf ihre Tante mit ins Grab nehmen. »Von mir erfährt niemand was, Edith!«, sagt Miriam laut und muss grinsen.

Dann fischt sie eine Packung Pillen hervor. Zuerst denkt sie belustigt an zum Underberg passende Kopfschmerztabletten. Doch ihr Lächeln gefriert, als sie die Beschriftung entziffert. Citalopram. Ein Antidepressivum.

Miriam lässt die Packung auf ihren Schoß sinken. Litt Edith unter Depressionen? Und nahm die Pillen womöglich mit Alkohol? Was wusste sie noch alles nicht über ihre Tante?

Sie wühlt tiefer in der Schublade und entdeckt mehrere Notizbücher. Die Neugier lässt sie eine der Kladden öffnen. Kleine Buchstaben mit blassblauer Tinte. Ediths feine Schrift, die Miriam von den jährlichen Weihnachtskarten her kennt. Schnell klappt sie das Tagebuch wieder zu. Jetzt ist nicht die Zeit, darin zu lesen, und Miriam mag nicht pietätlos sein. Sie wird die Aufzeichnungen Jannes geben.

Hinten in der Schublade steckt ein Taschentuch. Zumindest glaubt sie das im ersten Moment. Als sie es hervorzieht, entpuppt es sich als ein Stofftier. Grau und weich, die Oberfläche zerrieben. Eine niedliche Katze mit Schmusespuren. Mit so einem Fund hat Miriam nicht gerechnet. Das Spielzeug muss

Jannes gehört haben, denn es kommt ihr irgendwie bekannt vor. Eine eigenartige Melange aus Wehmut und Freude fasst sie im Inneren an. Als würde sie eine leise Stimme hören, die aus der Kindheit zu ihr herüberruft. Edith hat es wohl trotz ihrer späteren Abkehr von ihrem Sohn aufbewahrt, aus Nostalgie vielleicht. Gerade möchte Miriam es zu den anderen Gegenständen aufs Bett legen, als Pia auf ihrer Krabbeldecke zu jammern beginnt und die Händchen nach dem Tier ausstreckt. Miriam zögert. Wer weiß, wann es das letzte Mal gewaschen wurde? Pias Laute werden ungeduldig, zornig. Miriam fürchtet, dass sie bei einem Heulanfall der Tochter alles stehen und liegen lassen müsste. Sie gibt ihr das Kätzchen in die Hände, und augenblicklich ist Pia still, voller Konzentration in das Tiergesicht schauend, reglos und fasziniert.

»Dann behalt es erst mal. Jannes wird es wohl nicht mehr brauchen.« Miriam lacht.

Ihr Handy klingelt und lässt sie zusammenzucken. Nicht wieder Arne! Sie hat es über ihrer Aufgabe tatsächlich eine Weile geschafft, ihr Gedankenkarussell für eine Weile anzuhalten. Sie zieht das Handy aus der Hosentasche und blickt aufs Display. Hannah, zum Glück.

»Na du, wie weit hast du dich schon vorgewühlt?«, kommt sie direkt zur Sache.

»Noch nicht sehr weit. Ich bin gerade im Schlafzimmer. Ein kleiner Schmuckkasten, Spitzendecken, Spielzeug …«

»Spielzeug? Hatte deine Tante so einen Puppenfimmel?«

»Nein. Nur ein altes Stofftier.«

»Und die Schatulle? Ist da was Nettes drin?«

»Kann ich noch nicht sagen. Ich hab den Schlüssel nicht gefunden.« Miriam sieht Pia an der Stoffkatze herumkauen. Igitt. Aber wenn sie ihr das Schmusetier jetzt wegnimmt, wird Pia weinen und jedes weitere Wort mit der Freundin vergällen.

»Also, irgendwie stell ich mir das spannend vor, so auf Schatzsuche zu gehen.«

»Schätze wird man hier kaum finden. Aber wenigstens Pia ist begeistert.«

»Und wie geht's dir dabei? Wie war die Nacht?«

»Es ging. Keine Panikattacke. Ich war k.o. von …« Miriam hält inne. Sie hat Hannah noch immer nichts von Sabines Nachricht an Arne erzählt und will das auf die Stunden verlegen, wenn Hannah bei ihr ist. »… von allem. Wann kommst du vorbei? Dann darfst du auch Schatzsuche spielen, wenn du schon mal hier bist.« Vielleicht würde Hannah ja mit ihr den Keller begehen. Allein mag sie nicht hinuntersteigen. Die Angst vor der Angst.

»Natürlich. Im Plunder von alten Damen zu wühlen ist toll. Vielleicht finden wir ein Vermögen unter ihrer Matratze. Guck da mal nach.«

»Ach Hannah! Also, wann schaffst du es?«

»Morgen ist Freitag, da komme ich mittags aus dem Labor und düse direkt los. Schick mir noch die genaue Adresse.«

»Ja klar. Ich freu mich.« Der Gedanke, morgen Unterstützung und Gesellschaft zu bekommen, beflügelt Miriam. »Danke.«

»Mach ich doch gern. Wir haben viel zu selten Gelegenheit, für uns zu sein.«

Miriam rechnet Hannah hoch an, dass sie die Tatsache verschleiert, ihr vor allem wegen Miriams drohender Anfälle zu Hilfe zu eilen. Bestimmt würde die Freundin lieber das Wochenende mit ihrem Jörg einleiten.

»Stimmt.« Sie schluckt. Arne und Sabine drängen sich wieder in Miriams Herz. Morgen kann sie es erleichtern. »Bis dann!«

Sie drückt auf den roten Hörer und bleibt einen Moment unschlüssig im Raum stehen. Eigentlich hat sie in diesem Zimmer so weit alles durchgesehen. Fast alles. Sie geht zum Bett und hebt die schwere Matratze am Fußende an. Nichts. Sie lüftet auch das Kopfende. Wieder nichts. Natürlich nicht. Miriam lächelt. Ach Hannah.

Den anstehenden Besuch vor Augen, kauft Miriam mit Pia ein. Ein paar Kleinigkeiten für ein Abendbrot und Lebensmittel für ein gemeinsames Frühstück mit Hannah. Den nächsten

Supermarkt in Bad Bramstedt hat sie auf ihrem Handy gegoogelt. Der Rückweg führt sie über die Hudau, einen kleinen Fluss, der sich hinter dem Schloss malerisch im Grünen verliert. Kurz bevor sie nach Weddelbrook abbiegen muss, entdeckt sie auf der rechten Straßenseite einen Baumarkt. Sie fährt auf den Parkplatz, um Umzugskartons und ein paar weitere Müllsäcke zu besorgen. Bevor sie damit an die Kasse geht, zieht es sie in die Gartenabteilung. Miriam schlendert vorbei an Dekorationsartikeln, als ihr Blick auf einige Keramikvögel fällt, gruppiert um eine steinerne, flache Tränke. Sie nimmt die Nachbildung eines Rotkehlchens in die Hand, schaut auf die leuchtende Brust des Vogels. Vielleicht kann sie ihrem Vater mit der Figur eine kleine Freude machen, wenn sie ihn das nächste Mal besucht. Vielleicht kann der Vogel ersetzen, was er vermisst – was immer es ist. Sie legt das Rotkehlchen mit in den Wagen und steuert die Kasse an.

Die Stoffkatze hält Pia bei alldem fest wie eine Trophäe. Erst im Auto rutscht sie ihr aus den Händen, als sie auf den letzten Metern einschläft. Am Haus von Edith angekommen, trägt Miriam die Kleine behutsam im Autositz ins Wohnzimmer, ohne dass sie erwacht. Gut so.

Miriam kann in Ruhe die Einkäufe ausladen und einsortieren. Wieder sitzen grauschwarze Motten an der Wand. Das muffige Kaffeepulver in der Dose schüttet sie weg, spült sie aus und lässt frischen Kaffee einrieseln. Sie stellt die Dose zurück in den Schrank, zu einem Sammelsurium von angebrochenen Tüten mit Gewürzen, Pinienkernen und Knäckebrot. Um die Kerne hat sich ein dunkler, pelziger Film gebildet. So etwas wie Schimmel. Nein. Kein Schimmel, sondern klebrige Fäden, Spinnweben ähnlich. Miriam zieht die Knäckebrottüte hervor und lugt hinein. Ein spitzer Schrei bricht durch ihre Kehle. Maden. Winzige, gelbliche Maden, die erschrocken vom plötzlichen Licht irgendwo zwischen den Scheiben verschwinden. Die Larven der Motten, gestaltlose Kinder, die sich von den Vorräten ernähren, sich darin häuten, heranwachsen. Miriam schaut auf die Wände, zur Zimmerdecke – jedes Härchen auf ihren Armen richtet sich auf. Die halbmondförmigen Ränder in den Nischen. Es sind dunkle Kokons, Verpuppungen, die in den Deckennischen kleben. Würmer mit je einem schwarzen Punkt an ihrem Kopfende kriechen und schlängeln sich an der Wand über ihrem Kopf.

Miriam wird heiß und kalt. Sie rennt zum Klo und übergibt sich.

Sie braucht eine Weile, um sich zu fangen. Der Würgereiz lässt nach. Dann packt sie der Zorn. Sie wird nicht hilflos warten, bis sie die Panik überrollt, wird nicht tatenlos dem Kribbeln um den Mund nachspüren. Sie spült ihn mit Wasser aus. Greift sich einen Müllsack und beginnt, mit spitzen Fingern alle Lebensmittel aus Ediths Küchenschränken zu entfernen. Unter der Spüle findet sie Essigessenz und scheuert alles unverdünnt damit ein. Die Säure ätzt in ihren Lungen, sie hustet, es sticht in den Augen. Mit einer Fliegenklatsche zerquetscht sie alle Insekten, die sie erwischen kann, saugt mit dem Staubsauger in den Nischen, steigt auf einen Stuhl und wischt die Kokons aus den Ecken. Den Lappen wirft sie schließlich mit in die Mülltüte und knotet sie fest zu.

Wenigstens ist Pia nebenan nicht wach geworden. Miriam schnappt sich den Sack und geht hinaus auf der Suche nach den Mülltonnen. Sie läuft durch den verwahrlosten Garten, schaut hinter den Schuppen. Nichts. Wahrscheinlich wurden die Tonnen schon vor Monaten abgeholt. Sie muss den Sack vorläufig ins Gartenhaus stellen. Der Riegel der Tür ist mit einem Vorhängeschloss versehen. Mist. Aber sie erinnert sich an die Hakenleiste in der Küche. Vielleicht findet sie dort den passenden Schlüssel. Schnell wieder ins Haus. Tatsächlich, am Bord hängt einer, der passen könnte. Sie nimmt ihn und geht zurück zum Schuppen. Der Schlüssel ist der richtige, das Schloss öffnet sich. Sie stellt die Tüte irgendwo zwischen halb verrostete Gartengeräte. Als sie die Schuppentür wieder schließt, bleibt Miriam einen Moment stehen und lässt sich von der frischen Brise an ihren Wangen beruhigen.

Plötzlich nimmt sie hinter den nackten Sträuchern eine Bewegung wahr. Ein Knacken. Es kommt aus dem Garten des Nachbarhauses. Sie dreht ihren Kopf zur Seite und blickt in zwei dumpfe blaue Augen, zuckt zusammen. Diese Augen kennt sie. Im ersten Moment weiß sie nicht, woher. Dann erinnert sie sich. Kai Blotenberg. Er steht wie angewurzelt hinter dem Zaun. Er war es also, der aus dem Fenster zu ihr nach draußen gestarrt hatte.

Kai sagt kein Wort. Er stiert nur durch die kahle Hecke, sein schwerer Körper vornübergebeugt, mit hängenden, runden Schultern. Miriam überlegt für den Bruchteil einer Sekunde, ob sie zügig und grußlos verschwinden soll. Dann entscheidet sie anders. Sie würde alle Angst mitnehmen ins Haus, und dort würde sie sich ausbreiten in ihrer Lunge, ihrem Herzen und sie ersticken. Stattdessen kehrt sie sich zu ihm, der mit keiner Regung reagiert.

»Kai«, sagt sie mit zittriger Stimme. Und nach einer Weile lauter: »Hallo.«

Noch immer keine Reaktion.

»Wir kennen uns. Ich bin die Nichte von Edith. Weißt du noch?«

Ein Blitzen geht durch seine Augen, die jetzt unruhig hin- und herwandern. Für Sekunden verliert sich die Dumpfheit in ihnen. »Bist du … ein Geist?«, fragt er leise.

»Ein Geist?« Miriam lacht unsicher. »Nein.«

»Nein«, wiederholt Kai tonlos. »Das kann auch nicht sein, dass du ein Gespenst bist. Mama sagt, es gibt keine.«

»Da hat sie recht, Kai.« War das möglich, dass er Angst vor ihr hatte?

»Dann bist du nicht Iris. Iris ist tot.« Bei dem Wort »tot« flackern seine Lider.

»Du meinst Edith, oder? Ja, sie ist tot. Und ich bin nicht Edith, sondern Miriam. Wir haben uns auf der Beerdigung kennengelernt.« Er ist geistig behindert. Er kann sich nicht richtig an alles erinnern. Sie setzt an, sich mit einem »Tschüss« von ihm abzuwenden, als Kai weiterspricht.

»Wir kennen uns schon lange.«

Miriam stutzt. »Ja?«

»Du magst Zimt. Und Zucker.« Jetzt grinst Kai breit von einem Ohr zum anderen.

Woher …?

»Und du magst Katzen. Ich mag auch Katzen. Hast du meine Muschi gesehen?«

Das ist absurd. Miriams Beklommenheit droht in einen Lachanfall umzukippen. »Nein. Wie sieht sie denn aus?«

»Sie ist eine Glückskatze. Wenn du sie siehst, sag mir Bescheid. Aber jetzt muss ich wieder rein zu Mama. Kennst du Mama?«

»Ja. Sag ihr einen schönen Gruß.«

Er nickt eifrig. »Das mache ich. Ciao.« Sein Kopf bewegt sich eierig im Stiernacken hin und her, als er mit groben Schritten davonstapft.

Miriam fröstelt. Sie geht zurück ins Haus und schließt die Tür hinter sich, lehnt sich gegen das harte Holz. Einatmen. Ausatmen. Das Kribbeln auf ihrer Haut bleibt aus. Sie hängt den Schlüssel vom Schuppen zurück an den Haken und lacht leise. Die ekelhaften Maden. Und ein verrückter Nachbar, der sie für einen Geist hält, seine Muschi sucht und aus irgendeinem Grund ihre Vorlieben kennt. Absurd.

In der Nacht träumt Miriam unruhig von Katzen. Großen und bunten, die aus Wänden hervorkrabbeln. Sich verkleinern, verflüchtigen und unter Türritzen wieder hervorkommen, um anzuschwellen wie Ballons, in die man Luft pumpt. Dann zerplatzt eine Katze nach der anderen wie eine Seifenblase, geräuschlos. Nur eine bleibt vor ihr stehen und sieht sie an, aus Augen, deren Blau sich in ihr festsaugt. Miriam ist wie gelähmt und kommt nicht vom Fleck, als sei sie hypnotisiert. Der Katzenkopf verändert sich, wird zu einem menschlichen, während der Körper Tier bleibt. Eine Sphinx, die langsam die Augen schließt und Miriam so aus ihrem lähmenden Blick entlässt. Erst jetzt sieht sie, dass neben dem großen Katzenkörper ein blasses Mädchen steht. Es trägt ein Nachthemd und schmiegt sich an das Fell. Sie schaut Miriam aufmerksam in die Augen, bleibt stumm und lächelt nicht. Aber sie hält einen kleinen roten Vogel in ihrer Hand. »Vergiss nicht«, sagt sie.

»Papa!« Miriam erwacht von ihrem eigenen Ruf. Sie starrt ins Dunkle. Greift neben sich in Erwartung, Arnes Arm zu fühlen, horcht nach seinem Atem. Aber Totenstille umfängt sie. Ihr ist, als läge sie in einem Sarg, die Matratze unter ihr scheint einzusinken, um sie her türmt sich mehr und mehr Erde hoch, wachsen Wände. Ein Spaten schwingt über ihrem Kopf, geführt von einer fremden Hand. Sie krallt sich mit den Händen in die Erde links und rechts von ihrem Körper, nein, in ein Laken. Sie schreit, ein Ruck geht durch ihren Körper, ein Gefühl, mit dem Rücken zu landen. Und Luft. Dämmerung. Erst jetzt ist sie wirklich wach und spürt ihrem polternden Herzschlag nach. Sie erlebt öfter solch ein Zwischenstadium von Träumen und Wachen und hasst es. Ein Alptraum in dem Bewusstsein, zu schlafen, ist besser zu ertragen als schreckliche Bilder, die sie in der Täuschung überfallen, wach zu sein.

Neben ihr im Reisebett schläft Pia. Draußen beginnen Vögel zu zwitschern. Miriam zwingt sich, aufzustehen. Wenn sie so liegen bleibt und wieder einschläft, wird sie den Alptraum an der gleichen Stelle weiterträumen, an der er aufgehört hat. Sie schwingt ihre Füße auf den braunen Teppich. Jannes' Kinderzimmerteppich. Er hat sich bisher nicht wieder gemeldet. Sie muss für einen Moment überlegen, welcher Tag heute ist. Freitag. Hannah wird kommen. Eine Erlösung. Miriam gähnt, reibt sich die Augen. Ihr Mund ist trocken. Sie tapst ins Bad und trinkt in gierigen Schlucken direkt vom Wasserhahn, benetzt ihr Gesicht mit kühlem Wasser. Lange kann es nicht mehr dauern, bis Pia wach wird.

Eben möchte sie zurück ins Zimmer, als sie von draußen ein Geräusch hört. Ein Scharren. Leise Schritte. Sie kommen vom seitlichen Teil des Hauses. Es ist eindeutig. Jemand schleicht auf dem Grundstück herum. Miriam spürt ihr Herz augenblicklich bis in den Hals pochen. Die Stufen, die nach unten führen, liegen im Dämmerlicht des Morgens vor ihr, lassen ihren Puls noch höher gehen. Sie muss hinunter, sich zusammenreißen! Sich bemerkbar machen, jeder weiß schließlich, dass kein Einbrecher Interesse daran hat, die Bewohner eines Hauses anzutreffen. Auf keinen Fall darf sie sich jetzt hier mit Pia verschanzen! Dann säßen sie in der Falle, falls jemand ins Haus dringt. Sie muss den Menschen in die Flucht schlagen, der sich dort draußen bewegt. Mut zeigen und nachsehen.

Miriam klammert sich an den Treppenlauf und konzentriert sich auf jeden ihrer Schritte, die auf den Holzstufen knarzen. Ihre Hände zittern.

Unten angekommen, hört sie ihren eigenen Atem, der sich stoßweise entlädt. Sie schleicht zur geöffneten Küchentür, in geduckter Haltung, ohne Licht anzuschalten, und schaut vorsichtig um die Ecke. Ihr Blick tastet sich zum Fenster. Sie erschrickt bis ins Mark. Ein Gesicht. Direkt davor. Es zuckt auf, dann löst es sich so schnell wieder von der Scheibe, dass sie es nicht erkennen kann. Dumpfe, hastige Schritte entfernen sich.

Miriam rennt die Stufen nach oben so schnell wieder hinauf, wie ihre Füße sie tragen. Kopflos, ohne zu wissen, was am besten zu tun ist. Nur bei Pia sein, sie beschützen! Sie bewegt alle Lichtschalter, die sie im Vorüberhasten ertasten kann. Pia liegt noch genauso ruhig da wie vorhin. Miriam nimmt mit zittrigen Händen ihr Handy und … weiß nicht, wen sie anrufen soll. Die Polizei? Hannah? Die wahrscheinlich gerade zur Arbeit fährt? Arne, der frühestens in anderthalb Stunden hier wäre und vielleicht bei Sabine schläft? Jannes?

Miriams Finger beben dicht an der Notruftaste. Sie zwingt sich, tief ein- und auszuatmen, einen klaren Gedanken zu fassen. Luft. Sie öffnet das Fenster in Jannes' Zimmer sperrangelweit und inhaliert. Überblickt das Grundstück – niemand ist zu sehen. Das Zittern wird ruhiger. Vielleicht war es nur ein kleiner, neugieriger Junge aus der Nachbarschaft. Nachbarschaft – Miriam hebt den Kopf höher. Natürlich! Bestimmt war es wieder Kai, der immer noch nach seiner Katze sucht.

Miriam zwingt sich zur Ruhe. Wartet, bis ihr Herzschlag sich verlangsamt, nimmt ihren ganzen Mut zusammen und schreitet geräuschlos zur Treppe, schaut von oben in den Flur hinab. Alles ruhig. Keine Bewegung, nirgendwo. Kein Laut. Kai ist mit panischen Schritten auf und davon. Keine ernste Bedrohung. Er hat sie in der Küche gesehen und war genauso erschrocken wie sie.

Sie geht mit wackeligen Knien nach unten und schaut in jeden Raum. Es ist alles gut. Der Blick aus dem Küchenfenster zeigt einen menschenleeren Garten. Auch auf dem Grundstück der Blotenbergs ist niemand zu sehen. *Sei vernünftig, Miriam. Hör auf mit deiner kindischen Angst.*

Nachher kommt Hannah. So lange schafft sie es noch allein.

Zeit, die Flasche zuzubereiten.

***

Verdammt! Fährst einfach hin! Schnappst dir das Kind und machst dich in dem Haus breit. Damit hab ich nicht gerechnet, das wirft alles durcheinander. Wie soll ich an das Zeug rankommen, wenn du länger bleibst?

Was mach ich jetzt? Wenn du es entdeckst, kann ich für nichts garantieren. Ich dreh dir den Hals um. Oder Jago erledigt das. Vielleicht sollte ich ihm einfach sagen, wo seine Leute den Mist abholen können. Dann machen die dich fertig, genau wie mich, bevor du das Wort »Polizei« überhaupt nur denken kannst.

Ich muss dahin. So bald wie möglich und alles rausschaffen. Aber wohin dann damit? Jagos Leute werden irgendwann wiederkommen, das ist so sicher wie das Amen in der Kirche. Es darf ihnen nicht in die Hände fallen. Ich könnte ins Haus schleichen, ein Vorhängeschloss anbringen. Obwohl – warum schleichen? Ich könnte ganz locker vorbeischauen. Und einen Moment abpassen, in dem du abgelenkt bist. Vielleicht sogar über Nacht bleiben. Warten, bis du schläfst. Du würdest nichts mitbekommen. Das könnte klappen.

Oder ich schicke Bro, den Deppen.

Mal sehen.

9

Den Vormittag verbringt Miriam damit, die Wohnzimmerschränke durchzusehen. Sie zieht einige Fotoalben aus dem Regal. Es sind nicht viele. Miriam nimmt sich die Zeit, darin zu blättern. Edith als junge Frau. Mit einem welligen Kurzhaarschnitt schaut sie schüchtern aus dem Bild. Nicht hässlich, aber auch nicht schön. Unscheinbar. Eine graue Maus. Hochzeitsfotos von ihr und Joachim. Man sieht, dass er ein wenig älter als sie war. Schmallippig, ein scharfkantiges Gesicht. Nicht unattraktiv. Doch seine Miene wirkt nicht gelöst, fast streng – wahrscheinlich die Nervosität eines Bräutigams. Vielleicht mochte er auch einfach nicht fotografiert werden. Edith hingegen sieht glücklich aus. Sie schaut zu ihm auf, lächelt. Hält den Blumenstrauß vor ihre Brust wie eine Trophäe.

Miriam blättert hastig weiter. Kinderfotos von Jannes. Sie ist gerührt, was für ein süßer Junge er war. Doch er lacht selten. Die meisten Fotos hat wohl Edith geschossen, denn sie ist fast nie zu sehen. Dafür Joachim. Im Laufe der Jahre scheint er seine Statur verändert zu haben. Der Bauch wird zunehmend rund, das Haar länger. Sein Seitenscheitel glänzt schwarz. Ein schwer zu deutender Blick aus dunklen Augen, die denen von Jannes ähneln, aber ohne deren Melancholie etwas Hartes ausstrahlen. Miriam wird mulmig zumute. Sie sucht nach anderen Fotos von der Familie, ihrer Mutter. Vielleicht ist ja sogar eines von ihr selbst dabei, dann würde sie endlich wissen, wie sie als kleines Kind aussah. Als Pia auf die Welt kam, hatte sie ihre Mutter gelöchert, sie müsse doch irgendein Bild aus Miriams ersten Lebensjahren haben. Sie hätte gern verglichen, ob es eine Ähnlichkeit zwischen Pia und ihr als Baby gibt. Aber die Mutter hatte verneint. Damals sei alles anders gewesen. Da habe man nicht so ein Gedöns um die Kleinen gemacht. Filme waren teuer. Und die wenigen Fotos, die sie gemacht hätten, seien bei ihrem Umzug nach Schleswig verloren gegangen.

Leider ist auch in den Alben von Edith kein Bild mit einem Mädchen zu finden, das sie sein könnte. Nichts. Wahrscheinlich waren sie zu selten hier.

Sie steckt die Alben in einen Karton. Jannes wird sie sicher mitnehmen wollen.

Dann öffnet sie Schubfächer mit Briefumschlägen, Souvenirs und Erinnerungsstücken, Postkarten. Miriam holt den Stapel Postkarten zu sich heran, setzt sich in den Schneidersitz und legt ihn vor sich auf den Boden. Vielleicht sind ein paar interessante dabei. Aber es sind überwiegend nichtssagende Urlaubskarten aus Italien, Frankreich, Griechenland, Schweden, kaum je mehr als drei Sätze umfassend. Worte über Strand, Essen, Wetter und einen lieben Gruß.

Ihr Blick bleibt an einer Karte hängen, deren Schrift ihr bekannt vorkommt. Natürlich. Unterschrieben mit »Jutta«. Mutter. Miriam muss die Augen zusammenkneifen, so klein ist der Text geschrieben. Immerhin mehr als drei Sätze.

»Liebe Edith, lieber Joachim!«, beginnt die Nachricht. Miriam schaut auf den Poststempel. Kaum leserlich, aber sie erkennt das Jahr 1984. Sie muss sie kurz vor Joachims Tod verschickt haben. *»Uns beiden geht's hier gut. Es ist frisch, aber wir haben auch Sonnenschein, und das Klima bekommt der Kleinen. Die Symptome gehen zurück, und sie hat wieder zugenommen. Ihre Wangen sind rosig wie lange nicht mehr. Nur mit der Trennung tut sie sich etwas schwer. Auf den Besuch freut sie sich deshalb ganz besonders. Auch ich kann hier endlich mal wieder durchatmen. Ich danke euch sehr für eure Hilfe! Seid gegrüßt von Jutta«.*

Miriam dreht die Karte um. Nordseekurheim St. Peter-Ording. Sie lässt die Karte sinken. Seltsam. An eine Kur mit ihrer Mutter kann sie sich überhaupt nicht erinnern. Es wurde ihr auch nie davon erzählt. Von welcher Trennung, welchen Symptomen spricht sie? Und womit hat Edith ihr, die anschließend immer so verächtlich von der Schwester sprach, geholfen?

Hektisch wühlt Miriam in den restlichen Postkarten und einigen Briefen, wird aber nicht fündig. Es ist, als habe es nie eine andere schriftliche Äußerung ihrer Mutter an Edith gegeben.

Der Handyklingelton reißt sie aus ihren Gedanken. Hannah. Miriam muss lächeln. Sicher flötet sie ihr entgegen, dass sie jetzt losfährt. Wie sie sich freut!

Doch Hannah erzählt, Jörg habe sie direkt nach der Arbeit mit einer spontanen Entführung an die Ostsee überrascht, einen gefüllten Picknickkorb im Auto.

»Können wir unser Treffen auf morgen verschieben? Aber nur, wenn es dir gut geht, Miriam. Sonst fahre ich gleich zu dir!«

Miriam schluckt. »Nein, nein. Musst du nicht.«

»Es tut mir echt leid. Normalerweise halte ich meine Versprechen. Aber ich mag Jörg jetzt nicht vor den Kopf stoßen. Er ist immer so eifersüchtig. Will mich am liebsten nur für sich.« Hannah lacht verlegen. »Vielleicht komme ich spontan noch heute Abend, okay?«

Miriam nickt und vergisst, dass Hannah die Geste nicht sehen kann. Er ist also eifersüchtig. Auf ihre Freundschaft? Das ist kindisch. Warum lässt Hannah sich das so bereitwillig gefallen? Offensichtlich schmeichelt ihr sein Besitzdenken. Das hat sie doch einfach nicht nötig!

»Miriam? Ist es wirklich in Ordnung für dich?«

»Ja. Natürlich«, sagt sie mit belegter Stimme. Sie verkneift sich eine enttäuschte Bemerkung. Hannah ist ihre Freundin, nicht ihre Mutter. Miriam ist für sich selbst verantwortlich. Und zickig wie ihre Mutter möchte sie schon gar nicht sein. »Habt viel Spaß, Hannah. Morgen ist genauso gut!«, schiebt sie schnell nach. Trotzdem ist ihr plötzlich schwach in den Knien.

Für einen Moment ist sie versucht, Arne anzurufen. Es könnte guttun, seine Stimme zu hören, was auch immer geschehen ist zwischen ihm und Sabine. Sie könnte ihn bitten, heute Abend zu ihr zu fahren. Sie könnten hier genauso gut reden wie zu Hause, sie müsste sich diesem Alleinsein nicht mehr stellen. Aber sie beherrscht sich. Er ist gerade in der Kanzlei.

Nichts wäre schrecklicher, als wenn Sabine mitkriegte, dass seine Frau ihn weinerlich zu sich bittet.

Sie lässt die Postkarte von Mutter in den Karton segeln und nimmt Pia zu sich auf den Schoß. Drückt ihre Lippen an den weichen Haarflaum auf ihrem Kopf, saugt den Geruch in sich ein und wiegt ihr Mädchen hin und her.

»Pia«, murmelt sie, »meine kleine Maus. Ich hab dich so lieb.«

Der Schnuller macht ein schmatzendes Geräusch. Rhythmisch. Pias Augenlider senken sich mehr und mehr, flirrend.

Miriam beginnt leise zu singen: »Träume, Pia, träume, der Mond guckt durch die Bäume. Ich glaube gar, nun bleibt er stehen, um Pialein im Schlaf zu sehen …«

Sie will dieses Gefühl ewig festhalten. Niemand wird es ihr je nehmen können. Diesen stillen Moment mit dem schwerer werdenden Kind. Dem Babyleib an ihrer Brust, das Köpfchen in die Mulde zwischen Ohr und Schulter gebettet. Eine Minute Unendlichkeit.

Nach Pias Mittagsschlaf geht Miriam mit ihr im Kinderwagen ein Stündchen spazieren. Sie sucht ihren Weg bis zum Mühlenteich, der verwunschen und ruhig in einem kleinen Waldgebiet des Dorfes liegt. Vorbei an der alten Getreidemühle umrundet sie einmal das Gewässer, das malerisch von Bäumen eingerahmt ist. In den Wellen zerfließen die Spiegelungen der wenigen bunten Herbstblätter, die sich noch an den Zweigen festhalten. Idyllisch. Die klare Luft weht Miriams Kopf frei. Ein paar Enten schwimmen schnatternd heran, und Pia beginnt aufgeregt, Unverständliches mit ihnen zu bereden. Miriam hockt sich zu ihr, wühlt in der Wickeltasche nach einem Babykeks, zerdrückt ihn und wirft die Krümel ins Wasser. Die Tiere stürzen sich sofort darauf, Pia schreit verzückt.

Bei ihrer Rückkehr winkt Miriam kurz Kais Mutter zu, Frau Blotenberg, die sofort beim Blätterharken innehält und sie mit einem Lächeln begrüßt, das gefährlich nach einem Kontaktbedürfnis aussieht. Zügig marschiert Miriam ins

Haus, bevor sie in ein unerwünschtes Gespräch verwickelt werden kann.

Es ist Abend, als Miriam mit einem Stöhnen den letzten Karton für heute zuklappt. Sie hat einiges geschafft. Sämtliche Schränke und Schubladen im Schlafzimmer, Wohnzimmer, Esszimmer, in Flur und Küche hat sie durchforstet und nach »Müll« oder »Aufheben« sortiert. Hin und wieder musste sie dabei noch eine Motte erlegen, aber ihr Ekel hat sich inzwischen verflüchtigt. Die reinste Konfrontationstherapie.

Die Hoffnung, irgendwo den Schlüssel für die Schmuckschatulle zu finden, erfüllte sich bisher nicht.

Draußen taucht der Abend den Garten in ein Dämmerlicht. Die dürren Äste des Weißdorns und der jungen Eichen, die wild aus dem Knick hinter Ediths Haus wuchern, heben sich wie schwarze Knochen vor dem Granithimmel ab. Das trübe Licht bricht sich in den schmutzigen Fensterscheiben, auf denen der Regen der letzten Wochen bräunliche Schlieren hinterlassen hat. Der November umfängt das Haus mit bleischwerer Hand und Miriams Herz gleich mit. Die finsteren Wintermonate bis März bedrücken sie Jahr für Jahr.

Sie presst ihre Fäuste gegen die Lendenwirbel. Das stundenlange Hocken auf dem Boden spürt sie im Rücken. Sie löst ihren Zopf. Vielleicht lindert das den Schmerz, der auch ihren Nacken mit eisernem Griff umspannt.

Ein heißes Bad könnte Wunder wirken, aber sie mag nicht in der schmuddeligen Wanne liegen, an deren Rändern sich schwarzer Schimmel in die Fugen gefressen hat.

Ob Arne sich wieder gemeldet hat? Sie wirft einen Blick auf ihr Handy. Eine WhatsApp ploppt auf – Nils. »Wie geht es meiner kleinen Schwester? Und wie der noch kleineren Pia? Liebe Grüße aus L. A.« Ein Lächeln huscht über Miriams Gesicht. Sie ist zu müde für eine lange Nachricht, aber sie nimmt ein Selfie von sich und Pia auf. »Wir machen Urlaub in Weddelbrook, das ist viel aufregender als L. A.« schreibt sie dazu, mit einem ironischen Smiley, und geht auf »Senden«.

Danach macht sie die Kleine für die Nacht fertig, wickelt

sie und schließt, den Kopf über sie gebeugt, den Schlafsack um ihre strampelnden Beine. Miriams braunes Haar fließt in Wellen herab auf Pias Hals. Es scheint sie zu kitzeln, sie gluckst. Miriam nimmt eine Strähne in die Hand und streift ihrem Baby damit die Wangen. Pia greift begeistert nach den Locken.

Plötzlich klingelt es an der Haustür. Das unerwartete Signal lässt Miriam erst aufschrecken, dann macht ihr Herz einen freudigen Sprung. Hannah! Sie ist doch noch gekommen.

Sie nimmt Pia auf den Arm und geht mit ihr über den Flur zum Windfang, um in ihrer Bewegung zu erstarren. Die Umrisse der Gestalt, die sie durch die gelben Zerrfenster der Haustür erkennen kann, sehen nicht nach Hannah aus. Dieser Mensch ist größer. Breitschultrig. Eindeutig ein Mann.

»Krieg keinen Schrecken«, dringt es von draußen durch die Tür. »Ich bin es nur.«

Arne? Nein. Das war nicht seine Stimme.

»Miri! Mach doch auf.«

Miriams Herz hopst noch höher. Sie löst die Sicherheitskette und öffnet. Jannes.

Er steht vor der Tür wie ein Besucher, ein Gast in seinem eigenen Elternhaus. Sie lässt die Tür aufschwingen, als sei sie seine Ehefrau, die ihn erwartet hat.

Ein Windstoß spielt mit der Haarlocke, die ihm wieder vor der Stirn tanzt, sein offener Mantel schlingert. Kurz rührt er sich nicht, schaut Miriam nur in die Augen. Dann fällt sein Blick auf Pia, er lächelt. »Da ist ja deine Maus«, sagt er, tritt ein. Er umarmt Miriam, lässt dabei eine Hand auf Pias Rücken ruhen.

»Jannes. Wie schön, dich zu sehen!« Sie erwidert den Druck seiner Arme und küsst ihn auf die Wange, die sich rau an ihre Lippen legt. »Hast du keinen eigenen Schlüssel mehr?«

»Doch. Aber ich wollte nicht plötzlich im Zimmer stehen. Ich weiß ja, wie schreckhaft du bist, Cousinchen.« Er zieht seinen Mantel aus, ignoriert die Hakenleiste im Flur und wirft ihn über das Geländer der Treppe, die nach oben führt. Er streicht die wirre Haarsträhne aus der Stirn, sie fällt prompt wieder hinab. Dann sieht er auf die Uhr. »Warst du gerade dabei, sie ins Bett zu legen? Wo schläft sie?«

»Oben. In deinem alten Zimmer.« Sie schaut ihn entschuldigend an. »Ich übrigens auch. Aber ich habe da nichts angerührt.«

Jannes zuckt mit den Schultern. »Kannst du. Ist mir nicht wichtig.« Er folgt ihr ins Wohnzimmer, bleibt stehen.

»Hier habe ich schon ein paar Kisten zusammengestellt. Schau sie in Ruhe durch. Es steht dir zu, egal, was deine Mutter verfügt hat.«

Ihr Cousin schüttelt den Kopf. »Das Zeug bedeutet mir nichts. Und heute mach ich gar nichts mehr. Es ist Freitagabend!« Er öffnet seine Handflächen zu ihr hin, als ließe er einen Vogel frei. »Ich habe gedacht, ich bleibe die Nacht hier. Darf ich?« Seine Augen schicken ihr einen Schalk. »Ich leg mich auch aufs Sofa.«

Miriam wird nicht allein sein müssen. Jannes kann nicht ahnen, welches Geschenk das für sie ist. »Natürlich. Dann kümmern wir uns morgen weiter.«

Jannes' Blick irrt unruhig durch den Raum. »Ich mag dieses Haus nicht. Ich mochte es noch nie.«

»Es ist alt. Und müsste saniert werden.« Sie sagt ihm nicht, dass es ihr genauso geht.

»Tut, was ihr nicht lassen könnt.«

»Nein. Ich denke …«, Miriam wird leiser, »… ich denke, wir sollten es abstoßen.«

Jannes antwortet nichts. Wie muss es sich für ihn anfühlen, dass es ihm nicht gehört? Seltsam. Seine Gleichgültigkeit erscheint ihr nicht aufrichtig.

»Hast du schon was gegessen?«, lenkt sie das Thema um. »Ich könnte was Kleines machen, wenn ich Pia hingelegt habe. Ich habe …« *für den Besuch meiner Freundin eingekauft.* Miriam lässt die Worte nicht fallen. Sie weiß nicht, ob er es für übergriffig halten könnte, dass sie hier ihre Freundin empfangen möchte.

»Nein, ich hab noch nichts gegessen.« Er lacht. »Und was

schlimmer ist: auch nichts getrunken. Ich hol uns Wein aus dem Keller. Da liegen wahre Schätze. Aber du musst nichts kochen. Lass uns lieber zum Gasthof rübergehen.«

Miriam gefällt die Idee, aber ... »Was ist mit Pia?«

Er deutet auf den Kinderwagen im Flur. »Wir nehmen sie mit. Ist ihr doch egal, wo sie schläft, oder?« Bevor er Miriams Stirnfalten sehen kann, ist er schon zum Flur hinaus. Sie hört, wie sich die Tür zum Abgang knarrend öffnet und seine Schritte unterhalb des Hauses leiser werden. Verschwinden, im Keller. Kein Laut ist mehr zu hören, als befände sich niemand sonst im Haus.

Miriam schaut Pia fragend an. »Sollen wir ausgehen, Maus? Wirst du da denn schlafen?« Egal. Sie wird es versuchen. Die Vorstellung, mit Jannes essen zu gehen, ist verlockend, und es wird ihr guttun, mal aus diesem Haus herauszukommen. Sie geht zum Kinderwagen, der im Eingang steht, und legt Pia mitsamt Schlafsack hinein. Das alte Stofftier liegt noch darin, sie drückt es ihr ins Händchen. Geht noch schnell ins Bad, wirft einen flüchtigen Blick in den Spiegel und kämmt ihr Haar. Ein bisschen Wimperntusche trägt sie auch auf. Zurück im Flur, dringt ihr von der geöffneten Kellertür her ein muffiger Geruch in die Nase. Sie weiß, weshalb sie zu Hause keinen Keller wollte.

Endlich hört sie wieder Jannes' Schritte. Er kommt mit zwei Rotweinflaschen die Kellertreppe hinaufgestiegen und hält sie ihr augenzwinkernd entgegen.

»Für nachher.« Die Tür zum Keller widersetzt sich seinem Versuch, sie zu schließen. Er lässt sie angelehnt. »Das Mistding war schon immer kaputt!«

Der Wind draußen hat an Kraft gewonnen, Miriam fröstelt. Sie und Jannes nehmen den kurzen Weg zum Gasthof zu Fuß. Er schiebt den Kinderwagen. Miriam legt eine Hand mit an den Lenker. Sie spürt Jannes' Bewegungen an ihrer Hüfte.

Als sie die von Schlaglöchern zerfressene Straße überqueren, sehen sie schon das Leuchtschild des Restaurants. »Wolters

Gasthof«. Auf der anderen Straßenseite befindet sich ein Parkplatz mit einem riesigen Findling in der Mitte.

»Ich hab viele Erinnerungen an den Dorfkrug«, sagt Jannes. »Hier haben wir meine Konfirmation gefeiert. Weißt du das noch?«

»Das war hier? Deshalb kam es mir so bekannt vor.« Miriam schaut an dem alten Gemäuer hoch.

»Die Erwachsenen wollten stundenlang nur fressen. Wir sind einfach rausgegangen und auf dem großen Stein herumgeklettert. Obwohl wir dafür eigentlich schon zu alt waren. Dafür war ich so cool und hab eine geraucht. Du bist total entsetzt gewesen!« Er stupst sie munter gegen den Arm.

Beim Anblick des gigantischen Steinbrockens kehrt tatsächlich eine konkrete Erinnerung zurück. Jannes, der mit hängenden Beinen darauf thront und triumphierend auf sie herabsieht, die Hose seines feinen Anzugs mit Erde beschmutzt.

»Was hat der Findling für eine Bedeutung, weißt du das?«

»Ich weiß nur, dass man ihn in den Neunzigern hier aufgestellt hat und er über hundert Tonnen wiegt. Man nennt ihn den ›alten Weddelbrooker‹. Ein Wahrzeichen sozusagen.«

Eine dreifarbige Katze tapst ihnen entgegen. Sie hebt ihr weißes Gesicht empor, die Augen glimmen bernsteinfarben in der Dämmerung. Miriam bückt sich und hält dem Tier abwartend die Hand hin, die Katze schnuppert daran. »Vielleicht ist das Kais Muschi.«

»Ach ja?« Jannes rollt belustigt mit den Augen. »Wie kommst du darauf?«

»Er hat sie gestern gesucht. Dann wird sie wohl jetzt den Weg nach Hause finden.« Miriam richtet sich auf, beide gehen weiter. »Was ist eigentlich mit Kai? Er hat mir regelrecht am Gartenzaun aufgelauert. Und vorhin durch das Küchenfenster gestiert. Unheimlich.«

»Kai ist harmlos. Er steht oft irgendwo herum, winkt den Autos und so. Ich glaube, es gab Probleme bei der Geburt. Seitdem ist er behindert. Da musst du dir nichts bei denken.«

»Er hat zum Beispiel gesagt, dass ich Zimt und Zucker mag. Ich hab keine Ahnung, woher er das weiß.«

»Von früher wahrscheinlich. Wenn du zu Besuch warst bei uns, haben wir zusammen gespielt.«

»Aber das muss ewig her sein. Und wir waren doch nur selten bei euch.«

Jannes schaut sie von der Seite an. »Oft vielleicht nicht. Aber einmal ... bist du länger dageblieben.«

»Wann?«

»Na, früher. Als Kind.« Seine Schritte beschleunigen sich, die Reifen des Kinderwagens drehen sich schneller.

»Aber weshalb denn?« Miriam ist, als sähe sie in ein schwarzes Loch. Warum erinnert sie sich nicht?

»Ach Miri, frag mich nicht. Vielleicht, weil deine Eltern krank waren oder im Urlaub. Was weiß ich?« Rasch geht Jannes die letzten Meter zum Restaurant und schiebt den Kinderwagen die Rampe zur Eingangstür hinauf. »Lass uns reingehen, ich sterbe vor Hunger.«

Miriam schweigt. Wenn ein Mann hungrig ist, verliert er jeden Sinn für ein Gespräch. Das kennt sie von Arne. Aber sie wird später noch einmal nachhaken.

Drinnen empfangen sie wohlige Wärme und der Duft nach gutbürgerlichem Essen, nach Würze und Behaglichkeit, Bier und Wein. Die Bedienung begrüßt sie schon im Flur vor der Küche. Sie suchen sich einen Fensterplatz in dem urigen hinteren Raum, der früher mal ein Stall gewesen sein mag und heute dekoriert ist mit alten Gegenständen des ursprünglich bäuerlichen Hofs, mit Zugtiergeschirren und staubigen Weinflaschen.

Als Miriam die Babydecke im Kinderwagen um die schlummernde Pia lüftet, fällt ihr Blick auf die Schmusekatze. Sie hebt sie hoch und zeigt sie Jannes, der gerade seinen Mantel auszieht.

»Schau mal. Das war dein Stofftier, oder? Ich hab es im Schlafzimmer gefunden.«

Jannes zuckt nur mit den Schultern und lässt sich an dem dunklen massiven Esstisch nieder.

Miriam setzt sich ihm gegenüber auf eine Holzbank, die Wand im Rücken. »Ich dachte, ich frag dich lieber. Vielleicht hat es ja irgendeine Bedeutung.«

»Nein. Weiß der Kuckuck, warum Mutter meinte, alles aufheben zu müssen.« Jannes schenkt ihr einen aufmerksamen Blick. »Ich bin ehrlich gesagt froh, dass du das alles machst. In dem Kram meiner Mutter zu wühlen würde mich im Moment total runterziehen.«

Miriam nickt verständnisvoll. Er hat seine Mutter begraben. Auch wenn sie kein einfaches Verhältnis hatten, wird es schwer für ihn sein. Oder gerade deshalb.

»Und das Haus ist mehr eine Belastung als alles andere. Ihr müsst euch also nicht schlecht fühlen bei alldem. Ich wollte es nie, und meine Mutter wusste das.«

Miriam fühlt sich eigenartig getroffen von seinen offenen Worten. So hat es auch Jutta dargestellt. Es ist nur etwas anderes, es aus Jannes' Mund zu hören.

»Wie kommt es, dass du nichts damit zu tun haben willst? Ich meine, du bist darin aufgewachsen«, möchte sie wissen.

Um Jannes' Mundwinkel spannen sich bittere Linien. »Es ist alt, vergammelt und nichts wert. Reicht das?«

Die Kellnerin bringt ihnen die Speisekarte mit internationalen Gerichten, Ouzo vorweg aufs Haus und nimmt die Bestellung für die Getränke entgegen. Beide heben die kühlen Schnapsgläser, Jannes kippt den Schluck auf ex hinunter und stellt das Glas mit einem leisen Knall ab. »Mann, hab ich einen Kohldampf.«

Erst jetzt spürt Miriam, dass ihr Magen grummelt. »Ich kann auch was vertragen.« Dann erinnert sie sich an Jannes' Worte von vorhin und wagt doch einen Vorstoß. »Aber sag mal – wann war ich denn länger bei euch? Ich kann mich überhaupt nicht erinnern.«

»Du warst noch klein.«

»Und da haben wir mit Kai gespielt?«

Jannes nickt. »Meistens draußen. Mein Vater mochte keinen Lärm im Haus … Kai ist ein paar Jahre älter, aber als Kinder passte es, weil er eben retardiert ist. Und ein lieber Kerl. Einmal haben wir uns heimlich auf dem Dachboden verkleidet, uns Theaterstücke ausgedacht. Wahrheit oder Pflicht gespielt. So was eben. Und im Küchenschrank haben wir Zimt und Zucker gefunden. Das hast du löffelweise gefuttert. Anscheinend weiß Kai das auch noch.«

Miriam ist, als erzähle er aus einem anderen Leben, von einem anderen Kind. Ein unruhiges Gefühl beschleicht sie. »Wenn er so ein gutes Gedächtnis hat, frage ich mich, warum er sich nicht gleich an mich erinnert hat. Seine Mutter hat uns neulich erst vorgestellt bei der Beerdigung. Stell dir vor, er dachte, ich sei ein Geist. Sehe ich so schlimm aus?« Sie lacht.

»Ganz und gar nicht«, antwortet Jannes und lächelt.

»Und er hat von einer Iris geredet, die tot sei. Damit muss er deine Mutter gemeint haben.«

Durch Jannes' Gesicht huscht etwas Flüchtiges, Wehes. Er sieht plötzlich blass aus und schweigt. Sie sollte seine Mutter nicht erwähnen. Kurz muss sie an die Antidepressiva denken. Ob Jannes davon wusste? Besser, sie bohrt nicht in seinen Wunden. Es nimmt ihn mehr mit, als sie dachte, Edith verloren zu haben.

Miriam nimmt dankbar das Glas Wasser entgegen, das ihr die Bedienung hinstellt, und trinkt mit großen Schlucken fast bis auf den Grund.

Jetzt schmunzelt Jannes. »Mit dem Wein lässt du dir aber mehr Zeit, oder?« Er hebt sein Glas.

»Mal sehen. Ich bin völlig ausgedörrt.« Sie stößt mit ihm an und muss an Arne denken. Es ist merkwürdig, allein mit einem anderen Mann zu Abend zu essen, auch wenn es ihr Cousin ist. Ihr Hungergefühl mischt sich mit der Wut, die jedes Mal in ihr aufbrodelt, wenn Arne vor ihrem inneren Auge erscheint. Arne und … dieses Biest. Ob er mit Sabine auch essen geht? Vielleicht, wenn er angeblich beim Sport ist? Wie fühlt er sich dabei, wissend, dass sie allein mit Pia zu Hause sitzt? Sie nimmt noch einen Schluck Wein und versucht sich auf die Speisekarte zu konzentrieren. Jetzt wird *sie* einen schönen Abend haben, ohne ihn!

»Alles in Ordnung?« Jannes' Augen haben sich prüfend zusammengezogen, als müsse er eine winzig kleine Schrift entziffern.

Miriam nickt kurz, schüttelt dann den Kopf. »Nicht wirklich.«

Er hält seinen Blick auf sie gerichtet, sagt aber nichts.

»Arne. Er hat … wir haben … es geht gerade nicht so gut.«

Jannes hebt die Augenbrauen.

»Ich will nicht ins Detail gehen.«

»Okay. Ich bin nur überrascht. Als wir uns das letzte Mal gesehen haben, wirkte alles so harmonisch. Arne und Miri. Ein echtes Dreamteam.«

»Tja. Das dachte ich auch bisher. So kann man sich täuschen.«

»So schlimm?«

»Ich weiß noch nicht. Im Moment bin ich froh, mich in das Haus stürzen zu können. Ich musste erst mal raus, Abstand gewinnen.«

Jannes nickt nur. Sie ist dankbar, dass er nicht nachbohrt, stattdessen das Thema wechselt. »Nimm das überbackene Gyros. Das musst du probieren. Du bist selbstverständlich eingeladen.«

Obwohl es regnet und noch immer stürmt, ist Miriam auf dem Rückweg angenehm warm. Der Ouzo, von dem die Kellnerin großzügig einen weiteren nach dem Essen ausschenkte, hat sich wie eine sanfte Decke über ihre Gedanken, über den Schmerz gelegt. Wieder schiebt Jannes neben ihr den Kinderwagen, den sie mit einer Schutzplane umhüllt haben. Nur ein Mal ist Pia im Gasthof wach geworden, ansonsten ließ sie beide in Ruhe reden. Mehrmals hat Jannes Miriam so zum Lachen gebracht, dass sie sich zurückwarf und den Bauch halten musste, und er lachte still mit, den Blick dabei nicht von ihr wendend. Lange ist Miriam nicht mehr so leicht, so unbefangen zumute gewesen. Sie hat das Gefühl, über das Trottoir zu schweben, und hakt sich bei Jannes unter. Der Regen prasselt, durchnässt beide.

»Warte mal!« Jannes zieht seinen Mantel aus, breitet ihn über Miriams und seinen eigenen Kopf. »Komm unter meine Decke!«

Sie schiebt sich nah an ihn heran, Wärme empfängt sie, ihr Arm sucht sich den Weg um seine Taille. Mit der freien Hand bugsiert Jannes den Kinderwagen weiter, sie stolpern auf das Haus von Edith zu.

Miriam gräbt in ihrer Handtasche nach dem Schlüssel und wird nicht fündig. Mit den Händen gleitet sie über ihre Brusttasche. Da steckt ein flacher Gegenstand. Nils' Kamm, sie hat ihn ganz vergessen.

In ihrer rechten Jackentasche fühlt sie endlich den Schlüssel und öffnet die Haustür. Vorsichtig manövriert Jannes den Kinderwagen in den Flur, Miriam schließt leise hinter ihnen die Tür.

»Ich bring Pia ins Bett. Hoffentlich wird sie nicht wach«, flüstert sie.

»Mach das. Ich schenk uns schon mal einen Wein ein.« Mit diesen Worten verschwindet Jannes eilig im Wohnzimmer, als sei er am Verdursten.

Miriam hebt behutsam ihr Baby aus dem Wagen und trägt es nach oben. Sie muss es nur ins Bettchen legen, der Schlafsack schmiegt sich warm um den kleinen Körper. Sie atmet auf, als Pia ungerührt weiterschläft. Ein schneller Blick auf das Handy zeigt zwei verpasste Anrufe von Arne, außerdem eine WhatsApp. Ob alles in Ordnung sei? Warum sie sich nicht melde? Sie tippt nach kurzem Zögern: »Alles okay, bin aber hundemüde und gehe schlafen.« Kein Kuss-Smiley, kein »Vermisse dich«. Geschieht ihm recht, sich Gedanken zu machen. Dann schleicht sie zurück nach unten. Trotz der Wut auf Arne kommt sie sich wie eine Diebin vor. Zeit ist ihre Beute. Zeit mit Jannes.

Er hat sich auf dem Sofa niedergelassen, zwei randvoll gefüllte Rotweingläser vor sich auf dem Tisch. Die Leichtigkeit von vorhin weicht einer unerwarteten Nervosität, die von innen Miriams Bauchnabel umkribbelt. Sie setzt sich, beide sagen nichts. Er reicht ihr nur still das Glas.

Der Regen tippt gegen die unverhüllten Fenster, sie öffnen sich wie große, lidlose Augen der Nacht. Die Stehlampe wirft ein weiches Licht über Jannes' Gesicht. Er trinkt. Auf seinen Lippen glänzt ein winziger Tropfen, Lippen, die sich zu einem seltsamen Lächeln verziehen. Er wendet ihr den Kopf zu, fast schwarz sehen Jannes' Augen aus, jetzt, wo er in der schummrigen Sofaecke neben ihr sitzt. Er spricht noch immer nicht. Außer dem Regen ist nichts zu hören, und Miriam kann sie zulassen, die Stille, die sich über sie senkt wie ein Zelt.

Wie selbstverständlich streckt sich Jannes' Hand zu ihr hin. »Das war schön, mit dir zu essen. Dich lachen zu sehen«, flüstert er jetzt. »Du hast dann Grübchen. Hier.« Er legt zwei Finger an ihr Gesicht, auf ihre Wange. Fährt die Linien um ihre Augen nach, berührt ihr Kinn. Den Mund.

Your hands, they're on my face ... Hmmm, there would be no better place ... London Grammar. Musik in ihrem Kopf, der sich zu drehen beginnt.

»Miri.«

Sie schließt die Augen, alles in ihr beugt sich, legt sich nieder. Sie lässt den Kopf auf seine Schulter sinken. Er nimmt ihre Hand in seine, trocken und warm fühlt sie sich an. Er streichelt ihr über den Handrücken, den Arm hinauf, unendlich langsam, zaghaft, greift in ihr Haar und lässt es durch seine Finger gleiten. Sie riecht den vertrauten Duft, der von seinem Hals strömt. Sie berührt mit ihrer Nasenspitze die zarte Haut und will sie an den Lippen fühlen. Etwas hält sie zurück, auch er verharrt, regt sich nicht. Sie umfangen sich mit den Armen, verändern nicht den Moment, halten ihn still. Sitzen nur beieinander.

Could you have your arms around my ...

Zeit vergeht, bis sie wieder sprechen, leise, gedämpft, mit heiseren Stimmen. Sie öffnen auch die zweite Flasche Rotwein.

Es ist spät in der Nacht, als Miriams Zunge schwer wird, sehr schwer. Zeit, nach oben zu gehen. *Allein, allein ...* Sie bewegt dieses Mantra in ihrem Kopf. Er klebt hinter ihr wie ein Magnet, begleitet sie. Nacheinander erklimmen sie die Treppe in den ersten Stock. Miriam fühlt Jannes' Blick im Rücken, auf ihrem Po. Sie fühlt ihn so intensiv, als berührte seine Hand ihre Haut.

Nein. Allein. Er wird in dem halben Zimmer neben dem ihren schlafen. Sie suchen gemeinsam nach einer Decke und einem Kissen, dann erinnert sich Miriam, beides im Schrank der Tante gesehen zu haben. Sie gehen ins Schlafzimmer, wo Ediths Schatulle noch immer auf dem Bett steht, zusammen mit den anderen Gegenständen, die sie dort gesammelt hat.

Jannes fixiert den Schmuckkasten. Seine Wangen wirken eingefallen, als habe sich ein Schatten auf sie gelegt.

»Den hab ich im Schrank gefunden, aber bisher keinen Schlüssel. Willst du ihn mitnehmen?«

»Meine Mutter hatte kaum noch Schmuck, viel kann nicht drin sein. Ich habe sie bestohlen früher.« Seine unvermittelte Beichte schießt Miriam ins Herz, sein Blick wandert ohne Rückhalt in ihren, hält ihn fest. Der Alkohol hat ihn völlig geöffnet. »Behalt du sie, Miri.«

»Du hast ihren Schmuck gestohlen?«

»Ich habe Geld gebraucht. So banal wie schlimm. Sie hat mir das nie verziehen.« Du aber, du verstehst mich, steht in seinen Augen geschrieben.

Die Worte verwirren sie. Sie weiß nicht, was sie antworten soll, schaut ihn nur an, der vor ihr steht, als warte er auf eine Absolution.

Aus dem Zimmer, in dem Pia liegt, hören sie leises Gejammer. Miriam geht hin, stellt sich an das Reisebett. Ihr Kind ist nicht wach, träumt wohl nur unruhig. Sie legt eine Hand auf den zerbrechlichen Rücken.

Jannes tritt hinter ihr ans Bettchen, dicht bei ihr, nur eine Nische des Zimmers wird vom Nachtlicht matt beschienen.

»Es ist schön, wie du mit ihr umgehst«, flüstert Jannes in die Dunkelheit, nah an ihrem Ohr. »So schön …«

Sie spürt seine Hand an ihrer Hüfte, dreht sich um zu ihm. Er umfasst sachte ihren Kopf, sie beugt ihn zurück in den Nacken. Seine Lippen suchen ihr Ohr, an ihrem Haar entlang, treffen ihre Wange, ihren Mund, wo er verharrt. Jannes wartet. Sie drängt sich an ihn, umschlingt seinen Rücken mit den Armen, bewegt ihre Lippen an den seinen, die jede Regung erwidern, ein stummes Zwiegespräch aus Küssen. Inniger, hitziger werdend.

Jannes zieht Miriam mit sich in den Raum nebenan, den mit der schmalen Liege.

Es gibt nur dieses kleine Zimmer aus Berührung. Aus Luftzügen zwischen den Lippen, wo sie einen Spalt lassen. Und aus Miris Lunge weicht ein Seufzen, das fern klingt, ein Laut aus Untiefen, die sich fremd und weit in ihr auftun.

10

Miriam erwacht mit einem pelzigen Gefühl auf der Zunge und blinzelt. Die silbrige Gardine taucht den Raum in ein eisgraues Dämmerlicht. Schwer liegt die Bettdecke auf Miriams nackten Gliedern. In ihren Schläfen sägt ein Schmerz, unbändiger Durst lässt sie zur Wasserflasche neben dem Bett greifen. Miriam fängt Pias munteren Blick auf. Die Kleine sitzt aufrecht in ihrem Reisebettchen und rudert mit den Armen. Um ihr Gesicht wirbeln die Beine der Stoffkatze. Miriams Herz beginnt zu rasen, als die Erinnerung an die vergangene Nacht wie eine Seifenblase in ihr Bewusstsein aufsteigt und ihre Nervenzellen zum Zerplatzen bringt. Jannes. Jannes. Unfassbar nah. So nah, dass sie ihn irgendwann von sich drücken musste, in einem aufzischenden brutalen Moment der Klarheit, der sich wie ein Messer durch ihr Verlangen schnitt. Arne war plötzlich mit einer Intensität vor ihrem inneren Auge erschienen, die sie aufrüttelte. Seine kühnen, wachen Gesichtszüge, die manchmal so verletzlich wirken. Sie konnte ihn nicht hintergehen, egal, was er getan haben mochte.

Jannes bedrängte sie nicht, hatte nur leise aufgestöhnt, als sie sich von seinem halb nackten Körper löste. Dann ist sie allein hierhergewankt, zu Pia, und wie ein Schwert nieder auf ihr Bett gefallen, um in ein traumloses Koma zu sinken.

Das Pochen in den Schläfen wird heftiger. Miriam drückt die Hände dagegen. Sie riechen nach ihm. Nach Jannes.

Er muss noch immer nebenan liegen. Alles im Haus ist still. Noch. Ein Stein von Schuld drückt in ihrem Magen. Die Angst, wie sie Jannes gleich gegenübertreten soll, wenn er wach wird, will sie lähmen.

Aber Pia wird bald hungrig sein. Miriam lässt sie im Bettchen zurück, um unten in der Küche das Morgenfläschchen vorzubereiten. Sie setzt ihre Füße so geräuschlos wie möglich Stufe für Stufe abwärts, leicht taumelnd. Miriam krallt wie jedes Mal ihre Hand an das Treppengeländer. Das Holz fühlt sich kühl an unter den Fußsohlen.

Auf dem Wohnzimmertisch stehen die leeren Weinflaschen von gestern, die benutzten Gläser, ihres noch halb voll. Die Sofakissen sind zerknautscht, und eins ist zum Boden hinabgerutscht. Miriam öffnet die Terrassentür. Luft. Ihr Haar weht über die Schultern nach hinten, ein neuer Sturm kündigt sich an. Diese rauen Stürme des Nordens, die zu dieser Jahreszeit oft über das flache Land fegen und wütend durch die sorgsam geharkten Gärten wirbeln. Miriam muss an zu Hause denken. Wenn der Nordwind sehr stark wird, reißt er sogar den Sonnenschirm mit sich, und die bepflanzten Tontöpfe zerbersten zu Scherben.

Scherben. Ihr wird noch flauer im Magen.

Sie lässt die Tür für einen Moment offen stehen und geht in die Küche. Voller Abscheu schaut sie an die Zimmerdecke. Keine Würmer, keine Motten.

Sie füllt Milchpulver ins Fläschchen. Starrt wie hypnotisiert auf den Wasserkocher, der immer lauter faucht, das Wasser zum Brodeln bringt. Eine Hand an ihrer Schulter lässt sie herumfahren. Jannes. Er steht vor ihr in T-Shirt und Boxershorts, wirre Haarsträhnen kleben an seinem Gesicht wie feine Risse, die sich auf seiner Stirn verästeln. Seine Augen, auf sie gerichtet – mit einer unergründlichen Zärtlichkeit und Bedrückung darin.

Beide sagen nichts. Umarmen sich nicht. Miriam klemmt sich eine Haarlocke hinters Ohr, füllt das Fläschchen mit dem kochenden Wasser. Schüttelt es. Hält es an ihre Wange. Natürlich viel zu heiß.

»Miri«, sagt Jannes jetzt leise. »Verzeih mir. Ich war betrunken und …«

»Ich auch.« Sie versucht zu lächeln, wie er.

»Du darfst nicht denken, dass ich deine … Krise mit Arne irgendwie ausnutzen wollte. Ganz sicher nicht. Du bist mir viel zu wichtig.«

Miriam weiß nicht, wohin mit ihren Händen.

»Es muss ja niemand erfahren. Was meinst du?«, sagt er.

»Ja.«

Wieder lässt Jannes mit den Handflächen einen unsichtbaren Vogel frei, wie bei seiner Ankunft. »Es ist ja auch gar nicht viel passiert.«

Miriam presst ihre Lippen aufeinander, nickt.

Jannes schlendert zu der Zeitung, die noch immer auf dem Küchentisch liegt. Nimmt sie kurz auf und legt sie wieder hin. Kratzt sich am Kopf. »Ich schau gleich mal mein altes Zimmer durch und das, was du zusammengesucht hast. Dann fahre ich besser. Oder?«

Erwartet er ein »Nein, bleib!« von ihr? Und was erwartet sie selbst? Sie weiß es nicht. Nichts weiß sie mehr.

»Kommst du denn klar?«

Miriam bejaht wieder, mit kräftigen Kopfbewegungen. Als ließen sich die Zweifel fortnicken.

»Mach hier nicht mehr so viel. Es lohnt sich nicht«, sagt er.

»Ich habe den Keller noch nicht gesichtet.«

»Vergiss den Keller, da gibt es nichts zu holen.«

»Aber allein die Weinvorräte ... du hast doch gesagt, er sei gut.«

»Den kann ich bei Gelegenheit mal abholen. Sonst ist da nichts. Geh nicht runter, es lohnt nicht die Mühe. Fahr auch nach Hause.«

»Na gut. Das mache ich, bald.« Miriam reibt sich die Schläfen, seine Worte erreichen sie zäh wie Knetmasse. Sie spürt sie noch, die sanften Stromstöße in ihrem Schoß. Fühlt die Hitze, seine Haut an der ihren. Weich und duftend.

Sie weiß nicht, wie sie den Tag überstehen soll mit dieser Empfindung.

Jannes weiß anscheinend, was zu tun ist. Er nickt ihr zu und setzt einen Kaffee auf. »Ich geh dann mal ins Bad.«

Als sein Auto am Mittag knirschend den Kiesweg hinab zur Straße rollt, mit wenigen Kartons im Kofferraum, wird Miriams Mund trocken. Sie bleibt mit Pia in der geöffneten Haustür stehen. Aufrecht hält sie nur die Nachricht von Hannah, die ihr heutiges Kommen ankündigt. Ohne diese Aussicht wäre Miriam drauf und dran, ihren Koffer zu packen und sofort nach Hause zu fahren. Allerdings … Nach Hause, jetzt, wo die letzte Nacht ihr noch in den Eingeweiden brennt? Arne gegenüberstehen, mit diesem Gewicht auf der Brust, diesem bitteren Nachgeschmack auf der Zunge von zu vielen Gewürzen, Wein und Schuld? Mit welchem Recht darf sie überhaupt noch wütend auf ihn sein, jetzt, wo sie selbst so kurz davor stand, ihn zu betrügen? Sie kann Arne nicht zur Rede stellen, was es mit der Kollegin auf sich hat, ohne selbst zu beichten. Aber die Angst vor seiner Reaktion ist zu groß. Das Gespräch könnte ihr Leben kaputtschlagen.

Am liebsten würde sie ins Bett gehen, die Decke über ihren Kopf ziehen und tagelang nicht mehr aufstehen. Aber das verbietet schon die brabbelnde Pia, die an ihrer Hüfte sitzt, mit den Beinchen strampelt und dem Auto von Jannes nachstarrt.

»Isser gekommen, seine Sachen abholen, der Jannes, was?«

Miriam kann die Stimme nicht sofort orten, weiß aber sofort, zu wem sie gehört. Frau Blotenberg. Ihr Schopf lugt silbergrau zwischen den Rhododendronzweigen hervor, die im Wind auseinanderstreben. Ihre runden Finger halten ein Klapprad am Lenker fest.

»Ja, das hat er.«

»Is wohl viel Arbeit, war ja lange Licht bei euch heut Nacht.«

Miriam räuspert sich. »Frau Blotenberg, ist Ihre Katze wieder nach Hause gekommen? Ich glaube, ich habe sie gestern gesehen, auf der Straße bei Wolters Gasthof.«

»Ach, da warter wohl essen, was, beim Heiner? Kann man da sehr gut.«

»Ihre Katze – ist sie wieder bei Ihnen?«

»Jaja, die Muschi is wieder da. Ganz selig war er, mein Kai.«

»Das freut mich. Ein schönes Tier ist sie. Auf Wiedersehen dann.« Miriam will ihr den Rücken kehren und ins Haus gehen.

»Ja, bleibste denn noch länger, ohne deinen Mann?«

»Eine Weile nur. Bis ich alles gesichtet habe.«

»Wär mir ja nich so geheuer, ganz allein. Hier schleichen manchmal Leute rum.«

»Was denn für Leute?« Miriam wird mulmig zumute. Das Gesicht am Küchenfenster, war das etwa nicht Kai?

Die Nachbarin zuckt mit den Schultern. »Weiß nich. Mein Kai will jemanden gesehen haben. Aber muss auch nix heißen. Kann sein, dass da nur wer mitgekricht hat, dass Edith gestorben is, und sich das Haus angucken will. Stand ja inner Zeitung, dasse von uns gegangen is.«

Dieser Gedanke ist Miriam noch gar nicht gekommen. Wenn es doch nicht Kai war, könnte es gut jemand gewesen sein, der sich für das Haus interessiert. Kein Grund also, sich zu beunruhigen. Sie nickt. »Das klingt einleuchtend.«

»Na, dann guck ma weiter alles durch. Wenn was is, bin ich ja inner Nähe. Was soll man auch bei dem Schietwedder draußen machen, was?« Ein kurzatmiges Lachen.

»Hmm. Bis bald!« Miriam lässt den Silberschopf zwischen den Sträuchern zurück und verschwindet mit Pia im Haus, wo sie die Tür mit einem Rums zuknallen lässt. Sie atmet auf. Setzt Pia auf ihre Decke und geht ins Bad, nur kurz, um kaltes Wasser über die Handgelenke und ihr Gesicht fließen zu lassen. Miriam muss sich sortieren, dringend. Hannahs Besuch wird ihr helfen. Vorher wird sie, so gut es geht, weitermachen.

Sie schaut in die verbliebenen Kartons. Jannes hat nicht viel mitgenommen. Die Fotoalben schon. Aber an der Seite einer Kiste stecken die Notizbücher von Edith. Miriam wundert sich, dass er sie zurückgelassen hat. Sind es doch nur alte Kalender? Sie zieht eins heraus und schlägt es auf. Nein, kein Kalender. Ein Tagebuch. Warum interessiert sich Jannes nicht dafür? Nun, wo sie wieder die Schrift Tante Ediths vor sich sieht, mit steilen, eng aneinandergedrückten Buchstaben, kann Miriam nicht anders, als sich hineinzulesen in die vergilbten Seiten. Das meiste sind oberflächliche Notizen über Alltägliches, dass sie einkaufen war im Dorf, was sie gekocht hat. Dass sie eine Hose für Jannes flicken musste, für *»den wilden Jungen. Er ist* *so ungestüm und fahrig, ständig geht etwas kaputt. Mit ihm für die Schule zu lernen ist eine Herausforderung. Joachim muss manchmal sehr streng mit ihm sein. Ich bin zu weich, deshalb gehe ich dann lieber aus dem Zimmer. Ich weiß, dass es zu seinem Besten ist. Im Grunde ist er ja ein guter Junge, auch wenn sein Vater meint, aus ihm könne nichts werden.«*

Miriam zieht die Unterlippe ein. Blättert weiter. Ihr dämmert, warum Jannes sich nicht mit den Aufzeichnungen konfrontieren möchte. Sie wird die Bücher trotzdem aufbewahren. Für ihn. Vielleicht bereut er es eines Tages, die Notizen seiner Mutter nicht gelesen zu haben. Sie steckt das Buch zurück in den Karton. Plötzlich kommt ihr eine Idee. Sie holt die restlichen Tagebücher hervor. Der merkwürdige Kuraufenthalt, an den sie sich nicht erinnert – in welchem Jahr war der noch gleich? 1984. Die Postkarte ihrer Mutter wurde in Joachims Todesjahr verschickt. Miriams Herz beginnt zu klopfen, als sie mit dem Finger über die Datierungen des nächsten Tagebuchs fährt. Erst bei dem dritten Buch blickt sie gleich vorn das betreffende Jahr an, sie blättert.

Wieder unbedeutende Vorkommnisse mit Jannes, Haushaltstätigkeiten – *»Betten bezogen, Schuhe geputzt«*, Backrezepte. Jannes' achter Geburtstag: *»Der Junge war glücklich mit seiner Eisenbahn und dem neuen blauen Fahrrad – fast wäre er damit gegen einen Laternenpfahl gefahren. Joachim hat es ihm zu seinem eigenen Schutz bis auf Weiteres wieder wegnehmen müssen, da hat der Bursche geweint.«* Niemals schreibt Edith von Freunden, von Reisen, niemals heben sich ihre Gedanken weg vom Alltag. Sie lebte anscheinend auch als junge Frau einen ewig gleichen Tagesablauf und hielt ihn immer wieder für nennenswert. Depressiv klingt sie allerdings nicht – vielleicht hat der Tod ihres Mannes oder ihre Krebserkrankung es erst mit sich gebracht, dass sie Antidepressiva brauchte. Das Alleinsein.

Endlich findet Miriam eine Notiz über *»Jutta. Wie sie da stand mit der Kleinen, hat's mir schon einen Schrecken versetzt. Die Allergie hat aus ihr ein blasses, dünnes Gespenst gemacht.*

Sie konnte nicht mal meinen Kuchen probieren. Es ist klar, dass ich Jutta in dieser Situation helfe, egal, was Joachim davon hält. Da hab ich mich jetzt mal durchgesetzt. Sie ist schließlich meine Schwester. Bald fährt Jutta mit dem Mädchen zur Kur.«

Ende des Eintrags. Der nächste ist erst wieder zwei Jahre später datiert. Offenbar hatte Edith eine Pause mit dem Schreiben eingelegt. Vielleicht, weil der Schock über Joachims Tod sie lahmlegte.

Miriam lässt das Buch sinken. Jetzt hat sie noch mehr Fragen. Was soll das? Eine Nahrungsmittelallergie? Miriam hat nie darunter gelitten, zumindest nicht, seit sie denken kann. Sie isst doch alles, völlig problemlos! Ist eine Allergie heilbar? Kann sie im Laufe der Jahre verschwinden? Aber warum hat ihre Mutter dann nie davon erzählt? Sie hätte sie warnen müssen, vorsichtig zu sein mit der Ernährung. Mutters Biozutaten allein reichen doch nicht, wenn man auf dem Gebiet empfindlich und vorbelastet ist.

Die Postkarte! Was genau hatte dort gestanden? Miriam durchwühlt hektisch den Karton. Dann einen anderen. Wo hat sie das verdammte Ding hingetan? Schließlich wird sie fündig. Sie zerrt die Karte hervor, ein Riss entsteht mit leisem Geräusch. Egal. Ihre Augen fliegen über die Zeilen: *»Liebe Edith, lieber Joachim! Uns beiden geht's hier gut. Es ist frisch, aber wir haben auch Sonnenschein, und das Klima bekommt der Kleinen. Die Symptome gehen zurück, und sie hat wieder zugenommen. Ihre Wangen sind rosig wie lange nicht mehr. Nur mit der Trennung tut sie sich etwas schwer. Auf den Besuch freut sie sich deshalb ganz besonders. Auch ich kann hier endlich mal wieder durchatmen. Ich danke euch sehr für eure Hilfe! Seid gegrüßt von Jutta«.*

Von einer Allergie ist nicht die Rede. Nur von Symptomen. War das nur eine vorgeschobene Erklärung für eine andere Krankheit gewesen, hatte ihre Mutter die Schwester belogen? Wenn ja, weshalb?

Und wieder die Frage, von welcher Trennung die Mutter schreibt. Vielleicht … ja! Papa hatte sicher arbeiten müssen und konnte sie nicht zur Kur begleiten, sich nicht um sie kümmern. Mit der Trennung muss die von ihrem geliebten Papa gemeint gewesen sein.

Pia auf ihrer Krabbeldecke schreit. Miriam taucht benommen aus ihren Gedanken auf, reibt sich durch das Gesicht. Sie legt die Postkarte in das Notizbuch und klappt es schnell zu.

Als die Kleine satt ist und endlich Mittagsschlaf hält, geht Miriam in die Küche. Immer noch tobt der Wind um das Haus, draußen biegen sich Äste, streichen gegen das Fenster. Ein Tee wäre gut, bevor sie sich weiter ans Räumen macht. Sie greift nach einer der Blechdosen auf dem Küchenregal und findet Beutel mit Rotbuschtee, stellt die Dose zurück. Ein Scheppern. Sie stutzt. Nimmt die Büchse wieder in die Hand, öffnet und schüttelt sie. Als sie mit den Fingern zwischen die Teebeutel fährt, fühlt sie ihn. Einen winzigen Schlüssel.

Die Schatulle! Den Schlüssel fest umklammert, stürmt sie zurück zu den Kartons und wühlt, bis sie den Schmuckkasten findet. Sie stellt ihn vor sich auf den Boden und steckt den Schlüssel ins Schloss. Er passt.

»Ja!« Miriam klatscht in die Hände.

Eine halbe Drehung, und sie kann das Kästchen öffnen. Kleine Schubladen. Direkt unter dem Deckel oben ein offenes Fach und bordeauxrote Polsterrillen für Ringe. Jannes hatte offenbar wirklich nicht viel übrig gelassen. Eine einzige Bernsteinkette, ein paar Ohrclips, die mehr nach Modeschmuck aussehen, zwei silberne Ringe, bei dem einen fehlt der Stein.

Miriam öffnet die erste Schublade. Noch mehr Modeschmuck. Wertloser Strass. Warum hatte Edith dafür den Schlüssel versteckt? Anscheinend unterlag sie dem Irrglauben, jemand könnte sich daran bereichern. Hatte Angst, dass Jannes sie noch einmal bestehlen würde. Vielleicht war sie auch leicht paranoid wie so viele Alleinlebende ihres Alters.

In der zweiten Schublade aber liegt kein Schmuck. Was sie sieht, sind zwei Fotos. Sie nimmt sie in die Hand. Eins in Schwarz-Weiß. Kinder auf einer Wiese, drei Jungen und ein

Mädchen, der eine Junge größer und stämmiger als die anderen, er hat den Kopf leicht schief gelegt. Er fixiert die beiden anderen Jungen neben sich, die den Arm umeinandergelegt haben und lachen. Der eine dunkel, der andere flachsblond. Der dunkelhaarige Junge ist eindeutig Jannes, das erkennt sie nicht nur aufgrund der anderen Bilder, die sie gestern von ihm gesehen hat. Der andere ist mit ziemlicher Sicherheit Nils. Eine Welle der Rührung erfasst Miriam. Sie kennt nur Kinderfotos von Nils, auf denen er schon älter ist. Beim dritten Jungen ist sie ratlos. Kai? Dann das Mädchen. Es trifft Miriam wie ein Blitz. Das Mädchen. Es ist das aus ihrem Traum.

Sie trägt zwei Zöpfe, sieht mit schüchternem Blick in die Kamera. Zwei magere Knie schauen unter dem Rock hervor. Wer ist das? Sie selbst? Sie hat ja nie ein Kinderfoto von sich gesehen. Es könnte hinkommen – dürr soll sie laut Edith ja gewesen sein.

Miriam zieht das andere Foto unter dem ersten hervor. Ein Farbbild, wenn auch verblasst, ein Polaroid mit weißen Rändern, an denen vergilbte Fingerspuren haften, als sei es häufig in die Hand genommen worden. Wieder das Mädchen, eindeutig, nur ein wenig älter als auf dem ersten Bild, fünf oder sechs mag sie sein. Sie steht vor einer Standuhr, deren Zeiger auf Viertel vor drei weisen. Es ist die aus Ediths Wohnzimmer. In Miriams Magen bildet sich ein Knoten. Sie hält das Foto immer wieder vor die Uhr – kein Zweifel. Aber es besteht auch kein Zweifel, dass dieses blasse Mädchen nicht sie selbst ist. Nicht sie selbst sein kann.

Die Augen des Mädchens sind genauso, wie sie es im Traum gesehen hat.

Sie sind blau. Taubenblau.

11

»Ich habe Fotos gefunden.« Miriam presst das Handy gegen ihr Ohr und klackert mit einem Kuli auf Ediths Küchentisch herum. Die Wanduhr zeigt schon nach zwei Uhr mittags. Pia wird bald wach werden. Aber das hier muss sie sofort klären.

»Was für Fotos?« Mutters Stimme klingt misstrauisch, lauernd, als gebe es nichts Ungewöhnlicheres, als in einem verlassenen Haushalt Bilder der Vergangenheit zu finden.

»Es gab ein paar Alben, die hat Jannes mitgenommen. Aber zwei Fotos ...« Miriam zögert kurz. »Zwei hat Edith in ihrer Schmuckschatulle aufbewahrt. Verschlossen, regelrecht versteckt. Ich verstehe nicht, warum.«

»Dann waren sie ihr eben besonders wichtig. Ist das alles? Ich bin gerade auf dem Sprung zu Gregor.«

Zum ersten Mal wird es Miriam bewusst. Als hörte sie ein Wort zum ersten Mal, wie ein Neugeborenes. Wie jemand, der das Sprechen lernt und deshalb auch das Hören. Mutter sagt nie »dein Vater« oder »Papa«. Sie sagt immer nur »Gregor«. Als sei er nur ein Bekannter, vielleicht ein Freund der Familie. Warum fällt es ihr jetzt erst auf? Vielleicht, weil es schon immer so war.

»Sie zeigen ein Mädchen, die Fotos. Einmal allein und einmal zusammen mit Jannes, wahrscheinlich Nils und einem anderen Kind.«

Am anderen Ende des Telefons herrscht Stille.

»Ich frage mich, wer dieses Mädchen war«, schickt Miriam vorsichtig hinterher.

»Woher soll ich das wissen? Irgendeine Freundin von Jannes bestimmt.«

»Hatte er vielleicht mal eine Freundin, die Iris hieß?«

Eisiges Schweigen.

»Mama?«

Langsam betont die Mutter Wort für Wort. »Wie – kommst du – auf diesen – Namen?«

»Vielleicht erinnerst du dich an Kai auf der Beerdigung. Er hat vorgestern eine Iris erwähnt. Ich dachte erst, er meint Edith, aber inzwischen glaube ich, er hat mich mit dieser Iris verwechselt.«

Juttas Stimme wird hart. »Kai ist, wie du vielleicht schon gemerkt hast, debil. Es wundert mich nicht, wenn er deinen Namen nicht mehr weiß. Was soll diese Fragerei? Ich habe keine Zeit für so was.«

»Da ist noch was. Ich habe auch eine Postkarte gefunden. Du hast sie an Edith geschrieben in den achtziger Jahren. Du warst mit mir in einem Kurheim, weil ich angeblich eine Allergie hatte. Ich verstehe das nicht. Ich habe doch gar keine Allergie!«

Miriam hört ihre Mutter am anderen Ende der Leitung ausatmen. Sonst nichts.

»Mama? Ist alles in Ordnung?«

»Mi-ri-am …«, bringt Mutter hervor, leise und schleppend. »Alles ist in Ordnung, wenn du mit deiner Fragerei aufhörst.«

Wut kriecht in Miriam hoch. Sie gibt ebenso leise, fast drohend zurück: »Ich möchte aber eine Antwort. Warum warst du mit mir in dieser Klinik?«

Mutter seufzt auf. »Du warst eben kränklich. Wir haben es für eine Allergie gehalten. Man wusste das damals nicht besser, wir …« Sie bricht ab. »Ich muss jetzt dringend los. Zu Gregor.«

Noch ehe Miriam weiterbohren kann, ist die Verbindung unterbrochen. Sie starrt auf das erlöschende Display des Handys, ein Empfang, der gekappt wurde. Sie wirft es von sich, es rutscht scheppernd über die Tischplatte. Ihr Herzschlag beruhigt sich nur langsam. Sie will sich nicht länger wie ein nervtötendes Kleinkind behandeln lassen. Sie hat ein Recht darauf, zu erfahren, was es damit auf sich hat, warum sie krank war. In Miriam reift ein satter Entschluss. Sie wird keine Ruhe geben, bis sie die Wahrheit kennt.

Am Nachmittag knirscht auf dem Kiesweg vor dem Haus wieder ein Auto. Miriam geht an die Tür, etwas sticht in ihr, eine vage Mischung aus Angst und Hoffnung, es könnte Arne sein, der sie vermisst. Er fehlt ihr jedenfalls, trotz allem. Es könnte beruhigend sein, seinen Geruch einzuatmen, ihr Kraft geben, wieder an ihre Liebe zu glauben. Aber das Telefongespräch mit ihm hat sie so kurz wie möglich gehalten. Sie fürchtete, ihre Stimme könnte sie verraten, die letzte Nacht preisgeben. Es ist alles zu viel. Nur beiläufig hat sie ihm von den Fotos erzählt. Er verstand ihr Rätselraten nicht, sagte fast bis in den Wortlaut hinein die gleichen Dinge wie Mutter. »Es wird irgendeine Freundin von Jannes gewesen sein, ein Nachbarskind. Was ist daran so merkwürdig?«

Um das zu erklären, hätte Miriam zu weit ausholen müssen, und das, wo sie momentan nicht weiß, wie sie Arne begegnen soll. Schließlich bat er sie, bald wieder nach Hause zu kommen. Sie versprach es zögerlich. Dann war das Gespräch beendet.

Miriam gibt sich einen Ruck und zieht die sperrige Haustür auf. Das Auto, das jetzt in die Einfahrt rollt, ist Hannahs. Sofort legt sich ein Lächeln auf Miriams Gesicht. Sie tritt die Eingangsstufen hinab, der Freundin entgegen, die sich elegant und leichtfüßig vom Sitz schwingt. Beide drücken sich innig. Dann schaut Hannah ihr prüfend ins Gesicht.

»Du siehst mitgenommen aus. War es sehr schwer bis jetzt?«

»Ja und nein. Nicht, was meine Attacken angeht.«

»Und wofür steht das Ja?«

Miriam schüttelt den Kopf. »Später. Jetzt komm erst mal rein.«

Sie nimmt die Tasche von Hannah, während diese außerdem einen großen Korb aus dem Kofferraum hievt. »Ich hab uns ein paar Leckereien mitgebracht. Jörg hat gestern viel zu viel für unser Picknick besorgt, es ist noch was übrig gewesen. Wir mussten es übrigens ins Auto verlegen bei dem Hundewetter.«

»Eine schöne Idee von ihm.«

»Ja!« Hannahs Lächeln umspielt ein zarter Schmelz.

Miriam schmunzelt. »Er liebt dich sehr.«

»Ich glaube schon.«

Beide treten in den Flur. Das Tageslicht wird verschluckt, als

Miriam die Haustür hinter ihnen schließt, nicht ohne vorher Frau Blotenberg zuzuwinken.

»Oh – mein – Gott!«, schnaubt Hannah. Sie hat den Korb abgestellt und wandert durch die Räume. »Das ist ja krass. Düsterer Muff aus dem letzten Jahrtausend.«

»Tja. Luxus findest du hier nicht.«

»Respekt, dass du hier freiwillig wohnst. Das wäre selbst für jemanden ohne Panikanfälle schwer zu ertragen.«

»Es ist ja nicht für lange.«

Hannah dreht sich zu Miriam um. »Tut mir leid, dass ich gestern nicht gekommen bin. Jörg hatte sich so viel Mühe mit dem Picknick gegeben, da wollte ich ihn nicht gleich wieder stehen lassen.«

Miriam winkt ab. »Ich war gestern nicht allein. Jannes war da und hat … hier übernachtet.«

»Dein Cousin?«

»Ja, Ediths Sohn. Er hat sich ein paar Sachen mitgenommen.« Miriam versucht, so harmlos wie möglich zu klingen. Vorläufig. Es scheint ihr zu gelingen.

»Und was passiert mit dem anderen Kram?« Hannahs Blick wandert kritisch über die offen stehenden Kisten.

»Das weiß ich noch nicht genau. Zu Hause kann ich weitersortieren. Vielleicht machen wir eine Haushaltsauflösung mit allem, was hier bleibt. Für den Rest beauftragen wir eine Firma.«

»Bist du sicher, dass es sich lohnt, die Kartons mitzunehmen? Waren denn ein paar Schätze dabei?«

»Schätze vielleicht nicht. Aber Fotos zum Beispiel und Notizen, die ich komisch finde.«

Hannahs Augen werden groß. »Was für Notizen?«

Miriam zieht Hannah ins Wohnzimmer. »Komm. Das muss ich dir in Ruhe erzählen.«

Als sie an Ediths Tisch in der Essnische sitzen, Hannah auf der gepolsterten Eckbank, Miriam auf einem der Essstühle, weiß sie plötzlich nicht mehr, womit sie anfangen soll. Vor ihnen liegen geöffnete Tupperdosen ausgebreitet mit Oliven, getrockneten Tomaten, gefüllten Paprikaschoten, Salamischeiben, Käsestückchen, Weintrauben und anderen Köstlichkeiten, außerdem hat Hannah ein frisches Baguette und Sekt mitgebracht. Pia wackelt auf Miriams Schoß auf und ab und will nach einer ölig glänzenden Peperoni greifen, Miriam zieht das Händchen weg.

Sie beginnt mit dem Thema, über das sie momentan besser sprechen kann – Arnes und ihre eigene Fremdgängerei verschiebt sie auf später.

»Hannah, nach einigen Entdeckungen hier werde ich das Gefühl nicht los, dass irgendwas in meiner Familie nicht stimmt.«

»Erzähl schon.«

Miriam berichtet ihr von der Postkarte und den verborgenen Fotos, auch davon, dass Kai sie mit irgendeiner Iris verwechselt hat. »Es könnte doch gut sein, dass das Mädchen auf den Fotos diese Iris ist.«

Hannah wirkt irritiert. »Na ja, gut, aber warum findest du das so merkwürdig? Nach so vielen Jahren verwechselt man Namen. Das kann irgendein Mädchen von nebenan gewesen sein. Was hat das mit dir zu tun?«

»Es muss etwas mit mir zu tun haben. Ich habe dieses Mädchen im Traum gesehen.«

Die Freundin schaut sie aufmerksam an, lässt dann eine Olive in ihrem Mund verschwinden. »Vielleicht hast du sie auch mal getroffen. Das Gehirn vergisst ja nichts.«

»Es war aber ein sehr eindringlicher Traum. Ich glaube, er will mir etwas sagen.«

»Was passierte denn in dem Traum?«

Miriam weiß Hannahs Frage zu schätzen, denn eigentlich kann die Freundin mit solchen Dingen nicht viel anfangen. »Sie hatte eine Katze bei sich. Und schaute mich einfach nur an. Sagte ›Vergiss nicht‹ zu mir. Sie hatte auffallend blaue Augen, und auf dem Foto … Warte.« Miriam setzt Pia auf Hannahs Schoß ab und holt schnell die Bilder herbei. »Schau mal. Auch blaue Augen.«

Hannah wippt das Baby auf ihren Knien. »Hm. Sonst frag doch deine Mutter mal, wer das Mädchen sein könnte.«

»Das ist es ja. Meine Mutter hat völlig dichtgemacht. Es war ganz deutlich, dass ich darüber nicht sprechen sollte. Sie wollte mir auch nichts zu dieser komischen Kur sagen. Ich hatte aber nie eine Allergie, und meines Wissens wird so was auch nicht plötzlich geheilt.«

»Das stimmt nicht ganz! Bei hormonellen Umstellungen kann sich eine Allergie zurückentwickeln. Zum Beispiel in der Pubertät oder … nach einer Schwangerschaft.«

»Wenn ich bis in die Pubertät hinein an so was gelitten hätte, müsste ich mich daran erinnern. Tue ich aber nicht.« Miriams Teller mit den Leckereien steht unberührt vor ihr, sie blickt fast zornig darauf hinunter.

»Miriam. Steiger dich da nicht zu sehr rein. Vielleicht gibt es für alles eine einfache Erklärung.«

»Eben. Und die hätte ich gern. Ich wüsste auch gern, warum meine Mutter so unnahbar ist, warum sie schon, als ich ein Kind war, nie von meinem ›Papa‹, sondern immer nur von ›Gregor‹ sprach, der obendrein ständig sagt, ich sei nicht sein Kind. Warum sie kein einziges Kinderfoto von mir besitzen und ich mich erst seit meiner Einschulung an sie erinnere. Und woher diese verdammte Angst kommt. All das frage ich mich.«

Den Kopf starr in Miriams Richtung gewandt, arbeitet es hoch konzentriert in Hannahs Gesicht, obwohl Pia versucht, sich von ihrem Schoß zu winden. Miriam kann förmlich sehen, wie ein Gedanke hinter der Stirn der Freundin Gestalt annimmt. Und es kann nur der gleiche sein, der sich auch durch Miriams Schädel bohrt.

»Hannah, was … wenn es gar nicht meine Eltern sind?«

Hannah nickt langsam. »Die Idee hatte ich auch gerade. Nach all dem, was du jetzt gesagt hast, gar nicht so abwegig. Es kommt ja vor, dass Menschen Kinder adoptieren, ohne es ihnen je zu sagen. Gerade in der älteren Generation.«

Miriam schluckt.

»Aber«, fährt Hannah fort, »das sind alles Spekulationen. So bringt dich das nicht weiter. Du müsstest es irgendwie prüfen – deine Mutter wird dich kaum darüber aufklären. Obwohl du es versuchen könntest, sie damit zu konfrontieren. Was es mit diesem Kind auf sich hat, das dich so beschäftigt, kriegst du so allerdings auch nicht raus.«

»Das stimmt. Ich wäre nur schon mal einen Schritt weiter.« Miriam nimmt einen Schluck Sekt. »Aber meine Mutter kann ich in dem Spiel vergessen. Ich muss es anders herausfinden.« Sie fischt sich nun doch ein Stück Käse vom Teller und kaut bedächtig darauf herum.

Pia auf Hannahs Knien greift nach dem Blondhaar, das Hannah bis über die Brust herabfließt. Im Nu hält das Baby ein paar lose Haare im Fäustchen.

»Autsch«, macht Hannah.

»Jetzt weißt du, warum ich auf den klassischen Pferdeschwanz umgestiegen bin!« Miriam lächelt und wischt die Haare aus Pias Hand, bricht ein Stückchen von dem Baguette ab und reicht es der Kleinen, die sogleich daran zu lutschen beginnt.

Und plötzlich ist sie da. Die Idee.

Miriam steht auf. »Warte.« Sie geht in den Flur und kehrt mit Nils' Kamm in der Hand zurück, hält ihn Hannah triumphierend hin. »Schau mal!«

»Uah. Hast du Haarausfall?«

»Nein. Seit wann bin ich blond? Das sind Haare von Nils.« Sie sieht die Freundin erwartungsvoll an, die untypischerweise nicht gleich schaltet.

»Aha. Ich bin begeistert. Obwohl ich diese Haare jetzt beim Essen lieber nicht bewundern möchte.« Hannah starrt zurück, als würde sie langsam doch an Miriams Zurechnungsfähigkeit zweifeln.

Miriam seufzt. »Hannah! Du – Genlaborantin? Nils – mein Bruder? Haare – du verstehen?«

Hannah verschluckt sich fast an ihrem Sekt, an dem sie eben hilfesuchend genippt hat. Sie wischt sich ein paar Tropfen vom Kinn und hustet. »Mensch, Miriam, wirklich! Findest du das nicht übertrieben?«

»Nein. Ich weiß nur nicht, wie ich die Wahrheit in dieser Familie anders herauskriegen soll. Und es müsste ja niemand erfahren.«

Die Freundin schüttelt schmunzelnd den Kopf.

»Was findest du so unmöglich daran?«

»Bei aller Liebe, Miriam. Aber erstens sind heimliche Gentests seit ein paar Jahren verboten. Du würdest mich in Teufels Küche bringen, wenn das rauskäme. Zweitens sind die Erfolgschancen, mit Haaren aus einer Bürste Gene zu bestimmen, gering. Das ist kein gutes Material.«

»Und warum?«

Jetzt ist es Hannah, die seufzt. »Du brauchst Haarwurzeln dafür. Haare, die in einer Bürste oder einem Kamm hängen, sind meistens aus der sogenannten telogenen Wachstumsphase, die fallen auf natürliche Weise irgendwann aus und haben nur noch eine verkümmerte Wurzel.«

Miriam zieht verständnislos die Augenbrauen zusammen.

Hannah seufzt. »Zu wenig Kern-DNA.«

»Ist es also unmöglich, daraus was zu bestimmen?«

»Wenig wahrscheinlich. Sagen wir unter fünfzig Prozent.«

Miriam grinst. »Wow! Dann hätten wir doch fast eine Fifty-fifty-Chance!«

»Das löst aber das Problem nicht, dass du eine Ordnungswidrigkeit begehst und ich für unser Labor eine horrende Geldstrafe riskieren würde!«

»Es würde doch niemand mitbekommen.«

»Hör mal, warum fragst du nicht einfach deinen Bruder, und wir machen das ganz legal? Und dann mit Speichelprobe?«

»Er ist noch den ganzen Monat in Amerika für seine Autoteile. Das dauert mir zu lange.«

»Dann frag ihn wenigstens um Erlaubnis. Vielleicht erklärt er sich ja bereit. Dann kann er eine schriftliche Einverständniserklärung abliefern, und das Problem ist gelöst.«

»Ich will das Ganze aber nicht an die große Glocke hängen. Er würde garantiert unserer Mutter davon erzählen und mich für verrückt erklären.«

»Was ist sonst mit Jannes, deinem Cousin? Ginge genauso gut.«

»Er würde das auch nicht machen.«

»Warum nicht? Ich denke, ihr versteht euch so gut?«

»Er ist immer wieder mal mit dem Gesetz in Konflikt gekommen. Kriminelle Kleindelikte. Nie im großen Rahmen, aber er wird sicher nicht freiwillig irgendwo eine Speichelprobe abgeben.«

»Na, zumindest könntest du ihn mal wegen dem Mädchen fragen. Er müsste doch wissen, wer sie ist.«

Miriam nickt. »Das stimmt. Nur … im Moment mag ich mich nicht bei ihm melden.« Sie fühlt Hitze in sich aufsteigen, die sich bis hinter ihre Ohren schiebt.

Damit ist es vorbei, hinter dem Berg zu halten. Hannah kennt sie einfach zu gut.

»Miriam … ich will ja nichts sagen, aber du wirst feuerrot. Jetzt mal Butter bei die Fische. Was ist los?«

Miriam stellt die benutzten Teller übereinander, bleibt aber sitzen. Hannah nimmt die Sektflasche und schenkt in beide Gläser nach.

»Jetzt erzähl.«

Endlich wird sie alles los. Die erschütternde Erkenntnis von Arnes Doppelleben mit Kollegin Sabine nach der WhatsApp. Die Wut, die Miriam beflügelte, den Aufbruch in dieses düstere Haus zu wagen, um Abstand zu gewinnen und einen klaren Kopf zu bekommen. Stattdessen erwartete sie hier noch mehr Verwirrendes. Angefangen mit den ekelhaften Motten. Die unerklärlichen Funde. Kai. Sein Stieren hinter der Gardine und das Gesicht am Küchenfenster. Dass seine Mutter von Menschen redet, die um das Grundstück schleichen. Dann die Freude über Jannes' Besuch und ihr gemeinsamer Abend, an dem sie sich zum ersten Mal wieder leichter fühlte und wahrgenommen. Seine zärtlichen Blicke und Gesten. Der Wein.

Miriam stockt in ihren Erzählungen. Vielleicht erübrigt es sich, ins Detail zu gehen. Nicht nur, dass sie Arne fast betrogen hat. Jannes ist ihr Cousin. Vielleicht findet Hannah die Vorstellung abstoßend. Aber ist es das – anormal? Unnatürlich? Immerhin können Cousin und Cousine sogar heiraten, und die Anziehung zwischen ihnen hat für Miriam nie etwas Anstößiges gehabt. Er ist ihr einfach sehr vertraut.

Sie schaut fragend in Hannahs Gesicht, auf dem sich Anspannung abzeichnet.

»Und dann ist es passiert«, schließt Hannah für sie den Bericht mit einem Kopfnicken.

»Wäre es fast, um ein Haar, ja. Ich habe es erst abgebogen, als wir schon im Bett lagen.«

Für einen Moment schweigen beide. Miriam spürt eine unendliche Erschöpfung, als seien erst jetzt, mit dem Aussprechen der Ereignisse, die letzten Tage mit ihrer ganzen Wucht über sie hergefegt. Sie greift nach dem Sektglas, ihre Hand zittert.

»Schöne Scheiße«, sagt Hannah schließlich. »Das gibt's doch nicht.«

»Leider ja.«

»Starker Tobak. Ich brauch jetzt eine Zigarette. Du auch?«

Miriam schüttelt den Kopf.

»Ich geh auf die Terrasse.«

»Tu das. Ich bring Pia ins Bett.«

Es ist zwar noch etwas zu früh dafür, aber Miriam ist die kleine Flucht willkommen. Eine Pause. Es hat sie Kraft gekostet, auszusprechen, dass sie Arne beinah fremdgegangen wäre. Und zu erkennen, dass sie es zumindest emotional längst getan hat. Sie hebt ihr Baby hoch und wendet sich in Richtung Treppe. Im Augenwinkel sieht sie Hannah die Terrassentür öffnen und nach draußen treten.

Als Miriam später wieder ins Wohnzimmer kommt, ist der Raum ausgekühlt, und ihre Freundin steht noch immer in der Dunkelheit. Der Wind scheint nachgelassen zu haben. Auf dem Pflaster liegen zwei zertretene Kippen, eine dritte glimmt in Hannahs Mundwinkel auf. Miriam tritt hinter sie. Sie traut sich nicht, das Gespräch wieder aufzunehmen, fühlt sich unsicher wie vor einer Prüfung.

Es ist Hannah, die zu sprechen beginnt und sich zu ihr umdreht. »Also. Ich musste das alles erst mal ein bisschen sortieren. Das mit Jannes ist Mist, aber menschlich. So was passiert. Ein schwacher Moment, du bist gerade einfach labil. Vielleicht hat er das sogar ausgenutzt. Außerdem warst du besoffen und wütend auf Arne. Ein Racheakt, nach dem Motto: Jetzt sind wir quitt, und was du hast, kann ich schon lange haben. Was dich angeht, kann ich das irgendwie verstehen, auch wenn er dein Cousin ist. Ihr seid euch eben nah. Und du hast es sogar noch abgebogen. Das zeigt doch, wie sehr du Arne eigentlich liebst. So viel zu deinem Teil. Und was Arne betrifft … Das Komische ist …« Hannah sucht nach Worten. »… Ich kann mir beim besten Willen nicht vorstellen, dass er eine Affäre hat.«

Miriam ist verblüfft. »Warum? Du traust ihm nicht das Gleiche zu wie mir? Ist er ein besserer Mensch, oder was?«

»Nein! So meine ich das nicht. Eine Affäre ist was anderes als ein Seitensprung. Was Dauerndes, mit viel Lügerei, Ausreden und Heimlichkeiten. Du bist aus einer verführerischen Situation heraus schwach geworden. Einmal und nicht wieder. Oder?« Hannah schaut sie einen Moment prüfend an. Dann fährt sie fort: »Für ein richtiges Doppelleben brauchst du aber einen langen Atem; um das auszuhalten, muss man abgebrüht sein … so was wie kriminelle Energie haben. Die hat Arne aber nicht. Nicht die Spur, wenn du mich fragst. Und er liebt dich.«

»Das dachte ich bisher auch. So kann man sich täuschen. Außerdem hast du keine Ahnung, wie er manchmal sein kann. Unausstehlich!«

»Das mag ja sein, hat aber vielleicht nichts damit zu tun. Ich glaube, er steht nur unter einem starken Druck.«

»Aber ich habe die WhatsApp schwarz auf weiß gelesen. Und er war hypernervös an dem Abend, hat vor Schreck sein Handy fallen lassen, als ich kam. Als hätte ich ihn bei was erwischt.«

»Das kann viele Gründe gehabt haben. Vielleicht macht ihn etwas ganz anderes so fahrig. Etwas, worüber er nicht spricht.«

»Und was sollte das sein?«

Hannah zuckt mit den Schultern. »Keine Ahnung. Was genau stand denn in der Nachricht?«

»Wortwörtlich weiß ich es nicht mehr. Aber so viel wie: Du musst mit ihr reden, sonst bin ich weg. Ach ja, und: Zwei sind eine zu viel. Das ist ja wohl eindeutig!«

Hannah nimmt einen tiefen Zug von ihrer Zigarette und pustet den Rauch langsam in die Luft. »Es klingt ganz danach, stimmt. Trotzdem kommst du nicht drum herum, mit ihm zu reden. Vielleicht ist alles nur ein Missverständnis. Und dann bist du diejenige, die einen Fehler gemacht hat.«

Da ist er wieder, der Arsch-Engel.

»Danke, das ist genau das, was ich jetzt hören wollte!«

»Always at your service, darling.« Hannah tritt die Zigarette aus und geht wieder ins Haus. Dann dreht sie sich noch einmal zu Miriam um: »Arne und du, ihr wart immer ein echtes Dreamteam. Ich beneide euch darum seit Jahren. Ihr habt mehr als viele andere Menschen. Da lohnt es sich zu kämpfen. Und wenn du es nicht für dich und euch tust, dann tu es für Pia!«

Miriam schweigt betroffen. Ihre Freundin hat recht.

»Eine Sache wundert mich noch«, fügt Hannah leiser hinzu und starrt nach draußen.

»Was denn?«

»Wenn Jannes das Haus und alles hier so hasst, wie du erzählt hast – warum taucht er dann überhaupt hier auf und bleibt über Nacht?«

»Du meinst, er … wollte mich vorsätzlich ins Bett kriegen?«

Hannah schüttelt den Kopf. »Ich meine eher – warum schleichen hier Menschen ums Haus? Und was hat Jannes vielleicht damit zu tun?«

***

So. Das mit dem Schloss hat sich erledigt. Und blind, wie du bist, hast du das Versteck sowieso nicht entdeckt. Sonst hättest du was gesagt. Macht es dir zu schaffen, in dem Haus zu wühlen? Ein Kinderspiel, sollte man meinen. Nicht für dich. Das, was du nicht sehen willst, nicht sehen kannst, sitzt zu tief. Hoffentlich kann ich mich drauf verlassen, dass du bald wieder abhaust.

Wenn nur dieser Druck nicht wäre, ich werde noch verrückt. Jetzt meint der Depp auch noch, jemanden auf dem Grundstück gesehen zu haben. Fragt, ob das Jago gewesen sein könnte. Hat wohl keinen Bock auf Rippenbruch, der Schisser. Ach Bro. Wenn Jago wirklich wüsste, wo der Stoff zu finden ist, dann hätte er nicht lange herumgefackelt. Natürlich hätte er sich nicht selbst die Hände schmutzig gemacht. Seine Schlägertruppe hätte das für ihn erledigt. Die schleichen nicht herum. Die nieten alles um, was ihnen im Weg ist. Nein, die waren das nicht.

Es könnte einer von den kleinen Fischen gewesen sein. Vielleicht Mick? Auch ein Zocker. Hat mir den ersten Job angeboten, als ich Geld verlor. Schulden machte. Du musst nur Ware fahren, hat er gesagt, und ich übernehm das hier für dich. So fing es an. Von da an wurden es immer mehr Jobs. Irgendwann hab ich die Ware nicht mehr nur bei Jago am Hafen abgeholt und gefahren, sondern gestreckt und weiterverkauft. Immer mehr gestreckt. Ich konnte so viel Geld damit machen, dass ich davon ganz high wurde. Mick fiel das auf. Irgendwann hab ich mal vor ihm fallen lassen, dass ich bald 'ne ganze Bude in Weddelbrook mit dem Zeug vollstopfen kann. Während wir zockten, als ich dachte, ich gewinne. Und voll drauf war. Da war ein Straßendealer dabei, aus Bad Bramstedt. Einer von den Losern, den Kleinen, denen ich den Stoff verkaufe und die ihn verticken, obwohl da nur noch Müll drin ist. Denen jetzt wegen mir die Kunden abspringen. Weil sie gemerkt haben, dass es zu süß schmeckt. Und kaum high macht.

Mein Kopf vibriert. Ja, es muss Mick gewesen sein, der sich da umgesehen hat, er und dieser Dealer. Haben vielleicht die Todesanzeige gelesen und eins und eins zusammengezählt. Und warten auf die nächste Gelegenheit, da einzusteigen und sich alles unter den Nagel zu reißen. Gut möglich. Aber solange jemand im Haus ist, trauen die sich nicht.

Das ist der Unterschied zwischen den kleinen Fischen im Aquarium und den Haien im Meer. Den Haien, wie Jago einer ist.

12

Die Frauen verbringen noch den gesamten Abend mit Gesprächen, die keine Antworten auf die vielen Fragen liefern, bis sie ermüdet nach oben gehen, um sich schlafen zu legen. Für Hannah bezieht Miriam das Bett in Ediths altem Schlafzimmer frisch. Ihre Freundin auf der Liege im Nebenzimmer schlafen zu lassen hätte Miriam schamhaft berührt. Am liebsten möchte sie es nicht mehr betreten. Schon der Anblick der Tür lässt ihren Puls wehen.

Am nächsten Morgen sorgt Pia dafür, dass beide früh erwachen. Sie genehmigen sich ein ausgedehntes Frühstück, bis Hannah sich stöhnend über den Bauch streicht.

»Ich brauche mal ein bisschen Bewegung. Was gibt es denn noch zu tun? Ich helf dir gern, bevor ich fahre.«

Miriam schaut sich um. »Hm. In den Wohnräumen habe ich so weit alles durchforstet. Fehlt noch der Dachboden und Keller – wobei Jannes sagte, außer den Weinvorräten gäbe es da unten nichts zu holen. Die überlasse ich ihm gern.«

»Also Dachboden. Lass uns da gleich mal raufgehen.«

»Gut, dass du da bist.« Miriam nimmt einen letzten Schluck aus der Kaffeetasse und lächelt Hannah an. Dass die Freundin nach den Geständnissen des gestrigen Tages zur Normalität übergeht, erleichtert sie. Es kann keine bessere Freundin geben. Hannah macht nicht viel Aufhebens um Miriams Fehltritt. Sie versteht einfach und vermittelt ihr, dass das Leben weitergehen muss. Miriam kann ihr alles sagen. Und Mensch sein, mit allen Fehlern und Macken.

»Ich mach das gern. Dachboden ist doch spannend! Mal sehen, was deine Tante da oben so alles angehäuft hat.«

»Ich finde es eher unheimlich.«

»Na, sie wird ja wohl keine Leiche zerstückelt und in einem Koffer aufbewahrt haben!« Hannah lacht und wischt sich die letzten Brötchenkrümel aus dem Mundwinkel.

»Was machen wir mit Pia? Ich mag sie da oben nicht in den Dreck setzen.«

»Ich kann ja vorgehen und schon mal gucken, wie es da überhaupt aussieht. Wenn es zu schlimm ist, setzen wir die Süße einfach in ihr Bettchen.« Hannah grinst. »Aber erst brauche ich noch meine Morgenzigarette.«

Miriam nickt. Sie räumen den Frühstückstisch ab, dann raucht Hannah genüsslich auf der Terrasse und tritt die Kippe aus.

»Ich lass die Tür offen«, sagt sie beim Hereinkommen. »Dieser Mief ist aus den Wänden ja gar nicht rauszubekommen.«

Sie gehen die Treppe in den ersten Stock hinauf, wo von der geschlossenen Dachluke ein Seil herabhängt. Hannah umfasst die kleine Kugel am Seilende. Miriam drückt Pia an sich und weicht einen Schritt zurück.

»Pass auf. Wir hatten früher auch so eine Klapptreppe. Das Ding kann dir entgegenschießen, wenn dein Vorgänger vergessen hat, es festzuhaken.«

Hannah zieht trotzdem beherzt, hält aber die Hand vorsorglich gegen das Leiterende, das sich ihnen mit einem lauten Ächzen darbietet.

»Es ist fest. Deine Tante war ein umsichtiger Mensch«, grinst Hannah und löst den Haken, lässt die Treppe herunterschwingen bis vor ihre Füße. Sie setzt ihre Schritte sicher und klettert rasch hinauf, Miriam bleibt am Fußende mit Pia an der Hüfte stehen. Staubige Luft senkt sich auf sie nieder, sie hört die Freundin husten. Die Dachbodendielen über Miriams Kopf knarzen unter Hannahs Schritten.

»Und?«, ruft Miriam hinauf. »Wie sieht es da oben aus?«

»Es ist nur ein kleiner Raum. Viel steht nicht herum. Hier sind ein paar Kisten, ein Spiegel und Klamotten, hässliche Lampen. Aber eine sehr schöne alte Küchenvitrine. Komm sie dir ansehen!«

Miriam erinnert sich an Jannes' Erzählungen. *»Einmal haben wir uns heimlich auf dem Dachboden verkleidet, uns Theaterstücke ausgedacht … Und im Küchenschrank haben wir Zimt und Zucker gefunden. Das hast du löffelweise gefuttert.«*

Sie schaut Pia ins Gesichtchen. »Wirst du mal kurz in deinem Bett bleiben? Ich bin gleich wieder da.« Die Kleine gluckst. Miriam setzt sie schnell ins Reisebettchen in Jannes' ehemaligem Zimmer. Bevor das Kind protestieren kann, reicht sie ihm eine Zeitschrift, die auf dem Nachtschrank liegt. Pia ist von dem raschelnden Papier und den Gesichtern darauf gebannt. Das wird für einige Minuten reichen.

Die Trittbretter mit den Händen nach und nach umfassend, klettert Miriam die enge Stiege hinauf zu Hannah, die sich gerade ein altrosafarbenes Kleid vor die Brust hält und sich in einem stumpfen, mit klobigen Ornamenten verzierten Spiegel betrachtet.

»Guck mal. Rüschen und Spitze. Kleider wie aus einem alten Kostümfilm.«

»Ja. Jannes hat gesagt, dass wir uns früher hier gern verkleidet hätten.«

»Ein Paradies für Kinder.«

Paradies? Ein Kinderlachen. Fetzen von Bildern. Sie fühlt Lippen auf den ihren, sabberige, weiche Lippen. Wahrheit oder Pflicht. *Wer nicht sagt, wen er liebt, muss Kai küssen.*

»Guck mal hier, ein Zylinder-Hut!«

Abrakadabra, dreimal schwarzer Kater …

Miriam starrt auf das zerbeulte Ding, das Hannah hochhält.

»Und ein Stock.« Der Stock scheint durch Hannahs Hand zu schweben, sie malt imaginäre Linien damit durch die Luft, denen Miriams Augen folgen. Sie kennt diesen Hut, diesen Stock mit seinem birnenförmigen Griff.

Auch die alte Küchenvitrine aus Holz, weiß lackiert, mit abblätternden Stellen und vielen kleinen Schubfächern. Mit zitternder Hand schiebt Miriam eines der Fächer heraus, es ist leer. Kein Zucker, kein Zimt. Natürlich nicht, nach so einer langen Zeit …

Ich habe euch verboten, auf den Dachboden zu gehen, was ist das für eine Unordnung …

Hannah hat sich den Hut aufgesetzt und stützt sich mit dem Stock in Pose. Dann fällt ihr Blick auf Miriam im Spiegel.

»Was ist los?«

Was macht ihr hier, ich werde euch das Zaubern schon austreiben!

»Miriam?«

Miriam lehnt sich gegen die Anrichte, sie fühlt die Knäufe der Fächer und Türen wie Schmerzpunkte im Rücken.

Hannah geht langsam auf sie zu und legt die Hand auf ihren Arm.

»Was ist mit dir? Hast du wieder Panik?«

Miriams Mund öffnet sich mit einem leisen Schmatzen. »Nein«, flüstert sie. »Es ist schon gut. Nur eine … Erinnerung, glaube ich.«

»Welche denn?«

Ehe Miriam antworten kann, klingen von unten die Ruftöne ihres Handys zu ihnen herauf.

»Ich muss gucken, wer da anruft.« Unsicher sucht sie sich den Weg die Leiter hinab in den ersten Stock, rückwärts, begleitet von Hannahs sorgenvoller Frage, ob wirklich alles in Ordnung sei. Ja, ist es. Es ist gut, dass etwas zurückgekehrt ist in ihr Bewusstsein. Wie ausgelöscht waren die Kindheitsspiele, von denen Jannes erzählt hatte. Die Erinnerung an Verstecken, Verkleiden, Wahrheit oder Pflicht. An heimlichen Zimt und Zucker. Kai. Jetzt hat all das wieder mit ihr zu tun. Aber etwas daran flößt ihr Angst ein. Es sind beunruhigende Erinnerungen. Aufwühlende. Doch weiß sie nicht, warum.

Miriam muss ihr Handy suchen. Das Klingeln hat aufgehört. Sie findet es auf dem Nachttisch, unter ihrem Buch. Pia sitzt noch immer mit sich, der Welt und den Modebildern zufrieden im Reisebett. Vor allem entdeckt sie, was es für lustige Geräusche macht, an dem Papier zu reißen.

Das Display zeigt einen verpassten Anruf. Arne. Sie presst das Handy kurz an ihre Brust. Jetzt, wo Hannah ihr den Kopf zurechtgerückt, ein leises Fünkchen Hoffnung in ihr geweckt hat, dass alles nur ein Missverständnis sein könnte, sehnt sie sich noch mehr nach ihm. Sie muss endlich mit ihm reden. Der Gedanke an Jannes rückt ganz nach hinten in einen unsichtbaren Winkel ihres Kopfes. Bedeutungslos, alles bedeutungslos, wenn es nur mit Arne wieder gut wird. Arne, Pia und sie. Das ist alles, was zählt.

Sie drückt auf die Ruftaste. Es tutet nur ein Mal, schon hört sie Arnes atemlose Stimme.

»Miriam, gut, dass du zurückrufst!«

»Ich konnte nicht gleich rangehen. Ich war gerade auf dem Dachboden.«

»Oh. Hast du denn noch viel zu tun?«

»Eigentlich nicht. Ich habe überlegt, nach Hause zu kommen. Es muss hier auch nicht alles fertig sein. Ich kann ja noch öfter nach Weddelbrook fahren.«

»Ja, bitte komm. Du fehlst mir, und … es ist was mit deinem Vater.«

Miriam hält den Atem an.

»Deine Mutter hat eben angerufen. Es geht ihm sehr schlecht. Anscheinend trinkt er nicht mehr.«

»Was? Aber wieso …? Dann müssen sie ihn an den Tropf legen!«

»Das habe ich auch gesagt. Aber es gibt eine Patientenverfügung. Deine Mutter meint, er würde das nicht wollen.«

»Das kann doch nicht wahr sein!«

»Vielleicht wäre es gut, wenn du …«

»Diese Ziege! Wieso ruft sie mich nicht direkt an und sagt mir, was mit Papa ist?«

»Wahrscheinlich weil sie wusste, dass du genau so reagieren würdest.«

»Ja, und sie will meinen Fragen aus dem Weg gehen.«

»Was für Fragen? Mirja, was ist sonst noch los?«

»Wir reden, wenn ich zu Hause bin.« Zu Hause. Das hört sich gut an. »Ich packe sofort meine Sachen zusammen.«

»Fahr vorsichtig. Du bist so aufgewühlt.«

»Bis nachher!« Miriam will schon den Aus-Knopf drücken, da hört sie noch einmal Arnes Stimme.

»Ich freu mich auf dich. Auf dich und die Maus.«

Papa. Es darf nicht sein, dass er jetzt geht. Es ist zu früh. Sie wird nicht zulassen, dass er verdurstet. Er muss bleiben. Für sie. Und Pia. Auch, wenn er nie wieder der Gleiche sein wird – ein Blick auf ihn hat sie immer beruhigt. Er ist der einzige Erwachsene gewesen, von dem sie sich als Kind geliebt gefühlt hat.

Über ihrem Kopf hört sie wieder die Dielen knarzen. Hannah durchforstet den Dachboden weiter, ohne sie. Sie ist eine echte Stütze. Aber Miriam muss ihren Aufenthalt nun abbrechen.

Sie geht an die offene Dachstiege und ruft hinauf.

»Hannah? Das war Arne. Ich muss nach Flensburg. Meinem Vater geht es schlecht.«

»Oh nein«, hört sie. Kurz darauf erscheint Hannahs Gesicht mit verschmutzten Wangen und schaut von oben auf sie herunter. »Warte. Ich komme.«

Unten angelangt, überreicht Hannah Miriam eine schwarze Kamera. »Was ist denn mit ihm?«

»Er trinkt nicht. Ich muss zu ihm.«

»Ja klar. Unbedingt. Das hört sich nicht gut an.« Hannah tippt kurz auf die Kamera, die Miriam in der Hand hält, ohne es zu registrieren. »Hier. Eine alte Spiegelreflex. Für Fotoliebhaber etwas Wertvolles vielleicht.«

Miriam nickt wie in Trance. »Danke.«

Die Dachluke schließt sich mit lautem Krach. Hannah klopft sich die staubigen Hosenbeine ab. »Die werden deinen Vater im Pflegeheim doch nicht verdursten lassen, oder?«

»Davon bin ich eigentlich ausgegangen. Es gibt aber eine Patientenverf…« In diesem Moment hört Miriam ein Geräusch von unten. Ein Schaben. Geraschel wie von Pappe. Die Freundinnen sehen sich fragend an und sagen kein Wort. Eine Weile stehen sie stumm am oberen Treppenabsatz und lauschen hinunter. Eindeutig. Es bewegt sich jemand leise im Haus, kaum hörbar. Miriams Herz klopft bis zum Hals. Kann das Jannes sein, ist er zurückgekehrt? Aber warum sollte er so schleichen? Hannah berührt Miriam am Arm und legt den Finger auf die Lippen. Wäre sie jetzt nicht hier, würde Miriam umfallen vor

Angst. Ihre Freundin setzt lautlos einen Schritt auf die erste Stufe der Treppe abwärts in den Flur. Miriam schüttelt vehement den Kopf, formt ein lautloses »Nein!« mit den Lippen. Doch Hannah tappt unbeirrt weiter. Noch ein Schaben, diesmal leiser. Dann ein Geräusch, als falle etwas Leichtes zu Boden. Hannah wendet den Kopf zu Miriam und zeigt mit dem Finger ein Stockwerk tiefer.

»Keller!«, flüstert die Freundin fast tonlos, mit überdeutlichen Mundbewegungen. Sie wirkt entschlossen, rückt aus dem Blickfeld – erst als Miriam ein paar Schritte folgt und um die Ecke schaut, sieht sie, dass Hannah die angelehnte Kellertür einen Spalt weiter öffnet. Miriam macht eine hektisch verneinende Geste – zu spät. Schon verschwindet Hannah hinter der Tür. Verdammt, warum tut sie das? Viel eher sollten sie sofort das Haus verlassen und die Polizei rufen! Das ist leichtsinnig, es heißt doch, Einbrecher solle man auf keinen Fall stören!

Miriam kann nicht untätig zusehen, wie ihre Freundin sich dem Unbekannten im Keller allein ausliefert. Sie zieht ihr Handy aus der Hosentasche. Sicherheitshalber gibt sie schon mal die Notrufnummer ein, sie braucht nur noch auf den grünen Hörer zu tippen, falls sie Hilfe brauchen. Dann geht sie langsam die restlichen Treppenstufen abwärts wie Hannah zuvor. Es fällt ihr noch schwerer als sonst, hinabzusteigen, das übliche Unbehagen greift ihr in die Kehle.

Wenn sie jetzt nach Hannah riefe, würde sie den, der sich unten zu schaffen macht, auf sie beide aufmerksam machen. Aber – er muss doch eigentlich gehört haben, dass Menschen im Haus sind.

Was zur Hölle …? Sie starrt mit flatterndem Herzschlag die Stufen hinab, die in den Keller führen. Es ist völlig dunkel. Wo ist Hannah? Wieso ist hier kein Licht? Jetzt leuchtet etwas auf – der Einbrecher hat eine Taschenlampe!

Zwei Augen! Ein Augenpaar leuchtet ihr aus der Dunkelheit entgegen! Miriam entfährt ein spitzer Schrei.

Ein Lachen schallt nach oben. Weibliches Lachen, dunkel perlend – Hannah-Lachen. Soll das Ganze ein Scherz sein?

»Hannah, wenn du mich verarschen willst, finde ich das überhaupt nicht witzig! Was soll das?« Miriams Stimme klingt wie die einer Krähe.

Ihre Hand sucht zitternd einen Lichtschalter an der Wand hinter der Tür, es dauert eine gefühlte Ewigkeit, bis sie ihn findet. Mit einem Klicken ist es taghell. Unten steht die Freundin mit ihrem Handy in der Hand und lacht weiter. Sie schließt ihre Taschenlampenfunktion und sieht sie strahlend an.

»Schau mal, wir haben einen Gast, Miriam.«

Eine Katze. Kais Glückskatze. Die dreifarbige Schönheit sitzt mitten auf einem Karton, leicht geduckt, die Pfoten ganz unter dem weichen Körper verschwunden, und schaut stoisch zu ihr herauf.

Miriam fasst sich ans Herz. »Oh mein Gott! Wieso erschreckst du mich denn so und machst kein Licht?«

»Ich hab den Schalter nicht gefunden.«

Miriams Stirn ist schweißnass, ihre Knie zittern, aber jetzt fühlt sie ihn auch, einen unbändigen Impuls zu lachen. Wie absurd. Was ist sie für ein lächerlicher Angsthase. Sie gackert die Angst weg, bald kommen ihr Tränen vor Lachen. Sie muss dringend aufs Klo.

Hannah nähert sich dem Tier. »Wir müssen sie hier rausschaffen. Bestimmt ist sie durch die Terrassentür hereingekommen. Kleine Ausreißerin, hm?« Sie versucht die Katze herbeizulocken, die sich weiterhin sphinxhaft nicht vom Fleck rührt.

Miriams Blick schweift durch den schmalen Kellergang, mehr ist es nicht, nur ein kühler Raum. Aber was Jannes gesagt hat, scheint nicht zu stimmen. Hier sind nicht nur Weinflaschen gelagert. Neben dem Karton, auf dem die Katze sitzt, liegen noch etliche weitere, zu einer Mauer gestapelt. Einer davon ist umgefallen. Das war wohl das Geräusch, das sie vorhin gehört haben.

»Na, so was«, sagt Miriam. Hier gibt es also doch noch Arbeit.

Endlich flitzt das Tier an ihr vorbei. Es hat sich von Hannah nicht in den Arm nehmen lassen, sondern flieht durch den Flur ins Wohnzimmer und ab durch die Terrassentür. Miriam geht schnell hinterher, schließt die Tür und seufzt. Sie wird wiederkommen müssen. Jetzt muss sie endlich zu ihrem Vater, und das so schnell wie möglich.

Gemeinsam laden die Freundinnen Kartons in beide Autos. Miriam könnte sie nicht alle in ihrem Wagen unterbringen, auch wenn sie einen Kombi fährt. Der Kinderwagen und ihre Taschen nehmen zu viel Platz weg. Das Reisebett lässt sie im Haus zurück, sie wird es dort vielleicht noch für eine Nacht benötigen.

Frau Blotenberg Bescheid geben muss sie nicht, denn die steht zur rechten Zeit in der benachbarten Auffahrt. Dieses Mal kommt es Miriam gelegen – kurzerhand bittet sie darum, die volle Mülltüte in der Nachbartonne entsorgen zu dürfen, auch die andere aus dem Schuppen. Dass darin Mottenlarven verwesen, sagt Miriam lieber nicht. Frau Blotenberg nimmt alles eilfertig entgegen. Kai ist hinter seine Mutter getreten und starrt Hannah aus milchigen Augen an. Miriam blickt unwillkürlich auf seine Lippen. Nasse Lippen. Ob er sich erinnert? Ein Spiel, es war ein Spiel. Wahrheit oder Pflicht. Nichts weiter.

Sie reicht beiden zum Abschied die Hand, Kais gleitet schlaff aus der ihren.

Es ist früher Mittag, als sie endlich aufbrechen. Nur wenige Minuten Fahrzeit vergehen, schon schlummert die Kleine. Miriams Anspannung löst sich kaum. Das Navi ist eingeschaltet, aber sie ist dankbar, dass Hannah vorausfährt und sie sich nur in gebührendem Abstand mit ihrem Wagen anzuhängen braucht. Die Landschaft und die Straßen bewegen sich an ihr vorbei, ohne dass sie etwas davon wahrnimmt. Papa. Papa und Arne. Papa und Arne und Jannes. Ihr Kopf fühlt sich schwer an. Als müsse sie sich nur einmal hinlegen und zwölf Stunden am Stück schlafen, dann wäre schon alles wieder in Ordnung. Ein Trugschluss, natürlich. Nichts wäre damit wieder in Ordnung. Sie muss Klarheit schaffen – die Augen öffnen, schmerzlich weit. So weit, wie sie es noch nie tat.

Den Kamm von Nils hat Miriam kurz vor dem Aufbruch in einen der Briefumschläge gesteckt, die sie in Ediths Schublade gefunden hatte, und ihn wortlos in Hannahs Hand gedrückt. Die Freundin versprach, sich die Sache mit dem Gentest zu überlegen.

***

Na also. Geht doch. Brav.

Jetzt ist da sturmfrei, das ist die Hauptsache. Die Zeit rennt mir davon. Jago hat sich gemeldet. Mir ein Ultimatum gestellt. Ich muss Bro schicken. Das Zeug muss raus aus dem Haus, so schnell wie möglich. Bevor noch Mick und seine Kumpane sehen, dass die Luft rein ist, und da einsteigen. Und dann werd ich wieder Geschäfte machen, genug Kohle für Jago.

Wehe, der Trottel weigert sich. Man könnte meinen, er ist ihr hörig. Wenn man ihn so reden hört am Telefon. Ekelhaft. So redet nur ein verknallter Vollpfosten wie er. Idiot! Hat wohl vergessen, dass ohne sie aus ihm kein Mörder geworden wäre. Sie ist doch am Ende schuld! Und lebt fröhlich weiter, ohne sich einen Deut drum zu scheren, was damals passiert ist. Immer der Liebling, immer der Sonnenschein, hat sie einfach mal alles verdrängt.

Ich habe nichts vergessen.

Niemals.

13

Den ganzen Weg bis Kappeln fährt Miriam stur hinter Hannahs Wagen her. Als Hannah den Ortseingang passiert, bildet sich in Miriams Kehle ein dicker Kloß, gegen den sie kaum anschlucken kann. Und das, obwohl sie sich auf ihr Zuhause gefreut hat. Normalerweise ist es für sie immer ein schöner Moment, heimzukehren. Sie liebt diese kleine, vertraute Stadt, aus der schon von Weitem sichtbar die Turmspitze der Nikolaikirche vor einem oft meerblauen Himmel hervorragt. Doch jetzt beugt er sich bleischwer und düster über die Häuser, und Miriam überfallen wie aus dem Hinterhalt Fluchtgedanken.

Hannah verlangsamt das Tempo. Obwohl es ein großer Umweg für sie ist, hat sie angeboten, bis vor die Haustür mitzukommen, um gleich die Kartons aus ihrem Kofferraum abzuladen. Miriam ist froh darüber, bei der ersten Wiederbegegnung mit Arne nicht allein zu sein. Die Bilder der Nacht mit Jannes schiebt sie angestrengt in den hintersten Winkel ihres Kopfes.

Bald biegen sie in die ruhige Straße ein, in der sie zu Hause ist. Miriam mit Pia und Arne. Ein Schmerz zieht Miriams Nacken hinauf bis zu den Ohren. Sie presst die Zähne aufeinander. Hannah setzt den Blinker rechts, die Bremslichter leuchten auf. Sie parkt am Straßenrand. Miriam fährt in die Einfahrt, wo das Auto langsam zum Stehen kommt. Sie dreht sich um und schaut zu Pia. Das schlechte Gewissen sticht durch Miriams Herz wie ein Messer. Sie darf nicht zulassen, dass ihre Familie zerbricht. Pia braucht sie beide, den Vater und die Mutter. Dafür werden sie kämpfen müssen. Arne und sie. Mit dem Baby ging der größte Wunsch von ihnen in Erfüllung, vervollständigte sich ihr gemeinsames Glück zu einem Puzzle, dem vorher immer ein Teilchen gefehlt hatte. Und nun? Nun hat sie mutwillig Stücke wieder herausgerissen, aus blinder Wut und verletztem Stolz, ohne einmal das Gespräch mit Arne zu suchen. Miriam atmet tief ein. Sie will dafür sorgen, dass die Puzzleteile an ihren Platz zurückfinden.

Sie steigt aus dem Auto, wirft einen Blick zur Haustür – und sieht ihren Mann, sein Gesicht, auf dem sich Sorge und Erleichterung zugleich spiegeln. Er kommt hastig auf sie zu, nimmt sie in die Arme, küsst sie. Sie schmiegt sich an seine Brust, atmet seinen Duft ein und weiß, hier ist sie zu Hause. Bei ihm und niemandem sonst. In ihren Augen bilden sich Tränen. Arne schaut ihr ins Gesicht.

»Mirja ... Glaub mir, es wird schon alles gut mit deinem Vater. Und wenn nicht, dann soll es jetzt so sein.« Er küsst sie noch einmal.

Miriam, unfähig, etwas zu sagen, schüttelt nur vage den Kopf. Arne streichelt ihr über den Rücken.

Hannah kommt die Auffahrt hinauf und hält einen Karton vor der Brust. Arne löst sich von Miriam und geht der Freundin entgegen, nimmt ihr die Kiste ab.

»Grüß dich, Hannah! Ich hoffe, ihr schleppt mir jetzt nicht zentnerweise Alte-Leute-Müll ins Haus?« Er lacht leise, dreht sich dann entschuldigend zu Miriam um.

Doch Witzchen über Tante Edith sind ihr kleinstes Problem. Zu dritt räumen sie die Autos leer und stapeln die Kartons im Hauseingang. Zum Schluss hebt Arne Pia wie einen kostbaren Schatz mitsamt Autositz aus dem Wagen.

»Papa hat dich vermisst«, flüstert er dem schlafenden Kind zu. »Was für einen Lappen hast du denn da?«

»Das ist Pias neues Liebstes. Ich habe es in Ediths Haus gefunden.«

Arne grinst angeekelt, trägt sein Kind behutsam ins Haus.

Hannah steht vor Miriam und blickt ihr direkt in die Augen. »Er ist ein toller Vater. Und er liebt dich. Wirf das nicht weg. Klär alles mit ihm!«, sagt sie leise und umarmt Miriam.

»Danke, Liebe. Danke für alles.«

»Und alles Gute für deinen Vater! Ich denk an dich. Halt mich auf dem Laufenden, okay?«

Als Hannahs Wagen sich vom Grundstück entfernt hat, geht

Miriam Arne nach ins Haus. Der vertraute Geruch schwappt ihr schon auf der Schwelle entgegen, empfängt sie. Familienduft, so völlig anders als der Mief in Ediths Haus, und mit einem Mal fühlt sich Miriam wie befreit. Pia ist inzwischen wach geworden, sie hört Vater und Kind oben herumalbern. Sie geht die Treppe hinauf und stellt sich zu Arne, der die Kleine wickelt. Sie umarmt ihn von hinten. Im tiefsten Innern hofft sie, dass Hannah recht haben möge. Sie glaubt ja auch nicht mehr daran, dass er ein Verhältnis hat. Und falls doch, ist es etwas Wertloses. Momentan ist es sogar unwichtig. Es wird für alles eine Lösung geben. Sie wird mit ihm sprechen, doch zuerst muss sie zu Papa.

»Ich möchte jetzt keine Zeit mehr verlieren. Am liebsten würde ich mit euch zusammen hin, aber ich brauche Ruhe bei meinem Vater. Lass mich allein fahren.«

Arne hat Pia fertig gewickelt und setzt sie sich auf seine Hüfte, wendet sich zu Miriam. »Natürlich. Obwohl ich dich ungern schon wieder gehen lasse.«

Pia zappelt mit den Beinchen an Arnes Bauch und streckt einen Arm zu Miriam, die ganz nah an beide herangeht, den einen Arm um Pia, den anderen um Arne legt. Für einen ewig kurzen Moment bleiben sie so stehen. Ein Dreigestirn. Fragil. Und doch unumstößlich.

Wieder im Auto, seufzt Miriam laut. Sie stellt eine kleine Flasche Wasser neben sich, das Rotkehlchen aus dem Baumarkt hat sie mit Zeitungspapier umwickelt in ihre Handtasche gesteckt. Der Motor knurrt auf wie ein müdes Tier. Sie ist auch müde, lenkt den Wagen trotzdem die Einfahrt hinunter, die sie eben erst hinaufgefahren ist. Ihr Leben kommt ihr genauso vor – ein verwirrtes, endloses Vor- und Rückwärtsruckeln, ohne klares Ziel. Eine stockende Irrfahrt mit toten Winkeln überall und unvorhersehbaren Halteschranken. Sie sieht noch Arne mit Pia auf dem Arm, er wirft Miriam eine Kusshand zu und nimmt Pias kleine Hand, winkt damit. Ihr Baby hat ein Zuhause. Sie winkt zurück. Heute Abend wird sie mit Arne reden.

Der Himmel hat dunkle Wolken gebildet, bald entleeren sie sich prasselnd auf der Windschutzscheibe. Die Tropfen auf der Straße spritzen hoch und bilden kleine Fontänen, die Scheibenwischer streichen rhythmisch und unermüdlich das Nass von der Fensterfront. Ein Geräusch wie das eines klopfenden Herzens, ähnlich den Herztönen eines Babys beim CTG.

Papas Herz. Es muss weiterschlagen. Sie hat keine Ahnung, in welchem Zustand er sich befindet. Ob er bei Bewusstsein ist? Was passiert bei einer Dehydration? Und wie schnell kann ein alter Mensch daran sterben? Wenigstens ist es nicht heiß, wenigstens sind Pfleger bei ihm, die wissen müssten, was zu tun ist. Hat Jutta wirklich abgelehnt, dass er eine Infusion bekommt? Und ist es nicht verboten, einfach nichts zu unternehmen? Das wäre doch so eine Art Sterbehilfe. Oder unterlassene Hilfeleistung. Fahrlässige Tötung? Eine Frage wirbelt die nächste auf. Sie verwirft den Gedanken, während der Fahrt ihre Mutter anzurufen. Das würde Miriam nur noch mehr aufregen. Sie will alle Energie daransetzen, dass Vater trinkt. Und dass ihm geholfen wird. Er darf nicht sterben. Nicht jetzt. Nicht so!

Bevor sie aus dem Auto steigt, trinkt sie hastig ein paar Schlucke. Im Flur von Haus »Sonnenau« empfängt sie der gewohnt sterile Geruch nach Putzmitteln. Diesmal ertönt kein Flipp-flapp von Frau Neubauers Pantoffeln, sie muss eine Weile herumgehen, bis sie auf einen kräftigen Pfleger trifft, den sie noch nie zuvor gesehen hat. Aus irgendeinem Grund beunruhigt sie das. Sein langes dunkles Haar ist im Nacken zusammengebunden. Er schaut sie fragend an, ohne sie zu begrüßen.

»Ich möchte meinen Vater besuchen und mich vorher erkundigen, wie es ihm geht. Was ich tun kann.«

Der junge Mann blickt sie weiterhin distanziert an. »Und Ihr Vater wäre …?«

»Gregor. Gregor Peters.«

Die Miene des Pflegers verändert sich, ein wärmerer Hauch legt sich in seine Gesichtszüge. »Herr Peters. Oh. Ja, seine

Frau … Ihre Mutter war vorhin auch schon bei ihm. Sie haben sich gerade verpasst. Es steht nicht zum Besten.«

In Miriams Bauch bildet sich ein Knoten. »Was heißt das? Warum hilft man ihm nicht?«

Der Pfleger bleibt ruhig. »Wir handeln so, wie es laut Aussage Ihrer Mutter in seinem Sinne wäre. Das bedeutet nicht, dass wir nichts tun. Wir versuchen, ihn zum Trinken zu bewegen, und erleichtern ihm die Situation. Aber von einer Infusion hat Ihre Mutter uns gebeten abzusehen.«

»Das ist mir egal, was meine Mutter will. Mein Vater hat immer gern gelebt. Er ist nicht todkrank. Sie können ihn nicht einfach verdursten lassen!« Ihre Stimme hat sich zu spitzen Tönen hochgeschraubt.

»Sie müssen verstehen, es gibt eine Patientenverfügung, von Ihrem Vater und seiner Frau unterschrieben. Wir respektieren die Entscheidung der Angehörigen in so einem Fall.«

»Ich bin auch eine Angehörige!«

Der Pfleger nickt ungerührt. »Dann versuchen Sie es. Gehen Sie zu ihm, sprechen Sie mit ihm, berühren Sie ihn. Manchmal kann das Wunder bewirken. Berührung stellt eine Verbindung zum Leben her. Alles, was er braucht, steht bereit für ihn. Er muss es aber annehmen.«

Miriam schluckt jeden weiteren Kommentar hinunter. Sie will nur noch zu ihm. Für einen kurzen Moment, als sie vor seiner Tür steht, sammelt sie sich. Dann tritt sie ein.

Abgestandene Luft. Halb zugezogene Gardinen. Und im Halbschatten Papa, in seinem Bett liegend, die mageren Hände ruhen flach auf der Bettdecke. Er hat die Augen zu schmalen Schlitzen geöffnet, den Kopf leicht zurückgelegt. Es ist sehr still. Aber er atmet. Miriam nähert sich leise, setzt sich an sein Bett. Sie nimmt seine rechte Hand in die ihre und erschrickt. Seine Haut ist grau, wie marmoriert. Die Knöchel heben sich noch spitzer hervor, die Falten stehen tief, fast senkrecht auf dem Handrücken, der sich rau und rissig anfühlt. Papas Lippen sind aufgesprungen, sie bewegen sich leicht, aber er spricht nicht. Er schmatzt.

»Papa«, sagt Miriam. Nur »Papa«. Mehr bringt sie zunächst nicht über die Lippen.

Er reagiert nicht.

Miriam streichelt vorsichtig seine Hand. Sie knetet sanft die Finger, reibt über seine Handinnenfläche. Streicht weiter den Arm hinauf und wieder hinab. Sie berührt seine Wange, deren Haut sich wie Schmirgelpapier in ihre Hand legt. Neben dem Bett, auf dem Nachtschrank, steht ein Trinkgefäß, ein Strohhalm ragt daraus hervor. Sie greift nach dem Becher.

»Du musst trinken, Papa. Bitte versuch es.« Sie führt den Becher vor seine Lippen, wartet, ob sie den Halm umschließen. Nichts regt sich. Sie schiebt den Strohhalm zwischen seine Lippen.

»Es ist ganz leicht. Du musst nur saugen. Das kannst du doch, oder?«

Sie wartet. Nichts passiert. Vielleicht, wenn sie irgendeinen Reflex auslöst? Sie schiebt ihren Arm hinter seinen Kopf, drückt ihn leicht nach vorn. Mit der anderen Hand hält sie den Becher, versucht, mit dem Strohhalm seine Zunge zu kitzeln, den Gaumen, schiebt das Röhrchen in seinem Mund hin und her. Nichts.

Wenn er nur einen winzigen Tropfen zu sich nehmen würde! Er muss doch schrecklichen Durst haben. Warum hat dieses Bedürfnis ihn so verlassen? Sie muss ihm Appetit machen. Appetit auf Leben. Auf Wasser. Oder welche Flüssigkeit sich auch immer in diesem Becher befindet. Eine Elektrolyt-Lösung? Vielleicht schmeckt sie ihm nur nicht. Sie ist wütend auf den Pfleger, wütend, dass er ihr keine brauchbaren Informationen gegeben hat, stattdessen von ihr zu erwarten scheint, ihrem Vater achselzuckend beim Sterben zuzusehen.

Sie schraubt das Gefäß auf, tunkt einen Finger hinein und probiert einen Tropfen. Es ist okay, es schmeckt süßlich. Ihr kommt eine Idee. Sie taucht wieder einen Finger hinein, legt ihn nass an seinen Mund. Sie tupft, nässt den Finger erneut, zwei Finger, lässt das Nass auf seine Lippen perlen, schiebt einen Finger bis zu seiner Zunge. Papa reagiert zum ersten Mal. Er dreht den Kopf weg.

Miriam beginnt zu schwitzen.

»Papa! Du benimmst dich wie ein bockiges Kind. Ich will dich nicht vergiften.« Sie hofft, scherzhaft zu klingen.

Ein neuer Versuch. Finger in die Flüssigkeit, hinein in Papas Mund. Der Schmerz kommt, ehe sie begreift, was passiert ist. Ihr Vater hat sie in den Finger gebissen.

Miriam wischt sich eine Haarsträhne aus der Stirn. So kommt sie nicht weiter. Appetit. Durst nach Leben wecken. Sie steht auf, zieht die Vorhänge beiseite. Das Licht fällt auf die Bettdecke, auf Papas graue Hände. Sie öffnet das Fenster, lässt Luft herein. Ein Windhauch geht durchs Zimmer, mit einem leicht perlenden, knisternden Geräusch. Draußen wird welkes Laub aufgewirbelt.

»Riech mal, Papa. Die frische Herbstluft.«

Jetzt, im November, ist es ist zwar fast winterlich, aber sie hofft, dass er es vielleicht nicht wahrnimmt. Er hat die goldene Herbstzeit immer geliebt. Ihr Blick fällt auf die Birke im Vorgarten. Der Vogel! Sie hat ihn ganz vergessen. Vielleicht kann sie ihren Vater damit erreichen. Schnell geht sie hinüber zu ihrer Handtasche, die sie auf dem Sessel abgelegt hat. Der Sessel, in dem Papa bei ihrem letzten Besuch gesessen hatte, als sie mit Pia hier war und er in einem klaren Moment endlich seine Tochter erkannt, sie sogar nach ihrer Arbeit gefragt hatte. Als er für Sekunden wieder ihr Vater war.

Sie holt das kleine Päckchen aus der Tasche, wickelt das Rotkehlchen aus dem Zeitungspapier und trägt es zum Bett hinüber, von beiden Händen umschlossen, als sei der Vogel lebendig und könne jeden Moment davonfliegen.

»Schau mal. Ich hab dir etwas mitgebracht.« Sie hält das Figürchen vor sein Gesicht, nicht zu nah, damit er es gut erkennen kann. Wenn er überhaupt gucken würde. Sie bewegt es vor seinen Augen hin und her. Lässt es auf der Bettdecke ab, dreht seine Handinnenfläche nach außen, lässt ihn dort die Keramik fühlen, legt seine Finger darum und hält die Hand fest, damit er es nicht fallen lässt.

Keine Reaktion.

»Es ist ein roter Vogel. Ich habe ihn gekauft, als ich bei Tante Ediths Haus war. Sie ist gestorben, weißt du das noch?«

Aus Papas Brust ertönt nur ein Stöhnen. Ein tiefer Atemstoß.

»Ich habe ihn mitgebracht, weil ich dachte, du freust dich vielleicht. Du hast einen roten Vogel vermisst, als ich das letzte Mal hier war.«

Miriam fängt an zu plappern. *Sprechen Sie mit ihm, berühren Sie ihn. Manchmal kann das Wunder bewirken.*

Wieder ein Laut aus seiner Brust, fremdartig, von tief unten. Ein »Oooh«.

»Hast du Schmerzen? Tut dir was weh?«

Seine Augen flirren. Miriam legt eine Hand auf seine Wange.

»Oooh.«

Hat er Schwierigkeiten, zu atmen? Sie muss sofort Hilfe holen! Sein Puls am Hals flattert sichtbar.

Wieder dieser Laut, deutlicher, angestrengter. Sie versteht ihn jetzt. Es ist kein »Oooh«. Papa spricht. Er sagt: »Tooot.«

Sie hätte nicht Ediths Tod wieder erwähnen dürfen. »Papa, es ist alles gut. Bitte reg dich nicht auf!«

»Vogel tooot.«

Sie hat alles falsch gemacht, was man falsch machen kann. »Oh nein, Papa, der Vogel ist nicht tot. Es ist nur eine Keramikfigur, es ist kein echter Vogel. Echte Vögel sind draußen. Wenn du etwas trinkst, kannst du bald wieder rausgehen und sie sehen. Sie singen hören.«

Auf dem Nachttisch liegt auch ein Teelöffel. Und ein Lappen. Sie taucht den Löffel ein, setzt ihn schief an Papas Unterlippe, lässt das Nass in seinen Mund träufeln. Es rinnt heraus.

Miriam verzweifelt. »Papa! Bitte! Bitte trink. Ich kann dich doch nicht verdursten lassen!«

Er dreht kaum merklich den Kopf. Ein tiefer Atemzug. Dann noch einer.

»Papa. Bitte.«

Ein schnarchender Laut dringt aus seiner Kehle. »Chhhr … Ach … mein armes Kind.«

Hat sie richtig gehört?

»Vogel fliegt nicht.«

»Die echten Vögel sind draußen. Und sie fliegen. Willst du sie fliegen sehen? Dann trink!« Ihre Stimme ist streng geworden. Spitz. Laut und zitternd.

Sie führt abermals den Löffel an seine Lippen. Er schmatzt. Ein Schnorcheln. Aber er spuckt es nicht aus! Miriam hält den Atem an. Ein Löffel nach dem anderen wandert so an seinen Mund, mit jedem Tropfen wird Miriams Herz ein bisschen leichter. Es dauert lange, Ewigkeiten, und die Hälfte rinnt an seinem Kinn hinab, aber das macht nichts. Schließlich ist der Becher fast leer. Sie geht mit dem Lappen ans Waschbecken, dreht den Wasserhahn auf. Der Lappen saugt sich voll, sie wringt ihn nur leicht aus, kehrt damit ans Bett zurück, tupft ihn an seine Lippen, immer wieder.

Der Vater hält den Vogel fest in seiner papiernen Hand.

Es ist stockdunkel, als Miriam, zum zweiten Mal an diesem Tag, mit dem Wagen vor ihrem Haus zum Stehen kommt. Sie fuhr mit dem letzten Tropfen Benzin. Fast ist sie zu ausgelaugt, um auszusteigen. Aber sie empfindet auch Erleichterung. Sie hatte dem Pfleger mit dem Zopf den fast leeren Trinkbecher ihres Vaters gebracht, mit einer Mischung aus Triumph und Trotz. Und er hatte ihr einen anerkennenden Blick geschenkt und schien sich aufrichtig zu freuen. Er versprach ihr, den Vater weiterhin so lückenlos wie möglich zu betreuen und zum Trinken zu animieren. Bevor sie aufgebrochen war, hatte sie noch ihre Mutter angerufen und ihr kurz und knapp berichtet, dass Papa auf dem Wege der Besserung sei. Sie sparte sich genauere Erklärungen, kündigte nur für den morgigen Tag ihren Besuch an. Sie hat einiges mit Jutta zu besprechen, und dieses Mal wird sie sich nicht abspeisen lassen.

Nun erwartet sie die Baustelle mit Arne. Sie hofft, dass Pia bereits schläft, doch diese Träumerei wird schon beim Eintritt ins Haus jäh zerstört. Das Geschrei dringt von oben zu ihr, aber Arne ist schließlich bei dem Kind. Sie wird nicht hochgehen und ihn von dieser Last befreien. Stattdessen geht sie in die Küche, leise, damit er gar nicht erst auf die Idee kommt, sie um Hilfe zu bitten. Sie hat heute genug Hilfe geleistet. In der Kühlschranktür steht eine angebrochene Flasche Weißwein. Das ist es, was sie jetzt braucht. Sie schenkt sich ein Glas ein und trinkt es wie Wasser.

Auf dem Herd köchelt auf kleinster Stufe Tomatensoße in einem Topf. Ein paar Zweige Rosmarin aus dem Garten liegen ungehackt, eine Packung Spaghetti ungeöffnet daneben. Offenbar ist Arne die Idee gekommen, zu kochen. Sie lächelt schwach. Aus Erfahrung weiß sie, dass selbst ein so einfaches Vorhaben zum Scheitern verurteilt sein kann, wenn man mit Pia allein ist. Dabei hatte Miriam in den vergangenen Tagen Glück. Eigentlich hat das Mädchen die Zeit in Ediths Haus gut mitgemacht.

Miriam widersteht der Versuchung, das Kochen stillschweigend zu übernehmen. Sie wird heute nichts, gar nichts mehr tun. Sie stellt die Herdplatte aus und geht mit ihrem zweiten Glas Wein hinüber ins Wohnzimmer. Versucht, die Bilder von ihrem halb toten Vater sacken zu lassen.

Sie vernimmt ein Schnurren. Louis. Er springt zu ihr auf den Schoß und lässt sich ausnehmend darauf nieder. Sie streichelt das weiche Fell und gibt ihm einen Kuss auf den Kopf.

Das Schreien von oben hat aufgehört, nur die Spieluhr ist mit leisen Klängen zu hören. *Guten Abend, gute Nacht, von Englein bewacht …* Auch Miriam könnte auf der Stelle einschlafen.

Bald schon hört sie die Treppenstufen knarzen. Arne kommt mit schnellen Schritten ins Wohnzimmer, er hat sie also gehört. Er legt seine Hand auf ihre Schulter.

»Wie geht es deinem Vater?«, fragt er flüsternd, fast so, als erwarte er die Nachricht von seinem Tod.

»Besser. Ich konnte ihn dazu bringen zu trinken.«

»Gott sei Dank. Wie hast du das geschafft?«

Sie winkt ab. »Irgendwann klappte es einfach. Ich weiß nur nicht, wie es weitergeht. Heute konnte ich ihm helfen, aber was ist mit morgen, übermorgen? Wenn er wieder nichts zu sich nimmt?«

»Ja, das ist ein Problem.« Arne nickt langsam. »Meinst du, er ist da nicht gut aufgehoben? Dann müssen wir ihn woandershin bringen.«

Miriam schüttelt den Kopf. »Die Pfleger machen wohl nichts falsch. Es ist üblich, sich an den Willen der Angehörigen zu halten, wenn es eine Verfügung gibt. Meine Mutter will es so, sie hat unterschrieben damals. Da kann ich nichts gegen tun. Oder? Was meinst du dazu als Jurist?«

»Das ist ein weites Feld. Eine Grauzone oft, es liegt auch im Ermessen der Pflegschaft. Aber wenn er und deine Mutter für ihn die Verfügung unterschrieben haben, richtet es sich streng genommen tatsächlich nach ihr. Sie kann für ihn entscheiden.«

»Ich fahre sie morgen besuchen. Ich muss mit ihr darüber sprechen und auch über … anderes.«

Arne hockt jetzt vor ihr. »Ich mache mir Sorgen um dich. Es ist schlimm mit deinem Vater, das ist klar, aber gibt es noch was anderes, was dich bedrückt? Du warst so plötzlich abgereist nach Weddelbrook, und der Abend vorher war so … schwierig. Dann habe ich dich nie zu fassen gekriegt …«

Miriam atmet tief ein. Das zweite Glas ist fast leer. Sie sieht Arne fest an. »Arne. Ich möchte dich fragen, ob es in deinem Leben eine andere Frau gibt.«

Die Augen, in die sie blickt, könnten nicht ungläubiger zurückstarren. So hat ihr Mann sie noch nie angesehen. Es wirkt fast komisch. Grotesk. Sie muss unwillentlich an den Ausdruck denken: »wie ein Auto gucken«. Er guckt wie ein Auto! Doch sie muss sich zusammenreißen. Dieser Wein verwirrt ihre Sinne. Es ist zu ernst. Ihre Angst zu groß, die Enttäuschung. Wut. Schmerz. Und …

»Wie kommst du denn auf so was?«, fragt Arne ganz langsam.

»Bitte. Ich möchte einfach nur die Wahrheit hören. Ich werde dir gar nichts vorwerfen. Vielleicht haben wir nicht gut aufeinander aufgepasst. Vielleicht …« Ihre Augen füllen sich mit Tränen. »Ich könnte dir verzeihen. Wenn du ehrlich mit mir bist.« Himmel. Sie klingt wie ein bettelnder Hund, winselnd, unterwürfig. Dabei wollte sie stark sein. Aber ihre eigene Schuld schmettert sie zu Boden. Wie kann sie sich über ihren Mann erheben? Die Wahrheit. Nichts als die Wahrheit ... Sie müsste selbst damit herausrücken!

»Mirja, ich weiß gar nicht, was ich sagen soll. Habe ich dich so vernachlässigt?« Er reibt sich nachdenklich die Stirn, irgendwie beschämt, geknickt, aber auch ... gebauchpinselt. Er fühlt sich gebauchpinselt!

»Verdammt, freust du dich etwa?«, schießt es Miriam direkt aus der Brust. »Ich habe Angst, und du fühlst dich geschmeichelt?« Louis springt mit einem Satz von ihrem Schoß und macht sich davon.

Arne sieht erschrocken aus. »Wieso hast du denn Angst? Ich ...«

»Ich habe ständig Angst! Immerzu! Ich habe Erstickungsanfälle nachts, von denen du nichts, aber auch gar nichts mitbekommst, ich habe Spleens, ich bin fertig! Ich ...«

»Erstickungsanfälle? Aber –«

»... ich hasse die Dunkelheit und habe immerzu Angst um alles und jeden! Mein Vater wäre heute fast gestorben, ich habe Angst um Pia, um unsere Ehe, meine Mutter behandelt mich wie Dreck, und mit meiner Familie stimmt was nicht! Das Leben mit Baby, *mein* Leben, ist anstrengend, Arne, es ist scheißanstrengend, vielleicht hast du davon ja heute mal eine Ahnung bekommen.«

»Mirja, ich weiß, wie anstrengend dein Alltag ist. Niemand verlangt von dir, dass –«

»Doch! Es wird immer von mir erwartet, dass ich zu funktionieren habe! Du bist schließlich nie da. Ständig bin ich hier allein, ich sehe dich spät am Abend und morgens kurz, wenn du deinen Kaffee im Stehen hinunterkippst. Und dann fauchst du mich an, wenn ich ahnungslos nach Hause komme von einem Nachmittag mit einer Freundin, weil du erwartest, dass ich hier zu sitzen hätte. Deine Tochter guckst du nicht mal an, du stapfst nach oben, einfach so, ohne Grund, einfach, weil du ohne Grund wütend bist. Nach oben in dein Zimmer, denn im Unterschied zu mir hast du ein eigenes Zimmer, vier Wände nur für dich in diesem Haus. Und dann fällt mir dein Handy in die Hände, und ich muss die Nachricht von irgendeiner Tussi ertragen, die was von ›zwei sind eine zu viel‹ plärrt. Entschuldige, Arne, aber da platzt sogar mir der Kragen!«

Miriams Herz pocht hart gegen ihre Rippen. Sie fühlt, wie sich ihre Wangen erhitzt haben, sie brennen geradezu. Ein Knoten ist aufgesprungen. Es ging nicht anders. Es musste raus. Auch wenn sie so ganz sicher keine ehrliche Antwort von Arne mehr erwarten kann. Sie pfeift auf gute Gesprächsführung, Taktik und freundlich verpackte Ich-Botschaften!

Sie traut sich kaum, Arne anzusehen, nachdem ihre Worte verhallt sind. Es ist unnatürlich still im Wohnzimmer. Als hätte sie alles Lebendige totgeredet. Sie ist unmöglich. Sie ist auch fast fremdgegangen. Das ist Selbstbetrug, wie sie sich gerade aufführt. Sie möchte aufstehen und das Zimmer verlassen. Davonlaufen vor ihrem stolpernden Herzschlag. Arne hockt noch immer vor ihr. Sie müsste ihn geradezu zur Seite stoßen, um das Gespräch zu beenden, aber die Wut verraucht plötzlich. Es ist seltsam, dass Arne sich nicht wegbewegt, sie auch nicht unterbrochen hat. Er ist wahrscheinlich geschockt. Oder ertappt. Eine Weile schweigt er betreten.

»Mirja … ich … du hast recht.«

Wie bitte? Sie hat recht! Also doch. Er hat eine andere. Es ist aus. Wie lächerlich, dass sie sagte, sie würde ihm verzeihen. Er will sie gar nicht mehr! Das wird er ihr jetzt schonend beibringen. Es ist die Gelegenheit. Man könnte es ihm nicht einmal übel nehmen.

»Es stimmt.« Arne schluckt.

Aha!

»Ich bin wirklich zu wenig für dich da und für Pia. Ich hätte es gern anders. Wir müssen darüber nachdenken, wie es besser geht. Du sollst dich nicht allein fühlen. Und Angst haben schon gar nicht. Du musst auch nicht immer funktionieren. Wie soll ich dir das erklären? Es ist auch für mich scheißanstrengend.«

»Warum geht es immer nur um dich?«

»Es geht nicht um mich. Wir haben große Konflikte in der Kanzlei. Sabine –«

»Ha! Genau. Sabine heißt sie.«

»Miriam!« Arne scheint sich ein Grinsen verkneifen zu müssen, und Miriam möchte ihn ohrfeigen. »Es sind die beiden Frauen im Büro, die sich ständig bekriegen. Deshalb hat mir Sabine an dem Abend geschrieben. Sie ist nicht mehr bereit, mit ihr zusammenzuarbeiten, und erwartet von mir, dass ich der Neuen kündige.«

Jetzt, Miriam ist sich sicher, jetzt ist sie es, die wie ein Auto guckt. Das kann nicht wahr sein.

»Ich müsste ja eigentlich sauer sein, dass du einfach so in meinem Handy herumschnüffelst«, gibt Arne hinterher. »Aber ich habe nichts zu verbergen. Hier.« Er steht auf, zieht das Handy aus der Tasche und legt es in ihre Hand. »Du kannst alles lesen, wenn du mir nicht glaubst.«

Miriams Hand beginnt zu zittern. So dumm hat sie sich noch nie gefühlt. So sind die Zusammenhänge? Und sie war zu verblendet, sie zu verstehen? Hannah hatte recht, so recht. Und nun steht Miriam allein da. Allein auf weiter Flur mit ihrer Schuld. Mit ihrem Techtelmechtel.

»Ich will das nicht.« Ihre Stimme klingt belegt. Sie reicht ihm das Telefon. »Ich glaube dir auch so.«

Arne nickt, steckt das Gerät wieder ein. Dann beugt er sich zu ihr und küsst sie mitten auf den Kopf. »Bitte mach mir nie wieder so eine Szene. Du machst mir Angst damit. Ich liebe dich, Mirja. Und wenn es dir schlecht geht, möchte ich für dich da sein. Ich habe einfach … nicht geahnt, dass es so schlimm ist. Mein Kopf ist voll mit anderen Dingen, ja. Aber sie sind nicht wirklich wichtig. Du bist mir wichtig. Erzähl mir von deinen Zuständen, du musst das nicht allein durchstehen. Wir können zusammen überlegen, was dir helfen würde. Du musst nur mit mir sprechen, Mirja.« Seine Augen suchen die ihren.

Sie weicht seinem Blick aus. Was soll sie jetzt tun? Ihm alles mit Jannes beichten? *Nein. Nein!* Sie verschränkt die Arme.

»Ich koch uns erst mal was. Du musst völlig ausgehungert sein. Und gleich beim Essen können wir reden.« Mit diesen Worten verschwindet er aus dem Wohnzimmer.

Hunger. Sie fühlt ihn nicht. Alles, was sie fühlt, ist Durst. Ein Durst, als sei sie durch die Wüste gewandert. Sie hat Arnes Liebe nicht verdient.

Draußen vor den Fenstern lauert die Schwärze.

***

Warum erreich ich den Kerl nicht? Die Zeit sitzt mir im Nacken. Ätzend, auf diesen Schwachmaten angewiesen zu sein. Immer nur die Mailbox. Geh endlich ran, Bro!

Normalerweise verformt er sich unter meinem Willen wie Knetmasse. Klar, schließlich steckt er mit drin, jetzt, wo er mir diese kleinen Dienste erwiesen hat. Wäre fatal für ihn, wenn das rauskäme. Da kommt er locker auf ein paar Jährchen Knast. Summa summarum. Damit hab ich ihn in der Hand. Das weiß er, und deshalb kuscht er. Kommt nicht mehr so leicht raus aus der Nummer.

Außerdem weiß ich, was er verbrochen hat. Damit konnte ich ihn schon früher dazu bringen, alles Mögliche für mich zu tun. War manchmal sehr nützlich. Heute ist die Chose natürlich verjährt. Eigentlich hätte ihn auch vorher niemand bestraft. Aber das wussten wir damals nicht.

Geblieben ist die Finsternis. Das Schwarz in unseren Adern. Genau wie in dir, seiner Angebeteten. Wenn ich dich da mal mit der Nase drauf stoßen würde … Dann wär's vorbei mit der albernen Liebe. Dabei bist du genauso schuld wie er. Beide habt ihr sie auf dem Gewissen.

Ich hab nur die Tür bewacht, mehr nicht. Hatte keine Ahnung, was dahinter abging. Hab meinen Job gemacht, um meinen Arsch zu retten. So wie heute auch. Alles nur Jobs, verdammt noch mal.

14

Am nächsten Morgen macht sich Miriam früh für den Besuch bei ihrer Mutter bereit. Obwohl Pia noch nicht wach ist, steht sie auf, kurz nachdem Arne die Tür leise ins Schloss hat fallen lassen. Nach ihrer Auseinandersetzung gestern Abend hatten sie gemeinsam gegessen und über Miriams Ängste gesprochen. Wie erwartet riet Arne ihr, eine Therapie zu machen. Sie hatte schließlich eingewilligt, damit bald zu beginnen.

Nah beieinander legten sie sich schlafen, beide völlig erschöpft. Arne mit dem Arm um Miriams Seite geschlungen, sie mit ihrer Hand auf seiner, murmelten sie sich beruhigende Liebesworte zu. Trotzdem fand sie keinen Frieden.

Heute ist Montag. Das Erste, was Miriam tut, ist, im Pflegeheim anzurufen und sich nach ihrem Vater zu erkundigen. Zu ihrer Erleichterung berichtet man ihr, er habe weiterhin Nahrung angenommen, sei auch wieder ansprechbar.

Sie steht an der Küchenanrichte und schlürft Kaffee. Vielleicht ist diese Krise überstanden. Aber der Besuch bei ihrer Mutter steht bevor. Sie würde gern alles Verwirrende und Beängstigende der letzten Zeit verdauen, einen lässigen Tag einlegen, ihre Gefühle sortieren. Doch sie muss fahren, auch wegen Papa. Und wegen ihrer Fragen.

Louis streicht ihr um die Beine, Miriam füttert ihn.

Die Kaffeetasse noch in der Hand, geht sie zu den Kartons im Flur. Sie haben gestern die Kisten nicht mehr fortgeräumt. Was sie zu ihrer Mutter mitnehmen will, sucht sie zusammen. Ihr Blick fällt auf die Spiegelreflexkamera, die Hannah auf dem Dachboden gefunden hat. Sie nimmt sie in die Hand. Es ist eine alte, verstaubte Canon mit einem roten Tragegurt. Sie öffnet die Linse und schaut durch den Sucher, drückt wie zum Spiel auf den Auslöserknopf. Nichts passiert, er ist blockiert. Ach ja. Damals musste man die Kameras vor jedem Auslösen neu spannen. Sie betätigt den Hebel, und ein von früher vertrautes

Geräusch macht sie stutzig. In der Kamera befindet sich ein Film! Miriam sucht das kleine Fenster, in dem angezeigt wird, wie viele Fotos schon verschossen wurden. Die Anzeige steht bei neunzehn. Miriam überlegt nicht lange. Sie verschießt die restlichen Bilder, drei Mal, vier Mal, fünf Mal spannen, auslösen, spannen – ein Widerstand. Also ein 24er-Film. Sie findet den Hebel, mit dem sie ihn zurückkurbeln muss, nimmt ihn aus der Kamera und steckt ihn in ihre Handtasche. Bestimmt kann sie ihn noch irgendwo entwickeln lassen.

Die Notizbücher von Tante Edith kramt sie auch hervor. Noch einmal blättert sie quer durch das Buch aus dem Jahr, in dem sie zur Kur waren. Keine neuen Informationen, aber die Postkarte, die ihre Mutter an Edith schickte, fällt ihr daraus entgegen.

Entschlossen steht Miriam auf, steckt die Karte und die beiden Fotos, die sie in der Schatulle gefunden hat, in ihre Brieftasche und lässt sie in die Handtasche gleiten. Heute wird ihre Mutter ihr nicht mehr ausweichen.

Sie geht nach oben. Pia ist wach.

Nach einer Dreiviertelstunde sitzen beide wieder im Auto. Irrfahrt, denkt Miriam erneut und schließt für einen Moment die Augen, bevor sie den Motor anlässt und das Radio einschaltet. »Mad world«. *»All around me are familiar faces, worn out places, worn out places. Bright and early for their daily races, going nowhere, going nowhere …«*

Ihr Kleines hält die Stoffkatze im runden Fäustchen, wedelt fröhlich damit herum. Heute Abend wird Miriam das Ding endlich mal in die Waschmaschine stecken.

»Wa-wa! Waaaa!«

»Nein, Maus, kein Wauwau. Das ist eine Katze. Miau macht die Katze«, reagiert Miriam gedankenverloren. Sie summt leise die einlullende Melodie mit.

»I find it hard to tell you, I find it hard to take, when people run in circles it's a very, very mad world, mad world …«

Die Fahrt nach Schleswig geht wie im Flug vorbei. Miriams

Finger sucht den Klingelknopf, den ohne Papas Namen. Ihre Mutter steht schon oben in der Wohnungstür. Sie sieht müde aus. Kränklich, dünn. Ein bisschen schämt sich Miriam, ihr Kampfgeist schrumpft. Natürlich ist es auch für Jutta schwer, den eigenen Mann so elend zu sehen. Nur muss sie ihr klarmachen, dass sie ihn nicht verdursten lassen darf.

»Da bist du ja«, sagt ihre Mutter tonlos, ohne jeden Glanz der Freude in den Augen.

Miriam nimmt sie in den Arm. »Es geht ihm besser, Mama. Viel besser. Ich war gestern bei ihm, und er hat wieder getrunken. Wohl auch in der Nacht.«

Jutta schaut überrascht auf. »Das freut mich.« Sofort senkt sich wieder ein Schatten auf ihr Gesicht. »Aber wer weiß, wie lange es anhält. Wenn er gehen möchte, soll er gehen dürfen.«

Schon dreht sie sich um und bewegt sich den Flur hinunter. Sie schleicht mehr, als dass sie läuft. Miriam schließt hinter sich die Haustür und folgt ihr mit Pia.

»Darüber wollte ich mit dir reden, Mama. Ich finde das nicht richtig«, sagt sie zu Mutters Hinterkopf.

»Darauf kommt es nicht an, ob du das richtig findest. Es zählt, was er gewollt hätte. Und für ihn gab es keine schlimmere Vorstellung, als eines Tages in einem Altenzimmer vor sich hin zu vegetieren, nur durch Schläuche am Leben gehalten!« Jutta hat sich auf den Küchenstuhl gesetzt, Miriam lässt sich auch am Tisch nieder.

»Aber es sind keine Schläuche im eigentlichen Sinn. Er wird nicht beatmet oder bekommt andere lebenserhaltende Maßnahmen. Er soll nur ausreichend Flüssigkeit erhalten, eine Infusion zur Not.«

»Auch das wäre ein Schlauch.«

Miriam schüttelt den Kopf über so viel Sturheit. Tödliche Sturheit.

»Gregor und ich haben darüber gesprochen, was zu tun ist, wenn es einmal so weit sein sollte. Als er noch klar war. Ich würde das Gleiche für mich wollen. Wir waren uns da einig. Und jetzt werde ich gewiss nicht das Gegenteil tun!«

Die Stimme der Mutter hat den festen Ton bekommen, der keinen Widerspruch duldet. Für eine Weile ist es still in der Küche. Nur die Uhr tickt leise, und durch das auf Kipp stehende Fenster dringen die Straßengeräusche des Morgenverkehrs. Auch Pia gibt keinen Ton von sich, sie beißt nur auf dem Stofftier herum.

Miriam weiß, dass sie so nicht weiterkommen wird. Sie überlegt, wie sie einen Themenwechsel möglichst elegant vollziehen kann, hin zu den Fragen, die ihr unter der Zunge brennen. Erst mal muss sie ihre Mutter wieder besänftigen.

»Hast du einen Kaffee?«

»Natürlich.«

Jutta steht auf, schiebt ihr eine leere Tasse hin und schenkt ihr aus einer Isolierkanne ein. Die Tasse füllt sich plätschernd mit dem dampfenden Kaffee, der langsam den Rand erreicht.

»Danke!«

Den Rand übersteigt. Überschwappt. Die heiße Flüssigkeit ergießt sich über das Gefäß, tropft auf den Küchentisch, Spritzer landen auf Miriams Unterarm, den sie reflexartig zurückzieht.

»Mama!«

Jutta zuckt zurück, stellt die Kanne hin. Sagt kein Wort, starrt nur zu ihrer Enkelin. Das bisschen Farbe, das ihre Wangen vorher noch hatte, ist restlos aus ihrem Gesicht gewichen.

»Geht es dir nicht gut?«

Keine Antwort.

»Sag doch was!« Etwa ein Schlaganfall? Miriam steht mit Herzklopfen auf, stützt die Mutter am Arm, geleitet sie zu ihrem Stuhl. Jutta folgt willig und stumm, setzt sich wie ein Roboter.

»Was hast du? Soll ich einen Arzt rufen?«, fragt Miriam eindringlich.

»Woher …?«, beginnt Jutta endlich, mit seltsam kehligen Lauten.

»Was denn?«

»Das Spielzeug.«

Miriam schaut erstaunt auf Pia und … die Katze. Das Schmusetier aus Ediths Nachtschrank.

»Das Stofftier? Ich habe es in Tante Ediths Haus gefunden.«

Die Mutter wendet den Blick nicht davon ab, als würde sie einen Geist sehen. Und Miriam begreift.

»Du kennst es?«

»Nimm es ihr weg!«

Pia saugt selbstvergessen weiter an dem Stoff.

»Ich soll … warum? Was ist damit?«

»Nimm es weg!«

Miriam hat kein gutes Gefühl dabei, Pia bei ihrer Arbeit zu stören, hält es aber für ratsam, ihre Mutter zu beruhigen. Vorsichtig klaubt sie den nassen Katzenlappen aus Pias Fingern, angelt sogleich nach einem Schnuller in ihrer Handtasche und steckt ihn in den Kindermund. Die Kleine lässt es sich zum Glück gefallen.

Ratlos beobachtet Miriam ihre Mutter, die stumm auf ihrem Stuhl sitzt und auf das Stofftier starrt, das nun wie verendet auf dem Tisch liegt. Und dann geschieht das Unglaubliche. Aus den Augen der Mutter tropfen Tränen. Miriam erinnert sich nicht, sie jemals weinen gesehen zu haben. Es löst eine dunkle Woge aus Hilflosigkeit in Miriam aus, als hätte sie keine Hände mehr, keinen Mund. Sie hat kein Rezept für diese Situation.

Eine Übersprunghandlung, dass sie aufsteht, mit Pia an ihrer Hüfte, und sich ein Putztuch aus der Spüle greift. Sie wischt auf dem Tisch herum, lässt den Lappen wieder in das Spülbecken sinken. Schluckt Speichel. Setzt sich wieder.

Jutta sitzt noch immer so da. Sie schluchzt nicht, es ist kein Laut zu hören. Aber die Tränen rollen stumm über ihre Wangen, zeichnen krumme, glänzende Spuren auf der Haut, als sei ihr Gesicht aus Porzellan und hätte Sprünge. Miriam muss irgendetwas sagen.

»Mama. Was hat dich so aufgewühlt?«

Jutta rührt sich nicht.

»Was ist mit diesem Stofftier? Edith hatte es in ihrem Nachtschrank aufgehoben, aber Jannes konnte nichts damit anfangen.«

Mutter schüttelt den Kopf.

»Wem hat es gehört?«

»Du sollst es ihr nur nicht geben, weil es so schmutzig aussieht. Sonst nichts.« Juttas Stimme klingt hölzern.

»Ich glaub dir kein Wort!«

Schweigen.

»Verdammt noch mal, warum solltest du weinen? Bitte, Mama, rede mit mir!«

Pia schaut Miriam mit runden Augen an, als würde sie jeden ihrer Gesichtszüge studieren. Ihre laute Stimme ist sie nicht gewohnt.

Miriam wartet. Sie wird nicht mehr gehen, bis sie eine Antwort hat. Jutta scheint ihre Entschlossenheit zu spüren. Und zu weit geöffnet, zu weich zu sein, um sich selbst und ihr weiter etwas vorzumachen. Miriam braucht keine Taktik. Der Zufall ist ihr zu Hilfe gekommen.

Sie sieht die Mutter nicken. Immer wieder nicken, bis sie sich so weit gesammelt hat, sprechen zu können.

»Es gibt etwas, das ich dir noch nie erzählt habe.«

»Dann erzähl mir jetzt davon.« Miriam sagt es so sanft wie möglich. Was wird kommen? Lag sie richtig mit ihrer Ahnung, ein Adoptivkind zu sein? Aber das würde die Reaktion auf die Katze nicht erklären. Ihr Herz klopft rasch.

»Ich hatte einmal ein Baby … ein anderes Baby.«

Miriam hört hin, hoch konzentriert, als müsse sie das Flüstern einer Ameise verstehen.

»Es ist kurz nach der Geburt verstorben … Ihm hat das Stofftier gehört. Ich wusste nicht, dass Edith es aufgehoben hat. Ich hatte es schon vergessen.«

Eine Weile sagen beide nichts.

»Ich glaube, Edith hat es uns zur Geburt geschenkt.« Der Mund ihrer Mutter schließt sich wieder zu einem schmalen Strich. Als wäre alles Wichtige gesagt. Sie steht auf, holt sich ein Glas Wasser. Trinkt.

Miriam hört die Schluckbewegungen ihrer Kehle und starrt auf die nachlassenden Dampfwölkchen über ihrer Tasse, auf der ein glatter Spiegel aus Kaffee zu liegen scheint.

»Das ist sehr traurig. Davon hättest du mir doch ruhig eher erzählen können.«

Das Glas Wasser ihrer Mutter ist fast leer. »Wer will denn ein Kind mit so was belasten?«

»Ich hatte also noch ein Geschwisterchen? Junge oder Mädchen?«

Die Mutter zögert.

»Hieß sie Iris?«

Es vergehen ein paar Sekunden, bis die Mutter antwortet. »Ja.«

Aha. Es erklärt noch nicht alles, aber zumindest könnte Kai sie deshalb verwechselt haben.

»War sie älter oder jünger als ich? Ich meine, ist es vor meiner Geburt passiert?«

Jutta nickt kaum merklich.

Miriam begreift. Ihre Mutter hat deshalb so auf den Namen reagiert und dichtgemacht, weil es den alten Schmerz aufrührte.

»Woran ist sie denn gestorben?«

Wieder vergehen einige Sekunden, bevor die Mutter antwortet: »Plötzlicher Kindstod.« Ihre Stimme klingt hohl.

»Das ist schrecklich. Und tut mir unendlich leid, Mama.«

Die Mutter rührt sich keinen Millimeter. Als sei alles in ihr festgefroren.

So sitzen sie eine lange Weile beisammen. Viel erfährt Miriam nicht mehr über das verlorene Kind. Aber sie ist dankbar für den kleinen Brocken, dankbar für den Spalt, der einen Moment lang die Seele ihrer Mutter öffnete, die ihr so oft fremd und verschlossen geblieben war. Sie versteht jetzt mehr. Ihre spröde Art. Und die Überbesorgtheit, wenn es um ihr Enkelkind ging.

Irgendwann begleitet Jutta sie zur Haustür, sie umarmen sich. Mutters Körper fühlt sich warm, aber unendlich zerbrechlich an. Ein Halm, der beim nächsten Windstoß umzuknicken droht. Miriam schließt die Augen, will den Moment bewahren.

Dann schaut sie über Juttas Schulter hinweg auf die Fensterbank im offenen Wohnzimmer. Sie erkennt das Alpenveilchen, das sie ihr beim letzten Besuch mitgebracht hatte. Es gedeiht.

Auf dem Rückweg fahren Miriams Gedanken Karussell. Es gab also eine Schwester. Iris, die nur wenige Wochen leben durfte, die sie aber nie kennengelernt und deshalb auch nie vermisst hat. Nils hingegen … er müsste sich erinnern können. Warum hat er nie mit ihr darüber gesprochen?

Aus irgendeinem Grund fühlte Edith sich dem Baby so nah, dass sie das Stofftier aufhob. Vielleicht, weil sie es ihm geschenkt hatte.

Was Kais Verwechslung angeht, hat er sich wohl nur den Namen Iris gemerkt und ihn fälschlicherweise mit ihr in Verbindung gebracht.

Allerdings erklärt das alles nicht die Fotos aus der Schatulle, die sie über die traurige Geschichte der Mutter ganz vergessen hat. Das Mädchen auf den Bildern kann nun aber ohnehin nicht Iris sein, vielleicht gibt es da auch kein Geheimnis. Es wird wohl tatsächlich eine Freundin von Jannes gewesen sein, die Edith am Herzen lag. Vielleicht hatte sie sich eine Tochter gewünscht. Und Miriam hat dieses Kind einmal kennengelernt und träumt deshalb von ihr. So wird es sein.

Bleibt offen, was es mit dem Kuraufenthalt auf sich hatte. Eine Allergie hat Miriam definitiv nicht. Aber vorhin war nicht der richtige Moment, diese Fragen zu klären. Sie hätte es für taktlos gehalten.

Plötzlich kommt ihr eine Idee. Natürlich! Sie braucht ihre Mutter nicht, um Antworten darauf zu finden. Nicht einmal Nils. Sie kann einfach in dem Krankenhaus anrufen, in dem sie damals behandelt wurde. Vielleicht gibt es noch Unterlagen, eine Patientenakte von ihr. Der Gedanke lässt Miriam ungeduldig im Autositz hin und her zappeln.

Aber die Idee mit der Adoption … Verwerfen wird sie die nicht. Denn hätte ihre Mutter sie nicht gerade nach dem Tod der anderen Tochter umso inniger lieben müssen? Was, wenn

Mutter nach dem schweren Verlust Angst hatte, noch ein eigenes Kind zu bekommen? Und Miriam adoptiert hat, als Trost, als Ersatz? Vielleicht auch, weil es nicht mehr klappte oder sie sich zu alt fühlte? Immerhin war ihre Mutter zweiundvierzig bei Miriams Geburt. Und dazu die unbefriedigend beantwortete Frage, warum es keine Kinderfotos von ihr gibt.

Bei diesem Stichwort fällt ihr der unentwickelte Film in ihrer Handtasche ein. Sie ist schon fast zu Hause, als sie bei der nächsten Gelegenheit wendet, ungeachtet des Fahrers hinter ihr, der sich seiner Wut über die sekundenlange Verzögerung seiner Fahrt mit erhobener Faust in ihre Richtung Luft macht. Es prallt an ihr ab. Sie fährt zurück, sucht einen Parkplatz und geht in die Schmiedestraße. Bei der Drogerie lässt sie sich von einer entnervten Verkäuferin helfen und gibt den Film zur Entwicklung ab. Es wird einige Tage dauern, bis sie die Tasche mit den entwickelten Fotos abholen kann.

Als Miriam endlich zu Hause ankommt, ist sie benommen. Aber sie hat das untrügliche Gefühl, dass ihre Irrfahrt einen Schub in die richtige Richtung gemacht hat. Sie blickt auf ihr Handy und findet zwei Nachrichten. Die eine von Arne. Sie dürfe ihm nie wieder so misstrauen, und er freue sich auf den Abend mit ihr. Die Schuld beißt wieder zu, setzt ihr schleichendes Gift in den Adern frei – doch wie soll sie ihm das Geschehene beichten, damit sie sein Vertrauen überhaupt verdient?

Die andere WhatsApp stammt von Hannah. Es sind nur zwei Worte: »Ich mach's!« Miriam muss einen Moment überlegen, was sie meint. Dann fällt es ihr ein – natürlich, der Gentest! »Du bist die Beste!«, tippt Miriam hastig ein und geht auf »Senden«.

Obwohl Frau Neubauer vom Haus »Sonnenau« Miriam auch bei ihrem zweiten Anruf Entwarnung gibt, besucht sie ihren Vater am Nachmittag wieder in Flensburg. Ihre gestrige Anwesenheit scheint etwas in ihm ausgelöst, seinen Lebenswillen gekitzelt zu haben. Es ist wichtig, ihm weiter beizustehen, ihm Nähe einzuhauchen wie einen warmen Atem. Der rote Vogel sitzt auf seinem Nachttisch, Papa beachtet ihn nicht. Er scheint ihn nicht mehr zu brauchen. Auf Miriams Hände, ihre Stimme reagiert er meist mit einem Lächeln. Einmal glaubt sie aus den wenigen gemurmelten Sätzen von ihm wieder herauszuhören: »Nicht mein Kind.« Sie antwortet nur leise: »Das versuche ich gerade herauszufinden.«

Er wirkt immer noch müde – doch nicht mehr apathisch, und seine Hautfarbe hat sich normalisiert. Mit einem Gefühl der Erleichterung und Beruhigung verlässt Miriam ihn nach zwei Stunden wieder, in denen sie mal erzählt und mal geschwiegen hat. Immer mit der Hand an seinem Arm, auf seinem Handrücken oder seiner Schulter. *Bleib hier. Ich halte dich. Geh nicht zur anderen Seite.* Selten hat sie so intensiv gespürt, dass er neben Pia und Arne der wichtigste Mensch in ihrem Leben ist. Es ist egal, dass er sie nicht erkennt. Solange er nur *da* ist.

Zu Hause kramt Miriam die Postkarte von ihrer Mutter an Tante Edith aus ihrer Brieftasche. Auf der Vorderseite steht es: Nordseekurheim St. Peter-Ording. Sie klappt ihr Laptop auf und öffnet das Google-Fenster. Die Buchstaben leuchten ihr in Grün, Blau, Rot und Gelb entgegen. Kaum hat sie den Namen eingegeben, erscheint schon ein Link zur Website der Klinik. Miriam atmet auf. Es gibt sie also noch. Eine Spezialklinik für Atemwegserkrankungen. Sie scrollt durch die Fotos der Anlage, horcht in sich hinein, ob sie etwas bewirken, eine Erinnerung auslösen. Nichts.

Sie wird jetzt Fakten filtern. Du bist Journalistin, eine deiner leichtesten Übungen, sagt sie sich. Über die Kontaktseite findet Miriam eine Telefonnummer. Sie atmet tief durch und greift zum Telefonhörer. Lange Zeit muss sie es klingeln lassen. Schließlich meldet sich eine weibliche Stimme.

»Nordseekurheim St. Peter-Ording, guten Tag, Kröger am Apparat, was kann ich für Sie tun?«

Miriam notiert sich den Namen sofort, stellt sich vor und erklärt mit melodischer Stimme ihr Anliegen. Sie spricht die Frau am anderen Ende mit Namen an, kennt die Tricks von ihrem Beruf. Sie weiß, wie man Menschen zu Bereitwilligkeit öffnet, damit sie Auskunft erteilen, einen Gefallen tun, auch wenn er sie aus ihren alltäglichen Routinen reißt. Miriam fühlt sich in Hochform und ist davon überrascht. Patientin der Klinik sei sie einmal gewesen, nun sei ihre Krankheit wieder akut und sie brauche dringend eine Kopie ihrer Patientenakte für den Arzt, der sie heute betreut.

Die Frau am Apparat reagiert freundlich routiniert. »Selbstverständlich, das machen wir gern fertig. Bei wem sind Sie in Behandlung, an welche Praxis sollen wir die Unterlagen faxen?«

So ein Mist. Aber es müsste ihr zustehen, die Daten auch selbst einzusehen. »Bitte schicken Sie die Kopie direkt an mich.«

»Das geht auch. Sagen Sie mir noch mal Ihren Namen?«

»Jensen. Miriam Jensen. Meine Akte müssten Sie aber unter meinem Geburtsnamen Peters finden.«

»Okay.« Miriam hört das Geklapper einer Computertastatur. Pause. Wieder Geklapper. »Sagen Sie mir bitte, wann Sie bei uns Patientin waren? Ich kann hier Ihren Namen leider nicht finden.«

Miriam dreht schnell die Postkarte um. »1984.«

»Oh!« Die Frau schnauft leise. »Da weiß ich nicht, ob ich Ihnen helfen kann. Patientenakten werden in der Regel nur zehn Jahre aufbewahrt.«

Verdammt. Daran hat sie nicht gedacht. Miriam setzt einen bittenden Tonfall ein. »Ist das denn sicher?«

»Hm. Ich glaube nicht, dass wir da noch was finden. Digital liegen uns keine Daten von Ihnen vor. Das war vor der Einführung unseres Computersystems.«

»Können Sie denn da gar nichts machen, Frau Kröger?«

Die Angesprochene am anderen Ende zögert einen Moment. »Ich könnte mal bei uns ins Archiv schauen. Aber versprechen kann ich da leider nichts.«

»Das wäre wunderbar. Haben Sie vielen Dank!«

Miriam diktiert ihre Handynummer, Frau Kröger sichert ihr zu, sich wieder zu melden. Hoffentlich! Hoffentlich kommt sie an Informationen, die Miriam weiterhelfen.

Der Abend mit Arne verläuft ruhig, es ist ihm offensichtlich ein Bedürfnis, die Spannungen zu begraben. Beim Abendessen erzählt er ungefragt viel von seiner Arbeit, von verrückten Klienten. Und Kolleginnen. Dass diese Konflikte vielleicht bald Vergangenheit seien – die »Neue« habe es wohl begriffen, dass sie nicht ins Team passt, und höre sich nach einer neuen Stelle um. Miriam hört Arne zu, doch mehr dem Klang seiner Stimme, der ihre Angst und die Sorgen wegspült, sie einhüllt in ein Gefühl aus Geborgenheit und Schläfrigkeit, fast wie die ihres Vaters früher als Kind, wenn er ihr aus »Sonnenau« vorlas. Das Buch, jetzt fällt es Miriam wieder ein, sie möchte es unbedingt für Pia kaufen, auch wenn sie noch zu klein dafür ist. Miriam erinnert sich kaum an die ganze Geschichte, nur an einzelne Worte, und sie möchte dem nachspüren, was Papa damals so daran bewegte.

Derweil erzählt Arne weiter, sie sieht, wie sich seine Lippen bewegen, hat den Faden verloren, aber das macht nichts. Arne redet nur, um die alte Nähe zwischen ihnen wieder zu kitten, das Band der Vertrautheit zu erneuern, an das Gefühl aus Vermissen und Schmerz und Kränkung das Heile zu knüpfen. Sie ist ihm dankbar dafür und fühlt sich zugleich miserabel. Seine Liebe kommt so unverdient. Wenn er eine Ahnung davon hätte, was sie und Jannes … Würde er ihr verzeihen?

Es ist alles so schrecklich viel. Papa. Ihre Gefühle für Jannes. Die Arbeit, die sie noch vor sich hat mit Ediths Haus, den Hinterlassenschaften. Bei alldem Pia gerecht werden. Und sie hat damit zu tun, Geheimnisse aufzuklären, die ihre Mutter so eisern hütet, auch wenn sich heute ein schmaler Spalt in ihr geöffnet hat.

Miriam versucht, sich wieder auf Arnes Worte zu konzentrieren.

»Entschuldige, Mirja.« Arnes Hand, mit der er eben noch gestikuliert hat, sinkt neben seinen Teller. »Ich rede und rede und frage nicht einmal, wie es dir geht.« Er lächelt. »Ich bin so froh, dass du wieder da bist. Es war ziemlich einsam hier ohne dich.«

Miriam lächelt angestrengt zurück. Für einen Moment überlegt sie, ob sie Arne von dem geplanten Gentest erzählen soll und auch, warum sie diesen Schritt gehen möchte. Aber sie verwirft diesen Impuls sofort. Der Test ist illegal, das hat Hannah ihr ausdrücklich erklärt. Miriam ist nicht sicher, wie Arne als Jurist darauf reagieren würde. Vielleicht könnte eine Mitwisserschaft ihm eines Tages sogar Probleme bereiten.

»Wie war es denn bei deiner Mutter?«, unterbricht Arne ihre Gedanken.

»Sie hat mir etwas Trauriges erzählt. Darauf war ich nicht vorbereitet. Sie sagte, dass sie früher einmal ein Baby verloren hat. Plötzlicher Kindstod.«

Arne steht für einen Moment der Mund offen. »Das ist ja furchtbar.«

»Ja.«

»Davon hat sie nie erzählt.«

»Genau. Ich habe das bis heute nicht gewusst.«

Arne nickt, als sei das ganz naheliegend. »Das passt zu ihr. Sie macht alles mit sich allein aus.«

»Sie wollte es wohl einfach vergessen. Aber kann man das?«

Ihr Mann zuckt mit den Schultern. »Ein Mensch kann so ziemlich alles verdrängen.«

»Sie hätte es mir auch nie erzählt, wenn Pia nicht diese Stoffkatze dabeigehabt hätte. Die ich aus Ediths Haus habe. Sie hat diesem Kind gehört. Iris hieß es. Da ist alles wieder hochgekommen.«

»Was denn, das Stofftier gehörte dem Baby?«

»Ja.«

Kurze Pause. »Wann ist das Mädchen denn gestorben?«

»Kurz nach der Geburt, sagte sie. Mit ein paar Wochen, nehme ich an.«

Arne zieht die Augen zu Schlitzen zusammen. Sein analytischer Juristenblick. »Das ist aber merkwürdig.«

»So etwas passiert leider immer wieder, dass ein Baby plötzlich stirbt. Man kennt die Ursache dafür nicht genau. Deshalb bin ich ja oft so ängstlich mit Pia.«

»Das meine ich nicht.«

»Was denn?«

»Na, dieses Ding, die Katze – sie ist abgewetzt. So sehen die Viecher nach Jahren aus, wenn Kinder viel mit ihnen gekuschelt haben. Nicht nach ein paar Wochen. Und ein kleiner Säugling schmust doch noch gar nicht mit Stofftieren.«

Miriam lässt die Gabel sinken. Tatsächlich. Arne hat recht. Warum ist ihr das nicht aufgefallen?

»Na ja. Vielleicht hat Edith es doch an Jannes weitergegeben, und er erinnert sich nur nicht«, überlegt Miriam laut.

»Jannes? Wieso, hast du es ihm gezeigt? War er auch da, bei deiner Mutter?« Arne schiebt verwirrt die Augenbrauen gegeneinander.

Sie möchte sich auf die Lippen beißen. Aber zu spät. »Er ist … kurz vorbeigekommen, als ich in Tante Ediths Haus war. Ein paar seiner Sachen abholen.« Miriam fühlt das Blut in ihre Wangen schießen und senkt den Kopf.

»Ach so.« Mehr Worte verliert Arne nicht, aber ein unsichtbares Fragezeichen bildet sich auf seiner Stirn. Ganz offensichtlich bohrt er nur deshalb nicht weiter, um keinen neuen Streit zu provozieren. Dass sie und Jannes sich immer sehr nah waren, ist ihm in all den Jahren schließlich nicht entgangen.

»Ich werde auch noch einmal hinmüssen«, fügt sie schnell hinzu. »Ich habe den Keller noch nicht durchgesehen.« Genau, bald. Jannes hatte zwar gesagt, dass sie sich das sparen könne. Nichts zu holen außer ein paar Weinflaschen. Aber dass das nicht stimmte, hat sie vor ihrem Aufbruch gesehen.

Sie hasst Keller. In ihrem eigenen Haus hat sie bewusst darauf verzichtet. Sie sind dunkel und totenstill, riechen modrig, saugen die Feuchtigkeit des Erdbodens in sich auf, als tränken sie aus einem kühlen Grab. Aber Miriam ist gewachsen in den letzten Tagen. Keine Attacken mehr. Hannah hatte recht gehabt. Nicht vor der Angst weglaufen, sondern ihr ins Gesicht sehen. Miriam wird den Keller durchforsten. Vielleicht findet sie in den Kartons von Tante Edith weitere Spuren, Hinweise. Mutter hat ihr nicht alles gesagt. Oder weiß nicht alles. Eines von beiden. Vielleicht hat gar nicht die Mutter ein Geheimnis. Sondern Edith.

***

Jetzt hatte ich Bro an der Strippe. Er hat die Hosen voll, aber er macht es. Ich sag ja, er ist und bleibt ein Idiot ohne Rückgrat. Das hat Vater auch schon gewusst. Kein Wunder, dass er ihn so verachtet hat.

Vielleicht hätte er öfter zuschlagen sollen. Dann hätte die Memme sich das damals auch nie getraut. Aber da war er einen Moment lang abgelenkt. Und dann passierte es wie in Zeitlupe. Ich hab's noch genau vor Augen. Die Ungläubigkeit in seinem Blick. Dann das Poltern und Knacken …

Ich muss aufhören damit. Mir die Scheiße aus dem Schädel kloppen. Eine Line ziehen. Und zocken. Es gibt nichts Besseres, als sich das Hirn wegzublasen. Bald. Wenn alles geklappt hat, kann ich den Schnee im Darknet anbieten und Kohle machen. Dann geht es endlich wieder los. Wär doch gelacht, wenn ich keinen Gewinn mache. Und Jago bekommt, was er will. Ich muss nur eine Spielhölle finden, wo mich noch niemand kennt.

15

Am Mittwoch sieht Miriam sich wieder selbst beim Packen zu. Kulturtasche, Wechselwäsche, Windeln und Fertiggläschen. Diesmal ist es ein ruhiger Aufbruch, nicht von Wut getrieben wie vor einer Woche. Und es reichen ein paar wenige Dinge, sie hat nicht vor, mehr als eine, höchstens zwei Nächte in dem Haus zu verbringen. Die Zeit müsste locker ausreichen, um die Kisten im Keller zu sichten und alles Sonstige zu erledigen.

Das Babyfon hätte sie fast vergessen. Sie ist gelassener geworden. Miriam denkt an die kleine Iris. An Mutter, die den Alptraum aller Eltern erleben musste und nie über dieses Trauma redete. Auch Papa hat nie davon gesprochen. Offenbar waren sie sich darüber einig, dass Schweigen hilft, die Wunden heilen zu lassen. Wie so viele Menschen dieser Generation. Und nun ist es zu spät, ihren Vater darüber zu befragen. Miriam schüttelt den Kopf. »Ein Mensch kann so ziemlich alles verdrängen«, hatte Arne gestern Abend gesagt. Daran glaubt sie nicht. Der Schmerz sucht sich seinen Weg, auch, wo man ihn nicht zulässt. Wo Leiden nicht sein darf, gewinnt es noch an Kraft, dessen ist sie sich sicher. Es stößt sich durch die Dickhaut, wächst deformiert hervor in Form von Krankheit, Störungen und Neurosen. Von denen sie, Miriam, ja nicht frei ist. Vielleicht leiten sich Schmerz und Deformierung weiter, werden über die Blutbahn an die nächste Generation verabreicht wie ein bitterer Trank.

Trinken. Pia weint. Sie muss ihr noch ein Fläschchen machen.

In Weddelbrook angekommen, führt Miriams Weg wieder an dem alten Gasthof vorbei. Die Erinnerung an den Abend mit Jannes durchflackert unruhig ihren Bauch. Kein Mensch ist auf der Straße zu sehen, das Dorf wirkt wie ausgestorben. Nirgendwo spielen Kinder. Dabei soll es hier einen Kindergarten geben und sogar eine Grundschule. Zwei Pferde grasen verlassen auf einer kleinen Weide jenseits der Straße. Das einzige müde Lebenszeichen.

Bald liegt Ediths Haus beinah schon vertraut vor ihr. Ihre zierliche Gestalt ersteht vor Miriams geistigem Auge. Diese altjüngferliche Attitüde, eine Frau, die sich nicht gestattete, frei zu sein, obwohl sie so viele Jahre ohne Ehemann lebte. Aber sie hatte etwas Liebenswertes in ihrer stillen, verhuschten Art. Über die Schwierigkeiten mit ihrem Sohn sprach sie nicht. Miriam hatte es immer so wahrgenommen, dass Jannes tun und lassen konnte, was er wollte. Und Jannes ließ und tat – bisweilen offenbar bis zur Verzweiflung, um endlich eine Begrenzung zu spüren, die sie ihm nie gab. Wie oft hatte Jutta früher über »diesen Jungen« geschimpft. Doch Edith schwieg.

Wie Jannes' Vater Joachim aussah, weiß Miriam nur von den Fotos aus den Alben, die sie sich angesehen hat. Der Mann mit dem schmalen Mund, dem Seitenscheitel. Als er verunglückte, war Jannes acht Jahre alt. Vielleicht hat er auch das nie verkraftet.

Miriam will gerade die Haustür aufschließen, als Frau Blotenbergs Stimme sie durch die Hecke aufschreckt.

»Biste wieder da, ja?«

Miriam überlegt kurz und grinst. »Ich denke, schon – oder bin ich's vielleicht nicht?«

»Doch, doch!« Frau Blotenberg lacht immerhin, und ihr Busen bebt. »Is noch viel zu tun, was?«

»Es geht. Nur der Keller noch, und dann haben Sie bald wieder Ihre Ruhe.«

»Ach was!« Sie hebt die Hand. »Wir freuen uns doch, wenn hier mal wieder was los ist. War ja so tot alles ohne Edith. Die Ärmste.«

Miriam nickt.

»Hörma, ich hab 'nen schönen Apfelkuchen gebacken. Machste ma Päuschen nachher und kommst ma rüber auf 'nen Klönschnack.«

Erst möchte Miriam ablehnen. Aber dann kommt ihr eine

Idee. Sie hat Fragen. Frau Blotenberg ist die wachsamste Person, die ihr je begegnet ist. Vielleicht weiß sie noch etwas von damals und kann ihr davon erzählen? Vielleicht kennt sie das Mädchen auf den Fotos?

»Gern, das ist nett. Ich komme, wenn Pia ihren Mittagsschlaf gehalten hat.«

Die Nachbarin winkt ab. »Is egal wann, wir sind ja da.«

Kindersitz und Taschen stellt Miriam gleich im Hausflur ab. Noch immer hängt der Muff im Haus. Sollten sie einen Käufer finden, wird der neue Besitzer die Tapeten von den Wänden reißen müssen, um diesen Geruch für immer zu bannen. Immerhin ist es inzwischen mollig warm. Miriam hatte die Heizung vor ihrer Abreise angelassen. Ihr Blick schweift zu den vertrockneten Pflanzen im Blumenfenster. Auch um solche Dinge sollte sie sich eigentlich noch kümmern. Gibt es einen Kompost?

Mit den Augen tastet sie die Decke in der Küche, die Nischen ab. Keine Motten, keine neuen Kokons. Noch immer fährt ihr ein Schauder über den Rücken, wenn sie an die Maden denkt.

Sie richtet sich wieder ein, holt auch ihre Decke und das Kissen aus dem Auto und breitet beides auf Jannes' altem Bett aus. Ob sie mal Hannah anrufen sollte? Ihr sagen, dass sie wieder hier ist, und fragen, wie lange es mit dem Gentest noch dauern wird? Nein. Sie will sie nicht noch mehr unter Druck setzen, weiß sie doch, dass Hannah für sie etwas Verbotenes tut.

Stattdessen fordert Pia vehement ein, dass Miriam sich mit ihr zu beschäftigen habe. Sie setzt sich mit dem Baby auf die mitgebrachte Krabbeldecke, schwingt eine Rassel, knetet den Knisterball und blättert Pappbilderbücher vor ihr auf.

»Määäh. Mäh macht das Schaf.«

»Wäh«, macht Pia. »Da!« Ihre Patschhand landet auf dem Bild.

Miriam angelt kurz nach ihrem Handy. Keine Nachricht von Hannah bislang. Und auch noch kein Anruf aus der Kurklinik. Kann es denn so lange dauern, aus dem Archiv eine Mappe herauszusuchen? Sie seufzt. Die Kleine wippt auf ihrem Schoß munter auf und ab, Miriam lässt sie auf die Decke gleiten. Und dann passiert es plötzlich. Endlich! Pia robbt voran!

»Maus – du krabbelst ja!« Miriams überraschte Stimme klingt hell durch den Raum. Die Kleine gluckst und wiegt den Po hin und her.

»Prima!« Sie muss lachen. Prima, ja. Aber für ihre Arbeit hier heißt das, dass ihr effektiv nur Pias Schlafzeiten bleiben. Oder die paar Minuten, die Pia ohne Protest im Kindersitz oder Reisebett verbringen mag. Zum Glück ist nicht mehr allzu viel zu erledigen.

Miriam beschließt deshalb, jetzt schon Frau Blotenberg aufzusuchen. Dem Keller kann sie sich erst voll widmen, wenn Pia schläft.

Frau Blotenberg ist überrascht, beide schon vor ihrer Tür zu sehen, freut sich aber aufrichtig. Sie sei gerade dabei, Mittagessen vorzubereiten, da könne sie gleich mitessen, Kaffee- und Kuchenzeit sei ja noch nicht. Aus der Küche schweben gutbürgerliche Essensdüfte, Bratkartoffeln, schleswig-holsteinischer Grünkohl mit Kassler. Frau Blotenberg stellt einen dritten Teller mit Besteck für Miriam auf den Esstisch.

»Das Lüttchen will noch kein' Grünkohl, was?« Sie lacht und streichelt Pia die Wange.

»Ich kann ihr ein bisschen Kartoffel geben, danke.«

Kai tappt mit unsicherem Gang herbei, bleibt in der Tür stehen und starrt Miriam an.

»Hallo, Kai!«

Kai schüttelt zur Antwort den Kopf und verlässt den Raum.

»Ach, der Jung wieder.«

»Was hat er denn?«, fragt Miriam.

»Is immer überfordert, wenn's ma anners läuft, als er gewohnt is. Der kommt schon wieder, wenn er Hunger hat!« Frau Blotenberg zwinkert ihr zu und tischt auf.

Das Mahl schmeckt herrlich, auch wenn Miriam kaum Hunger hat. Sie füttert nebenher Pia auf ihrem Schoß mit einer zerstampften Kartoffel von ihrem Teller. Die Nachbarin redet wie ein Wasserfall. Miriam muss sich konzentrieren, um eine Lücke abzupassen, in der sie ihre Frage nach dem unbekannten Mädchen loswerden kann. Schließlich schafft sie es, ohne jeden eleganten Übergang in den Redefluss hineinzugrätschen.

»Frau Blotenberg, ich hab mal eine Frage. Hat hier früher in der Nähe mal ein kleines Mädchen gewohnt?«

Die Nachbarin hält inne und schaut verwundert. »Nee. Das wüsste ich ja.«

»Ich meine, hatte Jannes eine Freundin, mit der er gespielt hat? Die öfter mal zu Besuch war. Eine, an der Edith etwas lag?«

Die Augen von Frau Blotenberg werden schmal. »Na, Freunde hatte Jannes kaum. Sein Vater mochte keinen Besuch. Das war 'n Tyrann, wennste mich fragst. Immer nur rausgeschickt hatter den Burschen.«

»Ach ja?«

»Viel geschimpft hatter mit dem Jungen. Und nich ma gegrüßt hatter einen. Dann is Joachim ja die Treppe runtergestürzt. War 'ne schlimme Zeit für die arme Edith und Jannes. Da hat sich auch keiner richtig um die beiden gekümmert. Es hieß ja, das wär nich so mit rechten Dingen zugegangen alles …«

»Wie meinen Sie das?«

Frau Blotenberg schaut sich kurz um, wie um sich zu vergewissern, dass ihnen niemand zuhört, und flüstert: »Na weil der Joachim doch so 'n Stinkstiefel war. Da hamse die Edith verdächtigt.« Sie lehnt sich nickend zurück, wie um die Wirkung, die ihre Worte entfalten, zu genießen.

Miriam bleibt der Bissen im Hals stecken. »Was denn … Edith soll …?«

Frau Blotenberg beugt sich wieder verschwörerisch vor. »Jaja! Dachten die Leut.« Sie wedelt mit der Hand. »Aber ich nich. Nee, hab ich immer gesacht. So was macht Edith nich. Gott habse selig. Und so allein warnse danach. Aneinandergeklammert hamse. Nee, der hatte kaum jemand zum Spielen. Ihr wart ein paarmal da. Und mein Kai lief auch ab und zu mit.«

Miriam versucht das Gehörte zu sortieren, doch sie kommt gar nicht dazu. Die Nachbarin plappert weiter. »Ja, und mit deiner Schwester, das hat die Edith ja auch mitgenommen. Sachen passieren …«

»Ach, Sie wussten davon?«

»Jaja, sicher. Alle hier im Dorf. Spricht sich ja rum bei den Leut, so was.«

»Meine Mutter hat es mir erst vor Kurzem erzählt. Es muss schlimm für meine Eltern gewesen sein.«

»Das kannste glauben. Is auch für so 'n Kind nich einfach.«

»Für wen? Für mich?«

»Na sicher.«

Miriam verneint. »Ich hab es doch gar nicht mitbekommen. Sie ist ja vor mir geboren.«

Frau Blotenberg schaut sie irritiert an. »Na, wennste meinst.«

»Oder … oder stimmt das nicht?« Miriam hält den Atem an.

»Doch, das kann schon sein.« Die Nachbarin kaut die letzten Bissen auf und beäugt Miriam skeptisch, deren halbe Portion noch auf dem Teller liegt. »Nu lang ma zu, Kind. Und gleich gibt's noch 'n ordentliches Stück Kuchen. Hast ja gar nix zum Zusetzen!«

Es kommt Miriam gelegen, dass Pia beginnt, sich in eine verschwommen artikulierte Schimpftirade hineinzusteigern.

»Es ist lieb von Ihnen und schmeckt sehr lecker, wirklich! Vielen Dank! Aber ich fürchte, Pia muss ihr Schläfchen machen, und ich habe ja auch noch was zu erledigen.«

Die Nachbarin besteht darauf, ihr wenigstens zwei große Kuchenstücke einzutuppern. Miriam gibt auf, es wäre ihr unhöflich vorgekommen, sich dagegen zu wehren. Frau Blotenbergs resolut mütterliches Wesen duldet keinen Widerspruch.

Als sie mit der plärrenden Pia den Flur durchqueren, steht Kai wie eine Statue auf der Treppe und funkelt Miriam an. Sein Blick ist undurchdringlich. Hält er sie wieder für einen Geist? Unsicher schaut sie seine Mutter an.

»Junge, sei nich so mucksch! Is noch genug da, wirst schon

nich verhungern. Nu geh und iss was und sach ma wenigstens auf Wiedersehen!«

Noch immer umspielt Miriams Mund ein Schmunzeln, als sie wieder Ediths Haus betritt. Wie unterschiedlich Mütter doch sind. Der Besuch hat ihr tatsächlich gutgetan. Auch wenn sie nichts über das Mädchen mit den blauen Augen in Erfahrung bringen konnte. Aber sie hat sich lange nicht mehr so umhegt gefühlt.

Dass man Edith im Dorf zugetraut hatte, sich mit Gewalt ihres Mannes entledigt zu haben, bringt Miriam beinah zum Lachen. Eine abwegige Vorstellung. Andererseits fast zu traurig, um sich darüber zu amüsieren. Miriam kann langsam nachvollziehen, warum Edith so zurückgezogen lebte. Erst geschieht ihr solch ein Schicksal, und dann zieht die Meute über sie her. Ausgenommen Frau Blotenberg. Edith hat wohl auch sie nie richtig an sich herangelassen, aber die Nachbarin stand trotzdem hinter ihr. Sie ist nervtötend, hat aber das Herz auf dem rechten Fleck.

Das Bewusstsein, dass sie nur ein paar Schritte entfernt gerade den Grünkohl für ihren Sohn aufwärmt, hat etwas Beruhigendes. Es ermutigt Miriam, den Gang in den Keller zu wagen. Sie legt Pia ins Reisebettchen, wo sie binnen weniger Sekunden zufrieden einschnorchelt. Die ersten Krabbelerlebnisse und Frau Blotenbergs Geplapper haben sie wohl erschöpft. Lächelnd nimmt Miriam das Babyfon, hängt es an den Gürtel und geht hinunter ins Erdgeschoss, mit einer Leichtigkeit auf den Treppenstufen, die sie selbst überrascht. Rasch tippt sie ein paar Worte an Arne über Pias neuen Erfolg ins Handy. Von Hannah noch keine Nachricht. Auch kein Anruf von der Kurklinik. Ob sie dort noch einmal nachhaken sollte? Ja. Sie erreicht diesmal eine andere Mitarbeiterin und erläutert kurz, worum es geht. Die Frau am anderen Ende bedauert. Mit wem sie denn gesprochen habe? Miriam wühlt blitzschnell in ihrem Kalender. »Frau … Kröger!« Die Stimme am Apparat bedauert wieder, Frau Kröger sei erst am Nachmittag wieder im Dienst, aber sie werde ihr eine Notiz hinlegen.

Typisch. Wenn man nicht ständig hinter allem herrennt, erledigt sich nichts von allein. Miriam schluckt ihren Ärger hinunter.

Sie schiebt den Kalender in ihre Handtasche zurück. Ediths schwarzes Notizbuch steckt noch darin. Miriam holt es abermals hervor, blättert hindurch. Es muss doch irgendwo eine Antwort auf ihre Fragen zu finden sein! Wie ist es möglich, dass Edith so viel Unwichtiges zusammengetragen hat, obwohl ihr Leben doch von Schicksalsschlägen nicht verschont geblieben war? Nirgendwo ein tiefer gehender Gedanke.

Hinten in der Kladde entdeckt Miriam ein kleines Einschubfach, in dem man etwas aufbewahren kann. Es ist ihr bisher nicht aufgefallen. Sie fährt mit dem Finger hinein und fischt ein paar Zettel hervor. Uralte Quittungen und Kassenbons. Wieder nur Banales. Sie schüttelt den Kopf – es passt zu der Tante, dass sie so einen Kram aufhob. Außerdem findet sie ein gefaltetes Blatt Papier. Miriam klappt es auseinander. Ein buntes Kinderbild, gemalt mit Wachsmalstiften. Ein Haus, eine Sonne in der Ecke oben rechts, Vögel als geschwungene Striche. Eine Wolke. Hohes Gras. Ganz zuunterst ein blauer Streifen, das Meer vielleicht oder ein See. Und fünf Menschen, die sich an den Händen fassen, sie schweben gleichsam in der Luft. Es ist sicher eine alte Zeichnung von Jannes. Miriam zieht etwas Wehes durchs Herz. Sie wendet den Papierbogen. Und erstarrt.

Es ist kein Bild von Jannes. Mit krakeligen, kindlichen Buchstaben in Rot steht er da. Der Name. *Iris.* Miriam bleibt der Mund offen stehen. Ihre Finger umschließen das zitternde Papier.

Dass es Iris gab, der Name nicht nur eine Verwirrung von Kai war, ist nichts Neues. Aber die Iris, von der Miriam weiß, starb als Baby. Gab es eine zweite? Eine, die für Edith eine wichtige Bedeutung hatte? Warum sonst hätte sie dieses Bild aufbewahren, Fotos von dem Kind in ihrer Schatulle hüten sollen? Hatte Jannes vielleicht eine Schwester? Warum spricht dann keiner über sie? Und wo ist sie jetzt?

Auf der anderen Seite kann Miriam sich schwer vorstellen,

dass Jutta ihre Tochter dann auch Iris genannt hätte. Das alles ergibt keinen Sinn. Miriam versucht ihre Verwirrung loszuwerden, einen logischen Zusammenhang zu erfassen. Was ist das für ein Dickicht, durch das sie sich seit Tagen kämpft? Kaum glaubt sie, ein Rätsel gelöst zu haben, zeigt sich schon das nächste und stellt alles Vorangegangene wieder in Frage.

Der Signalton einer eingehenden WhatsApp holt sie in die Wirklichkeit zurück. Hannah? Nein. Es ist Arne, der ihre Nachricht vom ersten Krabbelerfolg Pias mit einem »Wunderbar« und einem Küsschen-Smiley quittiert. So kurz angebunden ist er per Handy immer, eigentlich hasst er es, umständlich Nachrichten zu verschicken, erst recht bei der Arbeit.

Miriam schaut zwischen dem Handy und der Kinderzeichnung hin und her. Mutter. Sie wird sie sofort anrufen und zur Rede stellen. Wahrscheinlich hat sie ihr nicht die Wahrheit gesagt. Und das, wo Miriam gerade glaubte, sie hätten sich einander genähert. Sie tippt auf die eingespeicherte Festnetznummer, es dauert eine Weile, bis die Verbindung aufgebaut ist. Lange lässt sie es tuten. Nichts passiert. Sicher ist sie zu Papa gefahren. Und gegen einen Anrufbeantworter hat sie sich mit dem gleichen Erfolg gewehrt wie gegen ein Handy. Verdammt.

Na gut. Sie wird schon ohne sie herausfinden, was es mit dem Mädchen auf sich hat. Es gibt noch den Film, den sie zur Entwicklung gebracht hat. Sowie sie zu Hause ist, wird sie schauen, ob er schon fertig ist. Und es bleibt noch der Keller. Vielleicht findet sie dort einen weiteren Hinweis.

Sie geht leise wieder nach oben. Kein Laut ist aus Jannes' Zimmer zu hören. Sie linst hinein, Pia schläft tief und fest, die rechte Hand zu einem Fäustchen geballt neben dem Gesicht. Ihr Brustkorb hebt und senkt sich in ruhigem Rhythmus. Alles ist gut. Das Babyfon immer noch am Gürtel, steigt Miriam die Treppe wieder hinunter.

Die Tür zum Keller ist wie immer angelehnt. Miriam öffnet sie, ihre Finger finden den Lichtschalter diesmal schnell. Die Kisten unten liegen sauber aufgereiht. Hannah wird den umgefallenen Karton wieder aufgerichtet haben.

Sie zwingt sich zur Ruhe. *Du schaffst das.*

Einen Schritt setzt sie vor den anderen auf die Stufen. Stufen, auf denen Joachim einst zu Tode kam. Mit jedem Tritt atmet Miriam tiefer ein und wieder aus. Etwas will ihr die Kehle zuschnüren, hier auf dem Abgang zum Keller fasst sie das Unbehagen stärker an denn je. Dieser Grabgeruch ... Fast scheint der Boden sich ihr in Wellen zu nähern und wieder zu entfernen. Aber sie hält durch, ignoriert das Aufkeimen der Angst, so gut es geht. Kühl ist es, die Luft feucht, aber fast frischer als in den Wohnräumen oben. Sie steuert direkt auf die Kisten zu. An den Seitenwänden Metallregale mit Werkzeug, angebrochenen Farbeimern, halbherzig gereinigten Pinseln. Die müssen uralt sein, Miriam mag nicht schätzen, wann in diesem Haus das letzte Mal gestrichen wurde.

Das Regal mit den angestaubten Weinflaschen. Die Korken haben zum Teil Schimmel angesetzt. Spinnweben hängen in den Ecken. Das einzige schmale, längliche Fenster ganz oben unter der Decke ist von außen mit einem Rollo zugezogen. Wahrscheinlich hatte Edith Angst vor Einbrechern, so allein im Haus. Obwohl die viel eher lässig über die Terrasse ins Haus kämen. Wie Kais Katze. Miriam kichert trocken, als sie sich an ihren hysterischen Angstausbruch mit Hannah erinnert. Ihre Stimme wird von den Wänden des Kellerraums verschluckt.

Nicht hineinsteigern. Sie greift sich einen Karton, ist überrascht, wie leicht er ist. Er federt geradezu zu Boden. Es ist gewiss der gleiche, den die Katze umgestoßen hatte. Eine schwere Kiste wäre nicht einfach umgekippt.

Beschriftet ist nichts. Sie öffnet den Pappdeckel. Zeitungspapier. Etwas Zerbrechliches, Feines? Miriam wühlt. Die nächste Lage auch Zeitungen. Eine nach der anderen holt sie aus dem Karton hervor, bis er leer ist. Verblüfft schaut sie auf den Boden der Kiste. Nichts. Darin ist – nichts.

Waren es die Zeitungen selbst, die Edith aufheben wollte? Sicher nicht. Sie lagen nicht sauber gestapelt, sondern sind achtlos hineingestopft worden.

Miriam hebt den nächsten Karton vom Stapel. Wieder leicht.

Und voller Papier. Was hat das zu bedeuten? Hatte Jannes also recht gehabt, als er sagte, im Keller sei nichts mehr zu tun?

Oder gab es hier doch mehr zu holen, als Jannes hatte zugeben wollen? Und er hat sich längst das Wertvollste aus dem Haus mitgenommen, nur die Kisten zurückgelassen? Es würde zu ihm passen.

Sie schaut auf das Datum einzelner Zeitungen. 28. August. 2. September …

Wie kann das sein? Da war Edith schon in der Klinik. Es können also keine Kisten sein, in denen sie einmal etwas verpackt hat, zumindest die Zeitungen kann sie dort nicht deponiert haben.

Hatte Jannes vergessen, Ediths Zeitungsabo zu kündigen, und das Altpapier hier gesammelt? Eher würde man es in irgendeiner Flurecke stapeln und bei nächster Gelegenheit entsorgen, statt es in den Keller zu tragen und dort zerknüllt in Kartons zu stopfen.

Miriam zieht den nächsten Karton herunter, den nächsten und noch einen, und wieder …

Dann sieht sie es. Sie sieht, was die Mauer aus Kartons verdeckt hielt. Für Sekunden setzt ihr Herz aus.

***

Ein Schrei. Meiner.

Jagos Handlanger, er ist bereit, zu töten. Sein Gesicht schwebt über mir, Eisaugen halten mich gefangen. Ich höre Stimmen. Fühle die Tritte. Schläge. Wimmere so laut, dass ich erwache.

Die Augen sind weg.

Finstere Stille. Wie früher. Der kalte Boden unter mir. Die Tür. Alles dunkel. Ich schlottere. Schnappe nach Luft. Noch ein Schrei aus meiner Kehle.

Erst jetzt bin ich richtig wach, gebadet in Schweiß. Ich zittere. Taste nach dem Klappmesser unter meinem Kissen. Ich trage es jetzt immer bei mir. Der Griff legt sich beruhigend in meine Hand.

Das Laken unter mir ist nass. Das ist nicht nur Schweiß. Ich habe ins Bett gepisst. Wie früher. Ich bin eine Memme. Er hatte recht. Jedes Mal hatte ich mir in die Hose gemacht. Das war wenigstens warm. Aber irgendwann hat er gesagt: Hör auf, das Opfer zu spielen. Ich zeig dir, wie du ein Mann wirst. Du kriegst die Aufsicht. Du musst sie schreien lassen. Und das hab ich gemacht. Er hat an mich geglaubt. Ich wollte ihn nicht enttäuschen. Und ich konnte es verdammt noch mal nicht besser wissen. Es war nicht meine Schuld. Sondern eure! Aber das schert euch nicht die Bohne.

Ich muss mich beruhigen. Alles wieder in den Griff kriegen. Wenigstens ist die Süße nicht hier. Hätte sich bedankt, dass ich das Bett vollgepinkelt habe.

Es war nur ein Traum. Nicht echt. Aber manchmal ist es wieder da. Ganz nah. Ganz kurz. Dann glüht es in meinen Eingeweiden auf. Heiß und sengend.

Seit du überall rumwühlst, läuft alles aus dem Ruder.

16

Eine Tür. Hinter den sorgsam gestapelten Kisten, dort, wo jetzt eine Lücke klafft, verbirgt sich eine verwitterte Holztür.

Das Rauschen. Es beginnt leise in Miriams Ohren.

Sie hat zwei Wege. Flucht oder Angriff.

Flucht. Nach oben rennen, die Kellertür hinter sich zuwerfen. Zu Pia laufen, sie aus dem Schlaf wecken, mit ihr ins Auto springen und abhauen, bevor die Angstwelle sie überflutet und zermalmt. Arne zu Hause wie ein Kind erzählen, dass es diese Tür gibt und sie nicht in der Lage war, sie zu öffnen. Weil sie nicht normal, weil sie krank ist. Weil sie hysterisch auf eine Entdeckung reagiert, an der nichts Bedrohliches ist.

Angriff. Es jetzt tun. Atmen. Die restlichen Kartons beiseiteschieben. Die Schultern nach unten drücken, die Finger auf die Klinke legen und …

Das Rauschen in ihrem Kopf schwillt an.

Sicher ist es nur eine Abstellkammer. Eine, die nicht mehr benutzt, vielleicht vergessen wurde, mit einem alten Besen, voller Spinnweben. Oder ein Heizungsraum, mit einem Öltank. Das wird es sein. Bestimmt!

Ein Vorhängeschloss. Die Tür ist abgesichert. Warum?

Miriam versucht sich zu konzentrieren. Die Vorrichtung kommt ihr bekannt vor. Das Gartenhaus. Das Schloss hier sieht genauso aus wie das am Schuppen. Sie nimmt die Treppenstufen nach oben. Der Schlüssel hängt noch in der Küche an der Hakenleiste. Vielleicht passt er. Miriam greift ihn sich und läuft die Kellertreppe wieder nach unten – so hastig es geht, bevor sie es sich anders überlegen kann.

Aus dem Empfänger des Babyfons an ihrem Gürtel dringt kein Laut. Pia geht es gut. Doch auf Miriams Haut kribbelt die Angst wie hundert Spinnenbeine, legt sich zäh um jede Nervenfaser. Trotzdem tut sie es.

Sie schiebt den Schlüssel mit zitternden Fingern in das Vorhängeschloss. Er passt tatsächlich. Ein Ruck, und das Metall öffnet sich mit einem leisen Klicken.

Die Klinke ist nur ein grober Haken, der sich kalt und hart in ihre Hand legt. Ein rostiger Riegel verschließt die Tür zusätzlich von außen. Sie will ihn beiseiteschieben, er sperrt sich. Sie muss fester drücken. Ruckeln. Ihre Zähne graben sich in die Unterlippe.

Die Tür schleift mit einem schabenden Laut über den Boden, öffnet sich nur einen Spalt breit. Vorsichtig blinzelt Miriam hindurch. Dunkelheit. Sie starrt in ein schwarzes Loch. Ihre Hände beginnen stärker zu zittern, die Atmung wird flach. Licht, sie braucht Licht! Das Handy. Die Taschenlampen-App.

Ihre Finger hangeln nach dem Smartphone in ihrer Hosentasche, bekommen es nicht gleich zu fassen. Sie wühlt sich tiefer mit zwei Fingern hinein, greift das glatte Gehäuse und zieht es heraus. Das Telefon gleitet ihr aus der Hand, scheppert auf den nackten Kellerboden. Rutscht hinein durch den Spalt, ins dunkle Nichts.

Ihr Herz zerspringt beinah. Miriam stößt die morsche Tür auf, so weit es geht. Das quietschende Geräusch der Türangeln fräst sich in ihren Kopf, hallt darin wider. Ihr Magen zieht sich zusammen. Endlich fällt ein matter Lichtschein in den Raum, aus dem ein muffiger Geruch strömt. Sie sieht ihr Handy auf dem Boden liegen, geht in die Hocke und neigt sich zu ihm hin. Tastet über kalten Beton. Ihr Atem pfeift. Gleich stürzt die Decke über ihr ein, rücken die Wände näher und näher, bis sie zerquetscht wird!

Hör auf, Miriam! Konzentrier dich, atme!

Die Spirale aus Angst wird enger, ihre Nackenmuskeln verkrampfen sich. Gänsehaut zieht wellenförmig von den Haarwurzeln abwärts den Rücken hinab.

Miriam schnappt das Handy vom Boden, sucht im Halbdunkel die seitlichen Gerätetasten, nestelt ungeschickt, drückt. Schüttelt das Telefon. Aus ihrer Kehle löst sich ein schluchzender Laut – endlich leuchtet es auf!

Sie schießt Lichtkegel in alle Ecken – der Raum ist winzig.

Ohne Fenster. Ein Regal an der Wand, ansonsten alles leer. Nackt. Aufblitzende Bilder in ihrem Kopf. Erinnerungsfetzen. Diese Kammer, das Regal, sie kennt es. Sie hat das alles schon einmal gesehen. Das rhythmische Pfeifen in der Lunge wird hastiger. Sie fasst sich an den Hals, drückt sich an die Wand hinter ihr, kauert am Boden. Vor ihren Augen im zitternden Licht flackern die Regalböden. Da schimmert etwas. Tüten, es sind Tüten mit weißem pulverigen Inhalt, es kann doch nicht …? Ihre Hände strecken sich danach, tasten darüber hinweg, die Säcke geben nach, weich, es fühlt sich an wie … Mehl.

Der Schrei aus ihrer Kehle zerschneidet die Luft. Ein dunkler Schemen im Türrahmen, ein Schatten! Sie kriecht wie ein Tier in die hinterste Ecke des Verstecks. Ihr Atem stottert, keucht. Der Schatten versperrt den Ausgang. Ein Duft von Zeder füllt den Raum.

»Miri …«

Luft! Sie braucht Luft!

»Miri! Verdammt, hör auf!«

Der Schatten kommt näher. Sie schlägt kraftlos um sich. Ihre Schreie zersägen den Raum wie die einer Möwe.

Mit einem Klick wird alles hell. Licht. Jannes …

Sie hört seine Stimme nur schwach. In ihrem Kopf rauscht das Blut. Sie krächzt, röchelt.

»Was soll das? Hör auf!« Er stürzt auf sie zu, packt sie an den Armen, schüttelt sie. »Beruhig dich endlich!«

Das Vakuum. Die Schwärze, das Nichts. Alles, was sie je zu sein glaubte, verflüchtigt sich in einem Nebel dessen, was einmal ihr Bewusstsein gewesen sein mag.

Ein Schmerz umkreist ihre Handgelenke wie ein zu enger Reif. Es ist Jannes. Er greift sie bei den Unterarmen, hält sie fest. Brutal fest.

Aber ihn zu spüren, die Kraft seiner Hände, holt sie zurück. Sauerstoff kämpft sich in ihre verkrampfte Lunge. Miriam starrt in Jannes' Gesicht. Ein Fixpunkt, wirr und klar zugleich.

Seine Augen, fremd. Tiefschwarz. Ein ausdrucksloser Blick wie der einer Taube.

Warum ist er hier?

Warum ist das alles hier? Die versteckte Kammer. Das Regal. Tüten mit weißem Pulver.

Miriam spürt ihre Luftröhre wie einen schmalen Strohhalm trocken und hart in ihrem Hals. Sie saugt die Luft ein wie eine Verdurstende den Tropfen Wasser. Und wieder aus. Ein. Aus. Ein …

Jannes sagt nichts. Sie sieht nur seinen Puls am Hals vibrieren. Noch immer hockt er vor ihr und hält ihre Hände. Doch sein Griff lockert sich. Bis er sie ganz loslässt. Mit dem Po fällt er neben ihr auf den Boden, fährt sich durch das Haar.

»Meine Güte, Miri. Du kannst einem ja Angst machen.«

Ihre Brust hebt und senkt sich. Der Rhythmus wird langsamer. Sie fühlt die Wangen heiß pulsieren, die Kleidung klebt an ihrem Körper. Schweiß sucht sich Bahnen ihren Nacken, den Rücken hinab, verästelt sich seltsam kühl auf ihrer Haut. Sie ist wie betäubt, fiebrig, aber ihr Ich gleitet langsam zurück in ihren Körper.

»Was willst du hier unten? Ich dachte, du bist längst wieder zu Hause!« Jannes' Stimme klingt plötzlich streng.

Was wollte sie hier? Sie weiß es nicht mehr. Auch nicht, welcher Tag heute ist. Was gestern war oder morgen sein soll.

»Wie bist du überhaupt hier reingekommen?«, fragt er jetzt.

Ihre Lippen öffnen sich nur langsam, mit einem klebrig schmatzenden Geräusch. Ihr Mund fühlt sich wie Leder an. »Der Schlüssel … vom Gartenhaus.«

»Scheiße, ich hab dir gesagt, bleib weg vom Keller!«

Was … soll das alles?

Miriam versucht, ihre Fragen in Worte zu fassen. »Was … ist das hier?«

»Wonach sieht es denn aus?«, fährt er sie an.

Sie bewegt ihren Kopf vorsichtig hin und her, als müsse sie sich vergewissern, dass er noch an ihrem Hals sitzt. Wieder berührt sie ihre Kehle. Sie schluckt.

»Ich kenne diesen Raum«, flüstert sie.

»Sicher kennst du ihn.«

»Aber ... woher ...?«

Jannes steht auf. Stellt sich in die Türöffnung mit dem Gesicht zu ihr und verschränkt die Arme. »Du willst es unbedingt wissen, oder?«

Miriam presst ihren Rücken fester gegen die Wand. »Es sind Drogen. Richtig?«

Er lacht auf. »Natürlich. Mit was sonst sollte jemand wie ich auch sein Geld verdienen?«

Sie schüttelt wortlos den Kopf. Das kann nicht sein. Er hat nie wie ein Junkie auf sie gewirkt. Ein Dealer? Er verkauft das Zeug?

»Ich bin ein Versager, das wusstet ihr doch schon immer.«

»Nein. So habe ich nie von dir gedacht. Du –«

»Aber die anderen«, unterbricht er sie. »Meine Mutter, deine –«

»Ich habe Notizen von ihr gefunden. Sie hat dich geliebt.«

»Vielleicht war das mal so. Aber das ist lange her. Am schlimmsten war mein Vater. Dieser Arsch.« Er fixiert sie.

»Dein Vater, Jannes, ist schon lange tot. Wie kannst du ihn für dein Leben verantwortlich machen?«

»Du weißt es wirklich nicht mehr, oder?«

»Dann sag es mir endlich.«

Jannes schnaubt. »Es war immer ein heiliges Gesetz, dich mit der Wahrheit zu verschonen. Alle waren froh, dass du vergessen konntest. Und ich habe mich dran gehalten.« Er hält kurz inne. »Auch, weil ich nie darüber sprechen wollte. Vielleicht war das falsch.«

Sie würgt einen zähen Klumpen hinunter. »Ja.«

Jannes zieht die Luft ein. »Mein Vater war ein Scheiß-Sadist, Miriam. Er hat meine Mutter tyrannisiert, mich misshandelt und isoliert. Ich durfte keine Kinder besuchen. Andere Menschen kamen ihm nicht ins Haus. Dass du und Nils damals für ein paar Wochen bei uns wohnen konntet, war ... ungewöhnlich ... und ...« Er scheint nach weiteren Worten zu ringen.

»Er hat dich misshandelt?«

»Nicht nur mich. Es wäre besser gewesen, sie hätten dich nicht aufgenommen.«

Der Schleier über dem, was einmal Vergangenheit war, wird poröser. Der Dachboden. Auf dem Dachboden mit Jannes, Kai und Nils.

Wer nicht sagt, wen er liebt, muss Kai küssen. Abrakadabra, dreimal schwarzer Kater … »Wer hat den Debilen reingelassen? Was macht ihr hier! Ich habe euch verboten, auf den Dachboden zu gehen, was ist das für eine Unordnung … Ich werde euch das Zaubern schon austreiben!«

Der Stock. Der Stock mit dem birnenförmigen Griff.

Miriams Zähne klappern aufeinander. »Wir haben mit Kai gespielt, uns verkleidet. Und gezaubert. Er wollte das nicht. Er hat Kai rausgeworfen und … uns bestraft«, flüstert sie kaum hörbar.

Für einen Moment sagt Jannes nichts. Dann: »Das war nur ein Vorfall von vielen. Mir waren die Schläge lieber als die anderen Strafen.«

»Welche anderen Strafen?«

»Hunger. Durst. Frieren.«

Ein bizarres Lächeln legt sich in Jannes' Mundwinkel. Er zeigt in den engen Raum, in dem Miriam noch immer auf dem Boden vor ihrem Handy kauert. Die Kälte kriecht von unten in ihre Glieder.

Erinnere dich. Vergiss nicht.

»Er liebte es, einen hier einzusperren. Vorher hat er fein säuberlich die Glühbirne aus der Fassung gedreht und mitgenommen. Totale Finsternis … So viele Nächte …« Jannes fährt mit den Fingern durch sein Gesicht, verharrt einen Moment. Er schluckt hart. »Ich weiß nicht, wie viele. Es nützte auch nichts, brav zu sein. Er fand immer einen Anlass. Es reichte, zu weinen. Den Teller nicht leer zu essen … Was weiß ich.« Wieder wandert sein Blick zu Miriam. »Auch du musstest hier mal schlafen.«

Sie legt die Hand vor den Mund. »Es gibt nicht mal ein Fenster hier.«

Ein Nicken. »Dann hätte man ja abhauen können. So war es passend für seine Zwecke. Die perfekte Isolationshaft.«

Jannes' Worte kriechen nur leise über seine Lippen, schwappen in ihrem Kopf hin und her. Sie versucht ihren Sinn zu halten, jedes Wort in seiner Bedeutung aufzuspießen, aber es gelingt ihr nur verlangsamt. Ihr wird schwindelig.

»Verstehst du jetzt, dass er ein Arschloch war?«

»Ich hatte es … einfach vergessen.«

Jannes' Gesichtszüge werden leer.

»Und was war mit deiner Mutter? Sie muss es doch mitbekommen haben. Warum hat sie nicht geholfen?«

Er zuckt mit den Schultern. »Sie war eine schwache Frau und von ihm abhängig. Hielt ihn für einen besonderen Menschen, ein Genie. Vielleicht war sie ihm hörig. Sie hat ihm fast nie widersprochen, glaubte, dass er mehr von Erziehung versteht als sie. Vielleicht hatte sie auch einfach Angst vor ihm. Manchmal hat sie mich getröstet. Zu mehr war sie nicht in der Lage.« Jannes lacht bitter auf. »Eher hatte *ich* das Gefühl, *sie* beschützen zu müssen.«

Miriam sagt nichts, versucht, die Bilder zu sortieren, die sich aus der Gruft in ihrem Kopf erheben. Stimmen. Erinnerungen. Aber da klafft noch immer eine große Lücke.

»Das habe ich dann auch.«

»Du hast sie beschützt? Wann?«

Er zögert. »Du musst mir erst etwas versprechen.«

Ein Knacken. Ein Rauschen. Wie im Reflex fasst sich Miriam an die Schläfen. Aber es ist nicht in ihrem Kopf. Es ist das Babyfon an ihrem Gürtel. Pia! Pia liegt zwei Stockwerke über ihnen im Reisebett. Sie ist wach! Seit wann? Vielleicht gab es die ganze Zeit keinen Empfang in dieser Zelle! Wie lange sitzt sie schon hier unten? Sie muss hin zu ihr. Miriam greift sich das Handy, das noch immer vor ihr auf dem Boden liegt, und erhebt sich schwankend.

»Wo willst du hin?« Jannes' Blick flattert, wie aufgescheucht.

»Ich muss zu Pia.« Sie will sich hastig an ihm vorbei durch die Türöffnung drängen.

»Geh nicht!« Er stellt sich ihr in den Weg, fasst sie an den Schultern.

Schrilles Babyweinen – der Empfang funktioniert wieder.

»Lass mich durch!«

»Sie kann mal ein paar Minuten warten! Ich muss dir noch was sagen.«

»Ich weiß nicht, wie lange sie schon weint. Lass mich nach oben!«

»Du hörst mir jetzt zu Ende zu!«

Die Kraft, mit der er sie zurück in den Raum bugsiert, lässt sie nach hinten stolpern. Er zieht die Tür zu. Fast zeitgleich brennt mit einem lauten Knall die nackte Glühbirne durch, die von der Decke hängt. Finsternis. Nur durch die schmale Ritze unter der Tür dringt ein schwacher Schein. Jannes' Beine wie zwei Säulen vor dem Lichtschimmer.

»Jannes!«, kreischt sie rau, rau und spitz, ihr Ruf verkeilt sich mit den Schreien von Pia.

»Jetzt werd nicht wieder hysterisch! Ich bin da!«

Eine Bewegung im Raum. Eine Berührung. Jannes' Duft.

Miriam schlägt blind um sich. Er umschlingt sie von hinten mit den Armen.

»Beruhig dich, verdammt! Ich will dir nur alles erklären. Auch das Kokain.«

Die Rufe von Pia werden durchdringender, zerfetzen die stickige Luft.

Miriam spürt Jannes an ihrem Rücken, sein Griff ist fest. Sein Atem geht stoßweise an ihrem Ohr.

Sie windet sich, versucht sich zu drehen. Pias Schreie füllen den Raum, als könnten sie die schwarzen Wände zum Zerbersten bringen.

Sie holt tief Luft. Beugt sich nach vorn und stößt ihren Fuß nach hinten, so weit nach oben, wie es irgend geht.

Getroffen. Jannes stöhnt auf, lässt reflexartig los. Miriam fällt blindlings ins Nichts, landet hart mit den Knien auf Stein. Sie rappelt sich hoch, stolpert auf die Lichtritze zu, tritt gegen die Tür, die stockend aufgeht. Helligkeit blendet sie. Sie rennt los und rammt die Kartons, die ihr den Weg versperren und zur Seite fallen. Das Babyfon an ihrer Gürtelschnalle wirft sich klackernd hin und her. Pias Schreie werden heiser.

»Miriam!« Jannes läuft hinter ihr her. »Warte, verdammt!«

Schon spürt sie seine Hand, doch Miriam reißt ihren Arm von ihm weg, schubst Jannes mit Schwung zurück. Er stolpert, stürzt gegen das Weinregal. Flaschen werden niedergerissen, zerbersten mit lautem Klirren, spucken einen blutfarbenen Schwall über den Boden.

Miriam hält abrupt inne. Ihr Herz hämmert – wie schwer hat sie ihn verletzt?

Er liegt am Boden. Ein rotes Rinnsal tropft seine Stirn hinab, unter der dunklen Locke hervor. Benommen blickt er auf. Für einige Sekunden regen sich beide nicht. Sie nimmt ihn ins Visier wie ein Tier. Umschließt mit der Hand den Hals einer Flasche, die noch heil im Regal liegt. Eine Bewegung von ihm, und sie wird sie ihm über den Schädel ziehen.

Aber Jannes rührt sich nicht. Er flüstert nur. Sie kann ihn durch Pias Weinen fast nicht verstehen. Seine Lippen bewegen sich kaum merklich. Lippen, die sie vor Kurzem geküsst hat. Deren Geschmack auf ihrer Zunge kitzelte.

»Miri«, raunt er. »Ich könnte dir nie was tun. Du sollst nur dichthalten. Und zuhören. Es gibt noch mehr, was du wissen musst.« Er stützt sich am Boden ab, versucht aufzustehen, wankt. Scherben knirschen unter seinen Schuhsohlen, aus einer halb zerborstenen Weinflasche am Boden tröpfeln letzte Reste.

Miriam spricht so artikuliert wie nie. »Nein! Du lässt mich jetzt zu meiner Tochter. Und verschwindest hier.«

Er sieht sie fragend an, hält sich mit einer Hand am Regal fest. Das Blut tropft ihm vom Kinn. Oder ist es Wein?

»Keine Bullen. Versprich mir das. Und mach dich weg von hier. Es gibt Leute, die … an den Stoff ranwollen. Das ist kein guter Ort für dich.«

Miriam antwortet nicht. Sie lässt ihn zurück und springt die Stufen hinauf, raus aus dem Keller.

Oben angekommen, stößt Miriam atemlos die Tür zu Pia auf.

»Ich bin da!«

Ihr Baby sitzt verschwitzt im Reisebett. Die Wangen haben einen fleckig-violetten Ton angenommen, der Haarflaum klebt feucht an dem kleinen Kopf. Pias Brustkorb hebt und senkt sich in einer ungeheuren Geschwindigkeit, alle Glieder sind in Aufruhr. Panik. So sieht Panik von außen aus.

Miriam wird bei dem Anblick schwindelig. Pia nimmt ihre Anwesenheit kaum wahr, so hysterisch ist sie. Behutsam nimmt Miriam sie auf, spürt die Hitze, die von ihr aufsteigt. Sie redet beruhigend auf ihr Baby ein, obwohl sie selbst schlottert. Sie streichelt das Köpfchen, küsst die salzigen Tränen von den Wangen. Pias Weinen wird nicht leiser, nur noch kläglicher.

Durst. Sie wird vom Schreien unsäglichen Durst bekommen haben. Von ihrer Angst, für immer verlassen zu sein.

So gut es mit einer freien Hand geht, fischt Miriam ein Fläschchen aus dem Wickelrucksack, der am Fuß des Bettes steht. Sie läuft mit Pia im Arm ins Bad nach nebenan, schraubt mit wehenden Fingern das Gefäß auf, lässt Wasser aus dem Hahn hineinlaufen. Es ist völlig gleichgültig, ob das Wasser abgekocht ist oder nicht. Dem Kind geht es ums nackte Überleben. Durch Miriams Stirn bohrt sich ein greller Schmerz. Das Geschrei betäubt fast ihre Ohren. Sie versucht, den Nuckel des Fläschchens in Pias Mund zu versenken, aber diese reißt ihn so weit auf, dass sie den Sauger kaum spürt. Viel zu panisch, um darauf zu reagieren. Sie wirft den Kopf hin und her. Miriam kitzelt Pias Gaumen, legt den Nuckel auf die kleine Zunge. Endlich schnappen die Lippen zu. Augenblicklich ist Ruhe, gierig saugt Pia Schluck für Schluck ein. Nur ihr Körper zuckt mit jedem Schluchzer, der sie noch schüttelt.

Miriam wiegt sie sachte hin und her. Lauscht nach unten. Es ist totenstill im Haus. Sie ist sicher, dass Jannes das Weite gesucht hat. Schon allein für den Fall, dass Miriam die Polizei alarmieren sollte. Aber nichts ist ihr im Moment unwichtiger als seine Drogengeschäfte. Keine Sekunde länger wird sie hier bleiben. Sie muss raus aus diesem düsteren Haus. Erinnerungen an früher fassen sie von allen Seiten an. Immer mehr Bilder erheben sich aus dem Grab in ihrem Kopf. Kalte, schwarze Luft, nackte Angst. Hunger und Durst. Demütigungen. Beschimpfungen. Das bittere Heimweh nach ihrem Vater. Ihrer Mutter. Aber es fehlt noch etwas. Miriam spürt es ganz deutlich, ganz nahe, als müsste sie nur die Hand danach ausstrecken und das Geheimnis berühren, das wie ein schlafendes Tier im Dunkeln vor ihr liegt.

»Es gibt noch mehr, was du wissen musst«, waren Jannes' Worte. Sie weiß nicht, ob sie je wieder mit ihm sprechen möchte. Der Jannes, der sie im Verlies umklammerte, nicht gehen lassen wollte, der Tüten mit Drogen hortet und verkauft – dieser Jannes darf ihr nie wieder nahekommen.

Jetzt erst fühlt Miriam, dass ihr Mund staubtrocken ist. Ihre Lippen brennen. Das Knie schmerzt höllisch, dort, wo sie auf den Steinfußboden gestürzt ist. Ihr Kopf dröhnt.

Endlich hat Pia die Flasche ausgetrunken. Noch immer zuckt sie manchmal und schnieft, aber die Pausen dazwischen sind länger geworden. Miriam muss sie hier rausbringen! Weg von diesem Mief und Schimmel, den zerbrochenen Weinflaschen, den Drogen. Eine bange Erkenntnis durchfährt Miriam – das Gesicht am Fenster. Es war keine Einbildung, und es war auch nicht Kai. Sondern ein Junkie, der Stoff brauchte. Jannes wollte sie warnen.

Nichts wie weg. Zurück in ihr Zuhause, zu Arne.

Wie in Trance rafft sie das Nötigste zusammen.

***

Das kann nicht wahr sein – ein billiges Nullachtfünfzehn-Schloss! Und jetzt weigert sich der Vollpfosten, den Karren aus dem Dreck zu ziehen. Total vermasselt alles!

Und wieso wühlst du da unten herum? Das hast du jetzt davon. Geht dich alles einen Scheißdreck an. Was glaubst du, wer du bist? Überall steckst du deine Nase rein. Gierst nach großen Schätzen. Als hättest du nicht genug. Immer verwöhnt, immer geliebt, das Sonnenkind, könnte man meinen, zu gut für diese Welt. Fehlt nur noch der Heiligenschein. Aber mich kannst du nicht einwickeln. Du bist alles andere als heilig.

Was mach ich jetzt? Denken. Ich muss einen klaren Kopf behalten. Wenn die Bullen ins Haus kommen, bin ich geliefert. Aber wenn ich das Zeug nicht bald verticke, auch.

Ich muss zurück. So bald wie möglich.

Ein Wort von dir, und ich mach dich alle.

17

Als Miriam den Wagen auf die Straße lenkt, schlägt ihr Herz ruhiger. Sie weiß, dass sie das Richtige tut, indem sie Pia von hier wegbringt. Ediths Haus gleitet davon, die Fassade wirkt noch trauriger, noch verlassener als bei der ersten Ankunft.

Miriam beschließt, Jannes aufzufordern, die Drogen wegzuschaffen. Sie wird ihn nicht der Polizei ausliefern, aber keineswegs dulden, dass er den Keller weiterhin für seine Zwecke missbraucht. Wenn das Zeug fort ist, wird sie wiederkommen. Dann aber ohne Pia. Ganz für sich allein. Sie weiß jetzt, was sich dort zugetragen hat, als sie ein Kind war. Aber ihr fehlen noch einzelne Puzzleteile, immer flackern nur zerfetzte Bilder auf. Sie muss sich noch einmal in den Keller trauen. Sich endlich an alles erinnern.

In ihre Gedanken vertieft, nimmt Miriam kaum die öde, novembertote Landschaft wahr, die an ihr vorüberzieht. Von der Rückbank dringt zufriedenes Gemurmel an ihr Ohr. Miriam seufzt erleichtert. Pia hat den Schrecken überwunden. Aber vielleicht wird die Erfahrung von heute sich irgendwo in ihre Seele graben, die Panik, nicht gehört, nicht gefunden zu werden, die Angst, nie wieder die Wärme ihrer Eltern zu spüren. Wie tief hat sich auch Miriams Erfahrung von damals in sie hineingefressen? Misshandelt und gedemütigt, nachts eingesperrt im Keller zu schlafen, völlig mit sich allein? Miriam spürt sie, die Angst, die Verlorenheit von damals, aber es bleibt, als streiche sie immer nur mit den Händen an der glatten metallischen Oberfläche einer verschlossenen Kiste entlang, rundherum, ohne herauszufinden, wie man sie öffnet.

Das Brummen ihres Handys lässt Miriam aufschrecken. Sie hangelt es mit der rechten Hand aus ihrer Tasche, schaut kurz auf das Display. Eine unbekannte Nummer – oder doch, diese Vorwahl kennt sie … St. Peter-Ording! Hektisch streift sie über die Oberfläche des Telefons, fast fällt es ihr aus der Hand.

»Ja?«, ruft sie hinein. Ihr Herz klopft. Endlich – vielleicht hat man ihre Akte gefunden und sie wird bald wissen, weshalb sie damals dort behandelt wurde.

»Frau Jensen?«

»Ja!« Miriam lenkt den Wagen langsam an den Straßenrand.

»Miriam Jensen?«

»Am Apparat.« Sie bringt den Wagen zum Stehen.

»Kröger vom Nordseekurheim St. Peter-Ording, guten Tag. Sie hatten um eine Patientenakte auf den Namen Miriam Peters gebeten, richtig?«

»Hat man sie gefunden?«

»Nun … leider nein. Also nicht die, die Sie suchen, aber …«

»Was denn dann?« Miriam muss sich beherrschen, nicht zu brüllen. Ihre Nerven liegen blank. Sie hat keinen Sinn mehr für zielführende Gesprächstaktik.

»Es gab eine Patientin mit dem Namen Peters, genau in dem Jahr, das Sie genannt hatten. Aber sie hieß nicht Miriam.«

»Sondern?« Noch ehe sie das gesagt hat, hallt die Antwort schon in ihrem Kopf. Natürlich.

»Wissen Sie, eigentlich dürfen wir nicht …«

»Iris. Sie hieß Iris, nicht wahr?« Miriams Stimme bebt.

»Wir sind leider nicht befugt, über andere …«

Miriam atmet tief ein. »Meine Schwester. Iris war meine Schwester.« Jetzt, wo sie es ausspricht, hört es sich so leicht an. Leicht, selbstverständlich und normal.

Die Frau am anderen Ende sagt nichts. Vielleicht nickt sie stumm, weil sie eigentlich keine Auskunft geben darf. Miriams Körper spannt sich an. Sie muss sie dazu bewegen, ihr mehr zu der Akte zu sagen.

Noch lange nach dem Telefonat bleibt Miriam im Wagen sitzen. Der rechte Blinker tickt und tickt. Monoton. Sie kann sich nicht rühren. Iris, die Schwester, die angeblich als Baby starb. Jetzt hat sie Gewissheit. 1984 war sie noch am Leben. Die Kinderzeichnung stammt also von ihr. Was die Frau am Apparat ihr verraten hat, war, dass Iris tatsächlich wegen einer

Nahrungsmittelallergie behandelt wurde. Und dass es einen Vermerk gibt: Patientin verstorben. Ansonsten berief sich Frau Kröger bedauernd auf die ärztliche Schweigepflicht, die es verbieten würde, anderen solche Akten zugänglich zu machen. Aus Miriams Erfahrung als Journalistin weiß sie, dass es durchaus Möglichkeiten gäbe, die Akte eines Angehörigen posthum einzusehen. Auch, dass es letztlich Ermessenssache wäre oder eine Frage der Kulanz, des Vertrauens. Aber vielleicht fürchtet man seitens der Klinik auch nach Jahren noch eine mögliche Klage oder Rufmord. Ist aus Prinzip vorsichtig, wenn es zu einem frühzeitigen Sterbefall kommt. Vielleicht ist Frau Kröger auch einfach noch unerfahren. Miriam findet sich fürs Erste damit ab. Die Information, die sie bekommen hat, reicht ihr vorläufig.

Das Gejammer, das von hinten zu Miriam vordringt, macht ihr unmissverständlich klar, dass Pia es satthat, weiterhin in dem unbewegten Auto am Straßenrand festzusitzen. Miriam startet den Motor, setzt den Blinker links und fährt los. Wenig später stoppt sie den Wagen wieder. Sie programmiert das Navi neu.

Arne muss noch warten.

Für einen kurzen Moment fürchtet Miriam nach dem Klingeln, ihre Mutter könnte nicht zu Hause, vielleicht bei Papa sein. Sie hat sich bewusst nicht angekündigt. Sie wollte ihr keine Gelegenheit lassen, nach neuen Ausflüchten zu suchen. Jetzt muss sie reden. Leise klopft die Wut durch Miriams Halsschlagader, Wut und Aufregung. Jutta hat sie wieder belogen, zumindest nicht die ganze Wahrheit gesagt, sich wieder versteckt. Wovor und warum? Ausgerechnet als Miriam glaubte, ein Vorhang würde sich zwischen ihnen öffnen, und sie sich freute, ihrer Mutter näherzukommen.

Die Befürchtung, sie nicht anzutreffen, zerschlägt sich mit dem Ertönen des Summers. Miriam lässt die Haustür hinter sich zufallen und stapft rasch mit Pia auf dem Arm die Treppe hinauf. Die Kleine lacht, als sie das Gesicht ihrer Oma in der

Wohnungstür entdeckt. Auch deren Mundwinkel zucken nach oben, tatsächlich. Da leuchtet Freude in Mutters Augen auf, spontan und von Herzen kommend. Fast ein Jammer, dass Miriam diesen seltenen Moment zerschlagen muss.

»Miriam! Du bist zurück? Arne sagte heute am Telefon, du wärst wieder in Weddelbrook.«

»Richtig. Das war ich auch.«

Jutta reagiert nur mit einem verwunderten Blick und hält ihr die Eingangstür zu ihrer Wohnung auf. »Dann kommt mal rein.«

Miriam würde am liebsten mitsamt ihrer Jacke im Flur stehen bleiben und keinen Schritt weitergehen, bis ihre Mutter endlich alles gesagt hat. Aber sie folgt ihr ins Wohnzimmer.

»Schau, dein Alpenveilchen, Miriam. Es blüht.«

Miriam nickt düster.

»Magst du einen Kaffee?«

»Ein Glas Wasser. Ich muss mit dir reden, Mama.«

»Ich möchte nicht schon wieder über die Verfügung sprechen. Bitte akzeptier es einfach!« Mit diesen Worten verschwindet Jutta kurz in der Küche. »Außerdem geht es Gregor besser, vorläufig zumindest«, ruft sie herüber und kommt mit einem Glas Wasser zurück. Sie stellt es auf den Wohnzimmertisch und nimmt Pia auf den Schoß. Miriam setzt sich gegenüber auf das Sofa. Sie nimmt ein paar hastige Schlucke.

»Ich wollte nicht über die Patientenverfügung mit dir sprechen. Sondern über Iris.« Miriam knallt das Glas zurück auf den Tisch, das verbliebene Wasser schwappt darin hin und her.

In Juttas Gesicht zieht sich etwas zurück, wie ein Zug, der aus einem Bahnhof fährt und leere Gleise hinterlässt.

»Sie ist nicht mit ein paar Wochen am plötzlichen Kindstod gestorben. Sie war mit dir in der Kurklinik in St. Peter-Ording. *Sie* war es, die an einer Nahrungsmittelallergie litt, nicht ich.«

Das Baby spielt mit den Haaren seiner Oma, deren Schultern sich steif nach oben ziehen. Ansonsten regt sie sich nicht, starrt geradeaus, an Miriam vorbei.

»Mama, sieh mich an. Was soll das alles? Ich habe ein Recht

darauf, zu erfahren, was mit meiner Schwester passiert ist. Was mit uns, mit mir passiert ist.« Miriam schluckt schwer.

Eine Weile ist es still im Wohnzimmer. Pia lehnt ihre Wange an Omas Brust, die sich rasch mit jedem Atemzug bewegt.

Dann sieht Miriam ihre Mutter langsam nicken.

»Erzähl es mir.«

»Also gut. Wir dachten … ich dachte …« Jutta verschließt wieder die Lippen, schaut auf Pia hinunter, die den Daumen in den Mund steckt.

»Was dachtest du?«

»Dass es besser wäre, die Vergangenheit ruhen zu lassen. Für dich, für … uns alle.« Juttas Blick rudert hilfesuchend zu ihr hin.

»Das ist es aber nicht.« Miriam versucht, ruhig zu klingen. »Ich möchte es wissen.« Sie sagt ihr noch nichts von dem, was Jannes ihr erzählt hat. Sie möchte abwarten, vergleichen. Durchschauen, ob jemand lügt und wer vielleicht die Wahrheit sagt. Es ist schrecklich, niemandem trauen zu können in dieser Familie, ganz so, als habe sie selbst, Miriam, etwas verbrochen.

»Iris war …« Jutta presst den Namen flüsternd hervor, wie ein verbotenes Wort. »Sie war fünf. Wir hatten schon eine Weile versucht, ihr zu helfen. Es begann mit Hautausschlägen, die Ursache kannten wir zuerst nicht. Wir sind von Arzt zu Arzt mit ihr gerannt. Damals war man mit den Kenntnissen über Allergien noch nicht so weit wie heute. Dann kamen Schwellungen und Atemnot hinzu.« Ihre Augen beginnen feucht zu glänzen. »Es war furchtbar, sie so zu sehen. Irgendwann sagte man uns, dass es eine Allergie sein könnte, dass man es testen müsse. Da ging es ihr schon sehr schlecht. Die Kur sollte sie wieder auf die Beine bringen, mit einer Ernährungsumstellung und viel frischer Meeresluft.«

»Und da bist du mit ihr in St. Peter-Ording gewesen. Wie lange?«

»Ein paar Wochen. Ich …«

»Und in der Zeit hat Papa auf Nils und mich aufgepasst?«

»Nein. Er musste ja arbeiten.«

»Wer dann?« Sie hätte sich die Frage sparen können. Sie weiß es längst. Natürlich!

Juttas Hand zittert. Miriam schiebt ihr das Glas Wasser über den Tisch.

»Wir haben euch in die Obhut von Tante Edith gegeben.«

»Von Edith und Joachim. Damals lebte er noch, oder?«

»Ja.« Das Glas wackelt in ihrer Hand, sie trinkt. Pia wird sanft auf dem Schoß der Oma hin- und hergeschaukelt, es fehlt nicht viel, und sie wird einschlafen.

»Du warst also mit ihr zur Kur. Da hast du deiner Schwester die Postkarte geschickt. Joachim starb noch im selben Jahr.«

Mutter nickt stumm.

»Weil er auf der Treppe verunglückte?«

Wieder nickt sie.

Miriam fixiert ihre Mutter wie ein Tier, das einem anderen auflauert. »Weißt du, dass er ein Tyrann war? Er hat Jannes gequält. Jannes und auch mich.«

Das Gesicht ihrer Mutter wird bleich. »Was redest du da? Ich weiß nur, dass er schwierig war.«

»Er hat uns eingesperrt. Bestraft. Hungern lassen. Für Nichtigkeiten.«

Jutta starrt Miriam an und schweigt. Schüttelt den Kopf.

»Am schlimmsten muss es Jannes jahrelang ergangen sein«, setzt Miriam hinzu.

»Ich … weiß nicht. Saugt er sich das nicht aus den Fingern?«

»Nein. Kein Zweifel. Ich weiß es selbst noch.«

»Oh Gott. Ich habe euch … Oh Gott.« Mehr sagt Jutta nicht. Sie sinkt in sich zusammen. Wie das Überbleibsel eines Feuers, ein verglühender Aschehaufen. Für eine Weile sprechen sie gar nicht.

»Es ist lange her und vorbei. Joachim lebt nicht mehr«, sagt Jutta irgendwann, wie um das Thema zu beschließen.

»Aber Jannes hat sich nie wirklich davon erholt. Man hätte ihm damals helfen müssen. Er verkauft Drogen, Mama. Ich habe sie gesehen.«

»Drogen? Das wundert mich nicht.« Sie reagiert seltsam ungerührt.

»Sie lagern im Keller von seinem Elternhaus.«

»Was denn, in Ediths Haus?« Jetzt werden ihre Augen doch groß.

»Genau. Ich werde ihm sagen, dass er das Zeug rausschaffen muss. Vielleicht tut er das auch schon. Er hat panische Angst, dass ich ihm die Polizei auf den Hals hetze.«

»Mit Recht. Willst du das etwa nicht?«

»Nein!« Das Wort kommt in einem Ton hervor, den Miriam an sich selbst kaum kennt. Ein Ton von irgendwoher, der keine Diskussion duldet. »Ich sorge schon dafür, dass wir damit nichts zu tun haben werden.«

Jutta fügt sich eigenartigerweise. Sie sagt nur: »Er war immer ein Taugenichts.«

Miriam verzichtet darauf, ihn zu verteidigen. Ihre Mutter kann das, was Jannes' Seele zerfräst hat, anscheinend nicht an sich heranlassen.

Beide sitzen eine Weile stumm voreinander, nur die ruhigen Atemzüge von Pia beleben den Raum.

»Wann ist Iris gestorben?«, nimmt Miriam wieder den Faden auf.

»Im selben Jahr wie Joachim. 1984.«

»An ihrer Allergie? Trotz der Kur?«

»Es war … Ja.«

Die Stimme ihrer Mutter ist so leise geworden, dass Miriam sie kaum verstehen kann.

»Wie alt war sie da?«

»Fünf. Das sagte ich doch.«

Miriams Herz beginnt zu poltern, das Blut schießt ihr in den Kopf. Erst jetzt fällt ihr auf, dass auch dies eine Lüge sein muss. Schließlich wurde Iris doch vor ihr geboren. »Aber ich … wie kann das sein?«

Jetzt saugt sich Mutters Blick fest in ihre Augen.

»1984 war ich auch fünf, Mama, du musst dich irren.«

»Ich irre mich nicht.« Sie fixiert weiter Miriams Gesicht.

»Heißt das … ich bin adoptiert worden? Habt ihr mich zu euch geholt nach dem Unglück, um euch mit mir zu trösten?«

Jutta zieht verwirrt die Brauen zusammen. »Nein!«

»Wo war ich dann vorher?«

»Kind, was redest du da? Wie kommst du auf so was? Du warst immer bei uns. Verstehst du, Iris war …«

Miriam starrt ihre Mutter verständnislos an, in ihrem Kopf schwirrt alles durcheinander wie wild wirbelnde Blätter, die bei Sturm vom Baum gerissen werden.

»Iris war nicht nur deine Schwester. Sie war dein Zwilling.«

Es ist völlig still im Zimmer. Nur die Wohnzimmeruhr tickt. Pia schläft. Miriam sitzt noch immer Jutta gegenüber, deren Blick mal auf dem Baby ruht, mal durch den Raum schweift, nur hin und wieder an Miriam hängen bleibt. Kurz. Flackernd wie eine Kerzenflamme.

Miriam ist, als habe jemand ihren Körper ausgehöhlt, sämtliche Organe herausgeschabt und eine leere Hülle hinterlassen. Sie kann sich nicht bewegen, weiß nicht, wo ihre Muskeln beginnen, wo sie enden. Wozu es sie gibt. Sie weiß nur, dass sie weiteratmen muss.

Das Mädchen. Das hübsche, zerbrechliche Mädchen mit den blauen Augen. Das Mädchen auf den Fotos, aus ihrem Traum. Iris, ihre Zwillingsschwester. Es erübrigt sich, zu fragen, ob sie ein- oder zweieiig waren. Miriam hat grüne Augen.

Die Zunge klebt an ihrem Gaumen, als sie versucht, wieder zu sprechen. Sie löst sich mit einem Schnalzen. *Vergiss nicht.*

»Warum habe ich sie vergessen?«

Jutta schaut sie an, und in ihren Augen zeigt sich Mitgefühl. »Für dich war es ein sehr schmerzhafter Verlust. Ihr wart ein Herz und eine Seele. Aber wie Kinder sind, hattest du bald alles verdrängt. Wir hielten es für besser, dich daran nicht zu hindern. Dich vergessen zu lassen. Deshalb haben wir nie wieder vor dir über sie gesprochen.«

»Und deshalb habt ihr auch alle Fotos aus den Jahren mit Iris verschwinden lassen?«

Jutta nickt, mit glitzernden Augen. »Mehr noch. Ich habe sie tatsächlich verbrannt. Aus Angst, du könntest sie eines Tages finden.«

»Was für ein Wahnsinn!« Miriams Stimme wirft sich wie ein Messer scharf durch die Luft.

»Vielleicht. Versteh doch bitte. Ich wollte dich schützen. Den Schmerz von dir weghalten.«

»Aber Edith hat ein paar Fotos von ihr aufbewahrt«, sagt Miriam fast trotzig.

»Das wusste ich nicht. Wir waren uns damals einig, mit der Vergangenheit abschließen zu müssen. So gut es eben ging.«

In Juttas zittrige Stimme hat sich mit der Erwähnung von Ediths Namen Kälte eingeschlichen. Härte. Aber Edith war nicht verantwortlich für Iris' Tod. Und was die Misshandlungen an Jannes und Miriam betrifft – wie viel hatte sie davon mitbekommen? War sie eine stumme Dulderin gewesen? Wahrscheinlich hatte sie die Wahrheit, den Abgrund ihres Lebens abgespalten. Miriam muss an die Notizbücher denken. *»Betten bezogen, Schuhe geputzt.«* Ein kalter Schauder fährt über ihren Rücken. Die Tabletten aus Ediths Nachtschrank fallen ihr ein.

»Mama, Edith muss Depressionen gehabt haben. Zumindest kurz vor ihrem Tod. Ich habe entsprechende Pillen bei ihr gefunden.«

»Das kann sein. Sie wirkte verändert.«

»Vielleicht ist Edith am Ende doch nicht mit der Vergangenheit fertig geworden.«

»Es kann auch eine Reaktion auf ihre Erkrankung gewesen sein.« Jutta zuckt mit den Schultern. »Wie auch immer, es ändert nichts. Ich hatte allerdings die Befürchtung, dass sie vor ihrem Tod vielleicht … ihr Herz erleichtern will. Dir alles erzählt. Und dass damit alles wieder hochkommt. Es hätte dich doch nur völlig unnötig belastet, nach all der Zeit!«

Deshalb also hatte sie Miriam nicht gesagt, wie schlimm es um Edith stand. Vielleicht hatte sich schon immer hinter Juttas Verschlossenheit der Instinkt verborgen, die eigene Tochter vor Schmerz zu bewahren. Einem Schmerz, der sie selbst fast das Herz gekostet hat.

Als Miriam aufblickt, sieht sie ihre Mutter weinen. Die Tropfen fallen schwer von ihren blassen Wangen und tränken den Stoff von Pias Nickipullover. Etwas strömt tief durch Miriams Seele. Ein zärtliches Gefühl. Und Mitleid. Ihre Mutter hat Furchtbares erlitten. Sie darf nicht mehr kalt und wütend mit ihr sein. Das hat sie nicht verdient. Schlagartig wird das Miriam klar. Sie ist jetzt selbst Mutter und kann erahnen, wie der Tod des eigenen Kindes das Leben für immer aus den Fugen reißt, die Seele verwundet und vernarben lässt. Narben wie dicke Schlieren, durch die keine Freude mehr dringt. Keine Freude und vielleicht auch keine Liebe mehr.

»Ich verstehe jetzt manches besser, Mama«, sagt sie leise. »Es tut mir furchtbar leid, was du erleben musstest.«

Jutta bleibt stumm.

»Wo ist Iris' Grab?«, fragt Miriam vorsichtig.

»Es ist … sie liegt in Bad Bramstedt. In der Nähe von Wedelbrook.«

»Wie bitte?« Der Ort, durch den sie mehrmals gefahren ist! Wo sie den Vogel für ihren Vater kaufte.

»Ja. Du wirst dich auch daran nicht erinnern, aber wir haben damals nicht weit weg von Edith gewohnt. Nach dem … Unglück … sind wir bewusst von da fortgezogen. Vor deiner Einschulung. Aber ihr Grab ist noch dort. Sie haben gefragt, ob ich es einebnen lassen möchte. Ich konnte es nicht.«

Miriam versteht. Jutta hatte von diesem Umzug gesprochen und damit begründet, dass es keine Fotos von ihr gab, weil sie verloren gegangen seien.

Miriam wird hinfahren. Sie muss hin zu Iris, ihren Namen auf dem Grabstein sehen, damit die Schwester real wird. Damit sie sich erinnert.

»Kann ich … kann ich sie sehen?« Juttas Stimme ist rau geworden.

»Was sehen?«

»Die Fotos.«

»Natürlich.«

Miriam steht auf, geht zu ihrer Handtasche und hangelt nach ihrer Brieftasche. Auch die Kinderzeichnung greift sie hervor. Das gemalte Bild von Iris. Zaghaft reicht sie alles Jutta, die noch immer im Sessel sitzt, mit Pia auf dem Schoß. Miriam berührt mit der Hand die Schulter ihrer Mutter. Stumm betrachtet diese die beiden Aufnahmen. Das Foto mit den anderen Kindern legt sie nach einer Weile beiseite. Aber das Farbfoto behält sie umklammert. Iris mit den blauen Augen vor der Standuhr. Dann fällt ihr Blick auf das gemalte Bild. Ein Schluchzen dringt jetzt aus Juttas Kehle, die Schultern bewegen sich rhythmisch. Das Weinen wird lauter und lauter, eine Träne tropft auf den unteren Meeresstreifen, den Iris einst zeichnete, das Blau quillt auf, zerfließt, durchweicht das Papier.

Miriam hockt sich hin, hält die Mutter fest in ihren Armen, mit der schlummernden Pia zwischen ihnen, während die Abenddämmerung sich immer dichter in den Raum drängt.

Draußen ist es finster, als Miriam sich auf den Fahrersitz ihres Wagens fallen lässt. Ihr ist, als könne sie nie wieder aufstehen. Bleischwer sitzt ihr der Tag in den Knochen, Schweiß klebt unter ihren Achseln. Nur noch nach Hause, zu Arne. Die Vorstellung, in ihr warmes, gemütliches Zuhause zurückzukehren und in Arnes Augen zu schauen, löst Sehnsucht aus. Wie ihr das alles plötzlich fehlt, als hätte sich innerhalb von einem Tag alles Lichtjahre entfernt, was ihr vertraut ist. Nie hat sie so sicher gespürt, wo sie hingehört. Sogar Kater Louis vermisst sie auf eine nie gekannte, wehe Weise.

Sie angelt nach ihrem Handy und ruft Arne an, er meldet sich sofort.

»Ich komme nach Hause«, sagt Miriam müde.

»Ach, da bin ich froh, Mirja! Bist du denn schon fertig mit allem?«

»Nein. Ich stehe hier noch am Haus meiner Mutter. Es ist viel passiert.«

»Wieso bei deiner Mutter? Ist alles okay?«

»Ja. Nein – doch. Mach dir keine Sorgen. Mir geht es gut und Pia auch. Ich erzähle nachher alles in Ruhe.«

»Fahr vorsichtig, ja?«

Sie steckt das Handy in die Tasche, legt die Arme über das Steuer und lässt für einen Augenblick ihren Kopf darauf sinken. In ihren Schläfen hämmert es. Die halbstündige Autofahrt nach Hause scheint ihr unüberwindlich. Aber jetzt sickert die Kälte langsam in ihre Glieder, sie muss sich aufraffen.

Die Nacht schwingt an den Fensterscheiben vorbei, zerrissen vom Licht der Straßenlaternen. Miriam schaltet ihre Lieblings-CD ein, um nicht einzuschlafen. Tippt wieder den Song »Strong« an. *»If a lion, a lion roars, would you not listen? If a child, a child cries, would you not forgive them?«* London Grammar.

Endlich erscheint ihr Haus vor der Windschutzscheibe, in warmes Licht getaucht. Arne hat die Außenbeleuchtung eingeschaltet und sie erwartet. Es sind diese Gesten der Achtsamkeit, für die sie ihn liebt. Sie braucht keine Blumen, Liebesbeteuerungen oder teuren Restaurants. Die kleinen Zeichen der Liebe sind es, die sie berühren. Winzige Aufmerksamkeiten, wie zarte Perlen.

Sie stellt den Kindersitz mit Pia vor der Haustür ab, schließt auf und tritt mit ihr ein. Arne schaut im Wohnzimmer fern und hört sie nicht. Sie sieht nur seinen Hinterkopf und geht zu ihm hin, küsst ihn auf den Scheitel. Ihr Mann wendet den Kopf zu ihr und lächelt.

»Da bist du ja!«

Erschöpft gleitet sie auf seinen Schoß, riecht seinen vertrauten Duft und fängt an zu weinen.

»Liebling, was ist denn los?« Arne streichelt sie, drückt sie fest an sich.

»Ich liebe dich«, sagt Miriam nur und legt den Kopf in seine Halsmulde.

***

Vater hatte gesagt: »Pass auf. Das wird eine wichtige Aufgabe. Enttäusch mich nicht. Du hast die Verantwortung. Du sollst der Wächter sein. Du wirst die Tür nicht öffnen. Egal, was passiert. Hast du das verstanden? Wenn du deine Sache gut machst, musst du nie wieder da rein.«

Ich habe mich dran gehalten. Er ist schlafen gegangen, und ich hab den Befehl ausgeführt. Der Fußboden war kalt, und zwischendrin bin ich auch eingeschlafen. Irgendwann war es endlich ruhig. Und ich hab durchgehalten, obwohl ich eine Heidenangst hatte.

Am anderen Morgen war es passiert. Ich habe das nicht gewollt. Konnte es nicht wissen! Aber wenigstens musste ich von da an nie wieder da rein und nie wieder Wache stehen.

Höllenbrut hat er uns genannt. Aber ich bin der Bessere. Ich habe ihn nicht enttäuscht. Und er hat mir immerhin das Gefühl gegeben, wichtig zu sein.

18

In dieser Nacht schläft Miriam wie ein Stein, in frisch duftender Bettwäsche, die Arne während ihrer Abwesenheit aufgezogen hat. Es hat sie entlastet, ihm alles zu sagen. Fast alles. Das Erlebnis im Keller mit Jannes, die dunkle Seite von Joachim, ihre tote Zwillingsschwester, Mutters Zusammenbruch – alles floss aus Miriam heraus wie eine Sturzgeburt, als sie erzählte. Arne unterbrach sie nicht, hörte nur ungläubig zu und schenkte sich und ihr ständig Wasser nach, denn Miriam redete sich heiser.

»Warum hast du mich nicht angerufen, Mirja? Du hättest das alles nicht allein durchstehen müssen!«, war das Einzige, was er zunächst sagte. Und Miriam hatte genickt. Es ist ihr klar geworden, warum sie nie gelernt hat, den Mund aufzumachen und über Schwieriges zu reden. Warum sie auch nach ihrem Irrtum, Arne habe eine Affäre, zunächst nichts anderes zu tun wusste, als zu flüchten. Sie wuchs mit einer Familie auf, die über jeden Abgrund hinwegging, ihm mit Schweigen begegnete. Als gäbe es ihn dann nicht mehr.

Als sie am nächsten Morgen aufwacht, fühlt sie sich eigenartig leer. Arne ist schon zur Arbeit gefahren, hat ihr aber einen Zettel neben ihr Kopfkissen gelegt.

»Du siehst im Schlaf aus wie ein Murmeltier. Ich liebe dich über alles. Ich verspreche dir, alles wird gut. Kuss, A.«

Dass er sich für solche Briefe wieder Zeit nimmt, rührt Miriam. Warum mussten sie erst auf den harten Boden aufkommen, um sich ihrer Liebe wieder zu erinnern? Sie drückt einen Kuss auf den Zettel. Doch alles wird sicher nicht wieder gut, kann es nicht. Niemand wird das kleine Mädchen Iris wieder zum Leben erwecken.

Außerdem denkt Miriam bange an die Nacht mit Jannes zurück. Soll sie Arne doch noch beichten, was vorgefallen ist? Um es aus der Welt zu schaffen? Nur – es erscheint Miriam nach allem beinah nichtig. Und was, wenn er ihr nicht verzeiht? Plötzlich fühlt sie sich wieder klein. Mickrig. Sie ist feige. Aber sie muss auch lernen, nicht so hart mit sich selbst zu sein. Sie hat viel zu verdauen. Und sie muss lernen, über Konflikte zu sprechen. So, wie Pia laufen lernen wird.

Miriam steht auf und versucht, ihre Gedanken zu sortieren. Arne hat ihr geraten, bald zum Grab der Schwester zu fahren, und er möchte sie begleiten. Das ist lieb von ihm gemeint, doch sie muss diesen Gang allein tun. Pia will sie auch nicht dorthin mitnehmen. Heute ist Donnerstag. Sie wird bis zum Wochenende warten, wenn sie das Mädchen bei seinem Papa lassen kann. Bis dahin sollte Jannes auch genug Zeit haben, das Kokain wegzuschaffen. Vorher wird sie Ediths Haus nicht mehr betreten. Die Drogen sind es auch, die Miriam bei ihren Erzählungen Arne gegenüber vorläufig unterschlagen hat. Er hätte sofort dazu gedrängt, die Polizei zu informieren. Als Jurist könnte er es sich niemals leisten, einen Dealer einfach ziehen zu lassen. Aber da verbleibt ein Rest Loyalität mit Jannes in ihr. Sie weiß, warum er so geworden ist. Sie kann ihn unmöglich noch mehr bestrafen, als er es vom Leben bereits wurde. Außerdem glaubt sie inzwischen, dass Jannes nur in Weddelbrook übernachtete, um sie zu schützen. Er wusste, dass Junkies auftauchen könnten, und wollte sie ganz sicher auch im Keller nicht bedrohen. Das kam ihr nur so vor, weil sie nach ihrer Angstattacke nicht mehr klar denken konnte.

Trotzdem muss sie ihn anrufen und ihm sagen, was er zu tun hat. Ihr Finger sucht seinen Namen auf dem Display und drückt auf die Nummer. Die Verbindung wird aufgebaut, es summt in der Leitung. Niemand hebt ab. Seine Stimme auf der Mailbox, direkt an ihrem Ohr, löst tatsächlich noch immer einen wohligen Schauer in ihr aus, trotz allem, was geschehen ist. Sie bemüht sich, sachlich zu klingen.

»Jannes, ich bin es. Ich werde die Polizei nicht informieren. Voraussetzung ist, dass du so schnell wie möglich das Zeug aus dem Haus schaffst. Ich will damit nichts zu tun haben. Bald fahre ich wieder hin. Sollte noch irgendwas davon herumliegen, rufe ich sofort die Bullen, das schwöre ich.« Ohne jede weitere Abschiedsformel legt sie auf.

Vielleicht war der Anruf unnötig, überlegt Miriam. Wenn er klug war, hat er bereits dafür gesorgt, dass kein Körnchen von dem Stoff mehr zu finden ist. Oder er hat sich abgesetzt, aus Angst, zu dem Ort zurückzukehren, an dem ihm vielleicht die Polizei auflauern könnte. Für den Fall wäre ihr Anruf also doch sinnvoll. Er muss wissen, dass er freie Bahn hat.

Miriam steckt ihr Handy weg und lässt ihren Blick durch das stille Zimmer schweifen. Es tut ihr gut, zu Hause zu sein, Routinen wieder aufzunehmen. Louis springt vor ihr die Treppe hinunter in Vorfreude auf sein Frühstück. Wie schön sie es hier hat.

Während sie das Tier füttert, denkt sie über den vor ihr liegenden Tag nach. Wenn Pia wach ist, möchte sie etwas Kleines unternehmen, etwas, das ablenkt. Wohltuend alltäglich und banal. Mal in die Großstadt fahren und sich treiben lassen, einen Bummel machen. Zimtschnecken kaufen. Bis Samstag muss sie ohnehin noch warten mit ihrer Fahrt zu Iris' Grab.

Die Holstenstraße in Kiel mit ihren vielen Geschäften saugt Miriam ein in ein Gewebe aus Geräuschen, Stimmen und Bewegung. Sie schiebt den Buggy durch die Menschenmengen, die sich um die Buden des Weihnachtsmarktes gruppieren. Zum ersten Mal dringt ihr ins Bewusstsein, dass bald der erste Advent ist. Sie sieht es an dem Tannenschmuck, den Glühbirnchen und beleuchteten Herrnhuter Sternen überall. Sie riecht es – Glühwein, Bratwurst, Anis. Der Duft nach Zimt und gepuderten Muzen schwängert die Luft, die zu anderen Zeiten in dieser Stadt eher herb und frisch ist. All das erreicht Miriam wie Botschaften aus einer anderen Welt, die an die ihre drängt.

Pia betrachtet die vielen Lichter von ihrem Buggy aus mit Staunen. Ihr erstes Weihnachtsfest steht vor der Tür. Dass dieses besondere Ereignis durch die kranke Familiengeschichte völlig ins Hintertreffen geraten ist, tut Miriam weh. Eine Geschichte, die noch immer kein Ende findet. Ihr Zuhause ist nicht geschmückt, und sie hat noch keinen einzigen Gedanken daran verschwendet, was Arne und sie Pia zum Fest schenken könnten.

Auf jeden Fall soll ein Bilderbuch dabei sein. Pia liebt es, Bücher anzusehen. Miriam steuert im Einkaufszentrum Sophienhof eine Buchhandlung an. Es macht nichts, dass ihr Mädchen dabei ist. Es ist noch zu klein, um mitzubekommen, was seine Mutter aussucht und kauft.

Vor dem Regal mit den Kinderbüchern bleibt Miriam stehen. Wunderschöne Bilderbücher, in denen die Empfindungswelt zarter Seelen wohnt, von Menschen gemacht, die der Empathie für Kinder fähig sind. Miriam muss unwillkürlich an Joachim denken, an seine destruktive, sadistische Kraft, den düsteren Keller, und in ihrem Bauch verklumpt sich alles, will ihr die Luft wegdrücken. Sie schüttelt sich kaum merklich, nimmt ein Buch nach dem anderen in die Hände. Heil. So sehen die Wurzeln für eine phantasievolle Kindheit aus, Worte und Zeichnungen, Geschichten. Michael Ende. Hans Falladas »Geschichten aus der Murkelei«. »Pettersson und Findus«. Lindgren.

Lindgren! Natürlich! Miriam fährt mit dem Finger die lange Reihe von Büchern entlang. »Madita«. »Michel aus Lönneberga«. »Die Brüder Löwenherz«. »Pippi Langstrumpf«. Astrid Lindgrens Märchen … Natürlich zu früh für Pia, aber all diese Bücher will Miriam ihrer Tochter eines Tages vorlesen.

Und dann sieht sie es. Ein schmales Bilderbuch mit lindgrünem Einband. »Sonnenau«. Ein Junge und ein Mädchen stehen vor der geöffneten Pforte einer hohen Mauer, eine Gruppe anderer Kinder umringt sie neugierig in einem frühlingshaften Birkenwald. Miriams Herz schlägt höher bei dem Anblick. Sie klappt das Buch auf. Auf der Innenseite des Einbands schaut sie in einen weiß verschneiten, kahlen Birkenwald mit blassblauem Hintergrund, durch den zwei verlorene, dick vermummte Gestalten wandern. Dann liest sie die ersten Sätze. *»Vor langer Zeit, in den Tagen der Armut, da gab es zwei kleine Geschwister, die waren ganz allein auf der Welt …«* Papa. Die Trauer in seiner Stimme, wenn er diese Geschichte las, während sie an seine Seite gekuschelt einschlief. Natürlich. Er hatte sein Kind verloren. Miriams Zwillingsschwester. Iris.

Sie drückt das Buch an ihre Brust, durch die ein bohrender Schmerz sticht, und will schon mit dem Schatz zur Kasse gehen, als ihr siedend heiß etwas einfällt.

Hannah! Miriam hat sich noch nicht bei ihr gemeldet. Der Gentest ist hinfällig geworden, Hannah braucht ihn nicht mehr durchzuführen. Der Adoptionsverdacht hat sich schließlich zerschlagen. Sofort lässt Miriam sich auf einen Sessel in der Leseecke plumpsen und zieht das Handy aus der Tasche. Sie tippt auf Hannahs Nummer. Egal, ob sie gerade im Labor ist, sie muss sie so schnell wie möglich davon abhalten, unnötig etwas zu riskieren. Miriam ist beschämt, dass ihr das jetzt erst einfällt. Sie hatte der Freundin ihre Speichelprobe geschickt und danach gar nicht mehr darüber nachgedacht. Wie egoistisch sie manchmal ist!

Hannah meldet sich ohne jede Verzögerung – ungewöhnlich, wenn sie bei der Arbeit ist. Ihre Stimme klingt atemlos.

»Miriam?«, kommt sie sofort zur Sache. »Ich wollte dich gerade anrufen, hatte das Telefon schon in der Hand.«

»Das war Gedankenübertragung.« Miriam lächelt. »Ich muss dir später dringend was erzählen. Es ist einiges passiert. Aber erst mal musst du nur wissen, dass du den Quatsch mit dem Gentest lassen kannst. Meine Mutter hat mir gestern alles gesagt. Die Adoptionsidee war Unfug. Magst du mich nach Feierabend besuchen, oder sollen wir wieder ins Café gehen? Dann erfährst du alles.«

Für einen Moment ist es still in der Leitung.

»Hannah?«

»Dann weißt du es also schon?«

»Was?« Miriam wird von einem Mann abgelenkt, der sich mit einem Buch dicht bei ihr hinsetzt und ihr einen interessierten Blick zuwirft.

»Der Gentest. Es hat geklappt mit Nils' Haaren. Sag bitte nicht, dass ich mir das hätte sparen können!« Hannah flüstert, klingt aber wütend. Verständlich. Oje.

»Es tut mir total leid, Hannah. Es ist mir eben erst wieder eingefallen.« Sie schwitzt in ihrer warmen Jacke.

»Na super. Weißt du eigentlich, was ich hier riskiert habe? Das ist kein Spaß!« Hannah schnauft am anderen Ende.

»Ich hätte das nicht von dir verlangen sollen, das war ein Fehler. Entschuldige.« Der Mann mit dem Buch schaut Miriam fragend an, statt zu lesen.

»Dann hat deine Mutter es dir also auch so erzählt?«

»Äh … ja. Hat sie.«

»Dafür bist du aber erstaunlich cool.«

»Hannah … Aber woher weißt du es denn?«

»Woher?« Die Freundin stößt ein Lachen aus, als sei Miriam übergeschnappt. »Wie gesagt, von dem Gentest! Woher denn sonst?«

»Sag mal, wovon genau sprichst du gerade?« Jetzt sieht der Kerl belustigt aus. Unverschämt, wie unverhohlen er ihrem Gespräch zuhört.

»Davon, dass Nils und du nur Halbgeschwister seid.«

Miriam bleibt jedes weitere Wort in der Kehle stecken.

»Bist du noch dran? Das meintest du doch, oder?«

Vor ihren Augen flimmert es, als habe man ihr einen Keulenschlag versetzt. Das Gesicht des Mannes verzerrt sich. »Nein«, flüstert sie.

»Ach du Scheiße.«

Für einen Moment sagen beide nichts.

»Miriam … sorry. Ich hatte dich so verstanden, als wenn du es schon weißt. Sonst hätte ich es dir anders gesagt. Lass uns treffen. Ich muss bis vier Uhr arbeiten, dann komme ich zu dir, okay?«

»Okay.«

Erst als Miriam wie betäubt das Handy in die Tasche gleiten lässt, hört sie Pias quengelnde Stimme aus dem Buggy neben sich. Sie steckt ihr einen Schnuller in den Mund.

»Probleme?«, tönt die Stimme des neugierigen Fremden. »Kopf hoch, schöne Frau. Wie wär's mit einem Kaffee?«

Miriam ignoriert ihn. Bemerkt kaum, dass sie zur Kasse

geht, bezahlt und den Laden verlässt. Papa – ist er überhaupt ihr Vater? Sagt er deshalb immer: »Nicht mein Kind«? Oder hat Nils einen anderen Vater? Oder einer von ihnen eine andere Mutter? Es gibt so viele Varianten, die möglich sind. Aber vielleicht erinnert er sich in diesen Momenten auch an Iris' Tod. *Nicht mein Kind …*

Schnurstracks läuft sie mit Pia zum Parkhaus und ist erleichtert, als sie wieder im Auto sitzen. Sie manövriert den Wagen weg vom Kieler Hafen durch die belebten Straßen. Lässt die roten Backsteinhäuser und das Gewühl der Großstadt hinter sich, um zurück nach Kappeln zu fahren. Vielleicht ist der Film, den sie aus der Spiegelreflexkamera abgegeben hat, fertig entwickelt und liefert Antworten. Sie parkt und sucht die Drogerie auf. Doch sie wühlt vergeblich nach ihrer Fototasche – sie wird sich noch ein paar Tage gedulden müssen.

Am Nachmittag steht Hannah wie angekündigt vor der Tür. Miriam hat ihre Mutter bislang nicht angerufen. Es ist besser, erst mit Hannah zu reden und sich zu vergewissern, wie sicher das Ergebnis ist, bevor sie Jutta konfrontiert.

Das Gesicht ihrer Freundin bei der Begrüßung verrät Miriam nicht, was in ihr vorgeht.

»Es tut mir leid, dass ich dich in diese Situation gebracht habe«, sagt Miriam, während sie Hannahs Jacke entgegennimmt. »Ich hätte dir eher Bescheid sagen müssen. Aber ich war gestern völlig durch den Wind. Wenn du alles weißt, verstehst du das bestimmt.«

Hannah nickt und umarmt sie. »Meine Güte, Miriam. Du wirst immer dünner.« Sie streichelt ihr über den Rücken, ohne jeden weiteren Vorwurf, und Miriam muss sich zusammenreißen, nicht eine Ewigkeit in ihren Armen liegen zu bleiben. »Es ist okay«, sagt Hannah jetzt. »Und war ja anscheinend doch nicht umsonst, dass ich meinen Arsch riskiert habe. Sonst hättest du das mit Nils nie erfahren. Das ist echt ein Hammer.«

Hannah lässt sich im Wohnzimmer auf das Sofa plumpsen. Miriam bringt ihr einen Kaffee und setzt sich zu ihr.

»Hast du schon mit deiner Mutter gesprochen?«, fragt Hannah.

»Nein.«

»Warum nicht? Hast du Angst?«

Miriam schüttelt den Kopf. »Ich wollte erst mit dir reden. Wissen, ob das Ergebnis wirklich zuverlässig ist. Kann es ein Fehler sein?«

»Nein. So ein Gentest bietet mehr als neunundneunzigprozentige Sicherheit. Irrtümer so gut wie ausgeschlossen.«

»Hattest du nicht in Weddelbrook irgendwas von fünfzig Prozent gesagt?«

»Das bezog sich auf das Haar aus der Bürste. Da sind die Wurzeln meist verkümmert, und damit ein Ergebnis zu kriegen, ist nur zu fünfzig Prozent wahrscheinlich. Aber es hat ja geklappt, und wenn man ein Ergebnis gewinnen kann, ist es so gut wie sicher.«

»Das gibt es doch nicht … Dann ist Nils also wirklich nur mein Halbbruder.«

Hannah nickt.

»Ich kann es einfach nicht fassen. Erst gestern hatte ich ein langes Gespräch mit meiner Mutter. Danach dachte ich, alles zu wissen. Und nun tut sich wieder ein doppelter Boden auf.«

»Jetzt erzähl mal von Anfang an.«

Es ist spät in der Nacht, als Hannah aufbricht. Zwischenzeitig war Arne nach Hause gekommen. Er stellte keine Fragen, nahm Pia aus Miriams Arm entgegen und brachte sie zu Bett. Die Freundinnen ließ er weitgehend allein, sie aßen nur gemeinsam zu Abend, dann brachte er ihnen Wein. Miriam hatte ihm dankbare Blicke zugeworfen. Irgendwann war er schlafen gegangen. Von dem Gentest hatte er nichts mitbekommen, und Miriam möchte ihm auch davon nichts sagen. Hannah zuliebe, denn je weniger Menschen davon wissen, desto besser. Miriam wird ihm erst erzählen, dass Nils ihr Halbbruder ist, wenn sie es von ihrer Mutter weiß. Und den Test unerwähnt lassen.

Obwohl Hannah ihr geraten hat, erst mal alles mit ihrer

Mutter zu klären, versucht Miriam Nils zu erreichen – in Kalifornien ist es jetzt mitten am Tag. Nur die Mailbox. Nichts Neues. Wenn er geschäftlich verreist ist, ist er immer schwer zu erreichen. Sie spricht ihm auf Band mit der Bitte, sich dringend bei ihr zu melden.

Benommen trinkt Miriam den letzten Schluck Rotwein. Durch den offenen Durchgang zum Flur sieht sie die Tasche mit ihren Einkäufen von heute. Miriam geht hin und zieht »Sonnenau« hervor. Sie setzt sich damit in den Sessel und blättert, die Worte ziehen durch ihr Gemüt mit einer Kraft, die sie zum Weinen bringt. Natürlich. Ihr Vater hat es ihr immer und immer wieder vorgelesen, um auch sie zu trösten. Eine Geschichte über das Sterben. Das Sterben von Kindern, die dort, wo sie hingehen, nach »Sonnenau«, wieder glücklich sind. Und den Weg dorthin zeigt ihnen ein Vogel. Ein wunderschöner roter Vogel. Am Ende schließen die Geschwister die Pforte hinter sich – um nie mehr zurück nach Hause zu müssen.

Mitten in der Stille dieser Nacht leuchten ihr all diese vertrauten Sätze und Bilder entgegen, die sie vergessen hatte. Und sie begreift.

Gleich am frühen Morgen ruft Miriam bei ihrer Mutter an. Sie klingt abgespannt. Wahrscheinlich hat sie den letzten Tag allein mit ihren Erinnerungen verbracht, vielleicht zum ersten Mal bewusst getrauert. Aber Miriam kann ihr ein neues Gespräch nicht ersparen.

»Ich muss noch mal mit dir reden, Mama. Können wir uns heute treffen?«

»Kind, was gibt es denn noch? Es tut nicht gut, immer in alten Wunden zu stochern«, sagt sie müde.

»Das mag sein, aber erst möchte ich alles wissen.«

Eigenartigerweise fragt Mutter nicht weiter. Sie behauptet auch nicht, es sei alles gesagt. Aber sie kann unmöglich ahnen, was Miriam noch herausgefunden hat.

»Wir können uns später sehen, ich möchte erst Gregor besuchen.«

»Ich werde mitkommen. Lass uns zusammen hinfahren. Ich hole dich in etwa einer Stunde ab.«

Bevor die Mutter widersprechen kann, hat Miriam schon aufgelegt. Mit der Aussicht, den Vater – ihren Vater? – wiederzusehen, wiegt ihr Herz eine Spur leichter.

Im Nu hat sie alles vorbereitet. Sie schnallt Pia in ihren Sitz. Während der Fahrt grübelt Miriam, wann ein geeigneter Moment sein könnte, die Wahrheit aus ihrer Mutter herauszubekommen. Nicht im Auto jedenfalls und auch nicht in Papas Gegenwart. Am besten gehen sie nach dem Besuch gemeinsam in ein Café oder Restaurant. Ein neutraler Ort für ein intimes Geständnis.

Als Jutta neben ihr auf dem Beifahrersitz Platz nimmt, streift Miriams Nase ein Hauch von Lavendel. Beruhigend. Mutters Naturkosmetik. Ein seltsamer Kontrast zu dem Geheimnis, das sie schon ihr halbes Leben mit sich herumtragen muss. Miriam wird alles daransetzen, auch dieses endlich mit ihr zu teilen.

»Lass uns nachher in Flensburg zusammen was essen gehen«, schlägt sie vor, um einen leichten Tonfall bemüht.

Jutta nickt. Sie redet wenig. Miriam gönnt ihr Ruhe. Sie weiß, dass ihre Mutter sich beim Autofahren entspannt und loslässt.

Auch im Zimmer bei Papa sprechen sie kaum. Laut Frau Neubauer trinkt er zwar, jedoch nicht viel. Er liegt im Bett, seine Augenlider heben sich leicht, wenn sich eine von ihnen im Raum bewegt, doch er sieht grau aus, wie verwelkt, und sagt nichts. Miriam hält seine Hand.

Sie weiß jetzt, worauf er wartet. Aber sie kann es noch nicht zulassen.

»Wann war Nils eigentlich das letzte Mal bei ihm?«, flüstert Miriam der Mutter zu.

»Nils? Du kennst ihn doch. Mit so was kann er nicht umgehen.«

Miriam versucht, in Juttas Blick irgendetwas aufzufangen, das bei der Erwähnung seines Namens einen Hauch Nervosität preisgibt. Nichts.

Ihre Mutter sieht einfach nur traurig aus. Und fügt hinzu:

»Außerdem fliegt er doch ständig in der Weltgeschichte herum für seine Oldtimer. Das weißt du doch.«

»Weißt du, wann er wiederkommt? Ich kann ihn nie erreichen.«

»Heute, meine ich. Was willst du denn von ihm?«

Miriam schaut Jutta prüfend an. »Was findest du so komisch daran, wenn ich meinen Bruder anrufe? Das ist er doch schließlich, oder?« Schnell beißt sie sich auf die Lippen. Sie sollte nicht weiter provozieren, schon gar nicht vor Papa. Sonst kommt sie später gar nicht mehr an sie heran.

Jutta sieht sie nicht an, setzt stattdessen den Trinkbecher an Gregors Lippen. Er schluckt verkrampft, und sicherlich die Hälfte des Wassers gleitet ihm in einem schmalen Rinnsal wieder aus dem Mundwinkel, wie Tränen, die Richtung Kinn herabtropfen.

Nur eine knappe Stunde bleiben sie bei ihm. Eine kurze Zeit, aber Pia wird unruhig in dem Kindersitz, möchte herumkrabbeln und reißt Gegenstände aus dem Regal. Miriam streichelt ihrem Vater über die stoppelige Wange.

»Ich komme bald wieder«, flüstert sie. »Und dann lese ich dir vor. Aus ›Sonnenau‹.«

Er zeigt keine Reaktion. Nur Jutta schaut fragend auf. Miriam hat keine Lust auf Erklärungen. Die möchte sie umgekehrt von ihr.

Sie entscheiden sich für ein chinesisches Restaurant, das fußläufig vom Pflegeheim liegt und ein Mittagsbuffet anbietet. Miriam vermengt für Pia ein bisschen Reis mit dem Inneren einer Backbanane. Mutters kritisch verkniffene Augenbrauen sind altvertraut. Aber Miriam kann jetzt einordnen, wo die Wurzeln für diese Überbesorgtheit liegen.

»Du musst dir keine Gedanken um Pia machen. Sie verträgt alles sehr gut.« Im selben Moment wird Miriam bewusst, wie sie sich selbst verändert hat. Die ständige Angst um ihr Kind wiegt nicht mehr so schwer.

Jutta wendet den Kopf, sieht stumm aus dem Fenster. Sie

hat sich wenige Happen auf dem Teller angerichtet und rührt nichts davon an.

»Ich denke, dass Gregor bald sterben wird, Miriam«, sagt sie nach einer Weile.

In Miriams Brust zerplatzt etwas. Etwas, aus dem Schmerz strömt wie heiße Lava. Sie nickt, erst zögerlich, dann deutlich.

»Ja«, sagt sie mit belegter Stimme. »Ich weiß. Weil er es so möchte.«

»Siehst du ein, dass es keinen Sinn hat, ihn zum Leben zu zwingen? Er vegetiert nur noch.« Juttas Kopf sinkt in ihre Handflächen, sie bedeckt ihr Gesicht. »Das ist würdelos. Das wollte er nicht. So enden.«

»Ich glaube, ich verstehe es jetzt.« Sie berührt die Mutter am Arm, die ihr Gesicht wieder freigibt. »Der rote Vogel«, fährt Miriam fort. »Er kommt in dem Kinderbuch von Astrid Lindgren vor. Es ist der Vogel, der den Menschen den Weg ins Paradies zeigt.«

»Roter Vogel?«

»Ich hatte dir davon erzählt. Papa hatte von so einem Vogel geredet. Ich glaube, er hat sich an die Geschichte erinnert. Er wollte mir sagen, dass er … sterben möchte. Er wartet auf den Vogel. Den Tod.«

Jutta schaut Miriam mit einer in Falten gelegten Stirn an. Dann nickt sie langsam.

»Ich möchte noch über etwas anderes mit dir reden, Mama. Über Nils. Oder mich. Es gibt da etwas, das ich herausgefunden habe. Bitte frag nicht, woher ich es weiß. Aber es ist die Wahrheit.« Miriam versucht, das Pochen in ihrem Hals zu ignorieren.

»Was denn?« In Juttas Stimme hat sich kaum merklich ein Zittern eingeschlichen. Aber Miriam hört es genau.

»Nils und ich … wir sind nur Halbgeschwister.«

Jutta zuckt zusammen.

»Versuch nicht, es abzustreiten. Bitte.«

Es braucht eine ganze Weile, bis Jutta den Mund öffnet. »Was … woher willst du …?«

»Ich weiß es eben!«

Sie hört die Mutter atmen. »Dann hat er mit dir gesprochen?«

»Wer?«

»Gregor.«

Miriam bleibt der Mund offen stehen.

»Ich meine, als er noch klar war. Hat er es erzählt, früher einmal?«

»Heißt das … Papa weiß davon?«

»Du weißt es nicht von ihm?« Auf Juttas Stirn hat sich ein glänzender Schweißfilm gebildet.

»Verdammt noch mal, nein! Und es geht jetzt nicht darum, woher ich es weiß. Es geht darum, was du uns verheimlicht hast, Mama!« Miriam schlägt mit der Hand auf den Tisch, kurz klappert das Besteck, wie aufgeschreckt.

Am Nachbartisch verstummt das Gespräch, Köpfe wenden sich ihnen zu und wieder zurück, vermeintlich auf die Teller vor sich konzentriert.

Miriam könnte ihre Mutter schütteln, doch sie bemüht sich, leiser zu sprechen. »Wer ist Nils' leiblicher Vater? Oder meiner? Oder bist du nicht meine Mutter? Ich habe ein Recht darauf, das zu erfahren!«

Die kleinen Frühlingsrollen auf den Tellern erkalten. Jutta starrt darauf, als habe sie noch nie chinesisches Essen gesehen. Ihr Gesicht ist eingefallen, wie in zwei Hälften zerteilt.

Dann sagt sie: »Gut.« Und nickt. »Du sollst es erfahren. Auch wenn du mich noch mehr hassen wirst.«

Miriam trifft es wie ein Pfeil. »Ich habe dich nie gehasst!«

Juttas Lippen umspielt ein zaghaftes Lächeln. »Aber ich habe viel falsch gemacht. Ich wurde mit Iris' Tod nicht fertig. Und habe einen furchtbaren Fehler begangen. Vorher schon. Früher.« Sie zieht ihr Glas Apfelschorle zu sich heran und trinkt. Setzt das Glas wieder ab. »Joachim. Dass er schwierig war, wussten wir alle. Aber er hatte Charme, wenn er etwas wollte, weißt du? Er verstand es, andere zu blenden, zu manipulieren.«

Miriams Puls geht noch schneller. »Du willst mir jetzt nicht sagen, dass –«

»Doch, Miriam. Ich habe mich einmal auf eine kurze Affäre mit ihm eingelassen, von der Edith nie erfahren hat.« Mutters Stimme ist kaum mehr als ein Raunen.

»Du hast was?« Gleich wird es schwarz. Gleich, vor Miriams Augen. Aber es wird nicht schwarz, und der Boden unter ihr tut sich nicht auf. Sie bleibt sitzen, vor einem Teller mit kalten Frühlingsrollen.

»Verzeih mir. Ich habe damals nicht gewusst, wie er war. Dass er euch später … Das habe ich erst jetzt erfahren, von dir. Ich wünschte, ich könnte alles ungeschehen machen.«

Miriam spürt ihren Herzschlag bis in den Rücken pulsieren, heiß-kalte Wellen ziehen hinab bis in ihre Kniekehlen. »Joachim? Aber er war der Mann deiner Schwester! Wie kann …?« Sie lässt den Satz ersterben. Ihre Mutter sitzt ihr gekrümmt gegenüber, ein geschrumpftes, zertretenes Wesen. Verdammt. Wer ist sie, mit Steinen zu werfen? Sie hat selbst erlebt, wie rasch ein falscher Schritt getan ist. Für einen Moment starrt Miriam vor sich auf den Tisch. Ruft ihren Zorn zurück wie ein fliehendes Pferd. Joachim, der Sadist. Jannes' Vater. Jannes! Ist er etwa ihr …? Sie traut sich kaum, den Satz zu Ende zu denken. Schluckt, bevor sie neu ansetzt: »Ist Joachim … mein Vater?«

Der Blick ihrer Mutter hält sie fest, ihre Worte fangen sie auf: »Nein, nicht deiner. Er war der Vater von Nils.«

19

Samstag. Noch immer hat sich Nils nicht gemeldet. Dabei sollte er seit gestern aus Amerika zurück sein. Vielleicht hat er einen Jetlag und schläft. Aber Miriam muss mit ihm sprechen. Darüber, wer sein Vater ist. Falls Mutter es nicht tut. Und sie möchte wissen, warum sogar er ihr immer verschwiegen hat, dass es Iris gab. Er und Jannes, niemand hat den Kreislauf aus Totschweigen je zu durchbrechen gewagt.

Wie kann das sein?

Die Lügen haben zu lange wie eine unsichtbare Säure ihr Leben verätzt. Wieder hinterlässt sie Nils eine Nachricht auf Band. »Melde dich bitte. Dringend. Ruf mich am besten auf dem Handy an. Ich bin nachher unterwegs.«

Als sie aufbricht, steht Arne mit Pia in der offenen Haustür und schaut ihr nach. An seinem Blick erkennt Miriam, dass er sie den Weg zu Iris' Grab nicht gern allein gehen lässt. In seine Stirn gräbt sich eine tiefe Furche. Nach den neuen Offenbarungen über ihre Familie wächst seine Sorge um sie, so gab er ihr zu verstehen, aber Miriam hat ihn beruhigt. Tatsächlich fühlt sie sich besser. Es ist gesünder, mit der Wahrheit umzugehen – umgehen zu dürfen, als sich einen Tag länger auf der dünnen Eisschicht aus Lügen fortbewegen zu müssen. Warum hat ihre Mutter das nie begriffen?

Kurz vor dem Friedhof in Bad Bramstedt steuert Miriam rechter Hand einen Floristikladen an. Sie hält an der schmalen Auffahrt und öffnet die Glastür zum Geschäft. Leises Glöckchenklingeln kündigt sie an. Die Luft im Laden legt sich kühl und feucht auf ihre Haut. Weihnachtsgestecke mit Tanne, Heide, Christrosen und Zierkugeln warten auf den Tischen und Regalen darauf, in kaufende Hände zu wandern. Miriam möchte etwas Blühendes, Duftendes. Etwas, das nicht nach Winter, sondern schon nach Frühling riecht.

Die flinken Hände der Verkäuferin binden einen Strauß nach

Miriams Wünschen aus weißen Anemonen, Rosen in blassem Rosa und Ranunkeln.

»Und schön anschneiden zu Hause, dann haben Sie lange etwas davon!«, gibt ihr die Frau mit auf den Weg.

»Er ist nicht für mich«, sagt Miriam leise.

»Dann wird sich ja gleich jemand freuen.« Die Floristin lächelt.

Vielleicht, denkt Miriam. Wenn sie mich sehen kann.

Bis zu dem Friedhof, auf dem Iris begraben wurde, hat sie nur noch eine kurze Strecke zu fahren. Sie parkt den Wagen vor einem kleinen roten Gebäude, dem Kirchenbüro, bei einem ins Beet eingelassenen Findling. Ein paar Schritte, und der Bürgersteig führt sie entlang einer Hecke in Richtung Eingang zum Friedhof. Die Winterluft greift kalt nach Miriams Hand, die den Strauß fest umklammert. Mit einem schmirgelnden Laut öffnet sich das schmiedeeiserne Tor. Vor ihr erstreckt sich ein breiter, von Bäumen eingefasster Sandweg. Weiter hinten sieht sie eine dickliche Frau, die sich auf Knien über ein Grab beugt.

Ihre Mutter hat beschrieben, wo Iris' Grabstätte zu finden ist. Und hinzugefügt, dass sie selbst lange nicht mehr dort gewesen sei. Doch Miriam verkniff sich, ihr anzubieten, sie mitzunehmen – und Jutta bewies genug Taktgefühl, sie nicht darum zu bitten. Eines Tages wird Miriam bereit sein, mit ihr zusammen hinzugehen. Aber erst einmal muss sie den Weg allein nehmen.

Ein Stein nach dem anderen gleitet an Miriam vorüber, ein Name neben dem anderen. Zahlen. Niedrige Buchsbaumhecken, Chrysanthemen. Halb verblühte Sträuße. Skulpturen und Gegenstände, die Geschichten erzählen von den Menschen, die hier beerdigt sind. Ein Traktor auf dem Grabstein eines Bauern. Eine Hasenfigur auf einer Bank, bei dem Grab einer Vierzehnjährigen. Ein Fußball aus Messing. Kreuze. Laternen und Grablichter, mit leise flackernden Flammen in der milchigen Luft. Manchmal nur in das Gras eingelassene Gedenktafeln. Fotos von Verstorbenen, ausgeblichen von der Witterung. So viel Trauer. So viel Verlust. Miriams Augen brennen.

Sie fühlt ihr Herz schlagen. Ihres. Ihres schlägt.

Der Sand knirscht unter ihren Schuhsohlen. Sie kommt bei dem flachen Findling an, den ihre Mutter beschrieben hat. In den Kratern seiner Oberfläche hat sich Regenwasser gesammelt – eine Vogeltränke, von der Natur gegeben. Links davon ein von den weitläufigen Reihen abgeschirmter, schmaler Weg mit weiteren Gräbern, umrahmt von Kirschlorbeer, in den trauernde Menschen Ketten aus Herzen gehängt haben, mit dem Mut der Liebe.

Hier irgendwo muss auch Iris' Grab sein. Miriam spürt es plötzlich, fühlt eine Erinnerung nahen, als öffnete sich eine Truhe einen winzigen Spalt. Sie hört ihre Schritte auf dem Sand, kleine, zögerliche Kinderschritte. Blaue Schuhe. Sie trug blaue Schuhe, als sie schon einmal hier war, mit einer breiten Schnalle über dem Spann. Damals hockte eine Katze auf einem der Gräber ringsum. Das Tier leckte sich die Pfoten, während Miriams Welt in Stücke brach. Ihre Kinderaugen saugten sich an diesem Bild des Friedens fest, es war der Anker, der sie davon abhielt, sich in die Grube vor ihr zu stürzen, dorthin, wo sie Iris wieder nahe gewesen wäre.

Miriams Herz zieht sich zusammen, krampfartig, als läge es in den Wehen, und mit jeder Wehe gebiert es eine neue Erinnerung. Sie drückt den Strauß an ihre Brust.

Iris.

Iris ist tot.

Alles ist wieder da.

Das Gewicht des Schreckens. Der Taumel, die Bodenlosigkeit. Die Nacht ihrer Kinderseele.

Sie fühlt das Blut in ihren Ohren rauschen. Aber die Blumen geben ihr Halt, sie krallt sich daran fest. Sie wird nicht in Ohnmacht fallen, als sei sie eine Schwindsüchtige – wie an dem Tag an Ediths Grab. Diesmal nicht.

Und dann sieht sie ihn. Den grauen Sandstein. Ein Bogen über der Inschrift, eingelassene Ahornblätter. Rosenblüten.

»Iris Peters, 1979–1984«.

Das ist alles.

Das ist alles, was von ihr übrig ist.

Vergiss nicht. Vergiss nicht, vermiss mich!

Sie kehren zurück. Die Worte. Miriam kann sie deutlich hören. *Vergiss nicht, vermiss mich* – es sind ihrer beider Worte, Worte des Abschieds. Ein gemeinsames Kinderritual. Sie sprachen sie immer, wenn sie auseinandergingen, fröhlich und beschwörend, wann immer ihre Wege sich einmal trennten.

Miriam steht stumm und starrt auf die Buchstaben, die Jahreszahlen vor ihr. Lauscht den Kinderstimmen in ihrem Kopf, die sich mit dem Wind in den Bäumen vermischen. Ihre Stimme. Iris' Stimme.

Miriams Augen schließen sich. Zwei blonde Zöpfe hüpfen auf und ab. Auf und ab, sie sieht sie von hinten. Iris geht. Sie geht mit Papa von ihr weg. Er hält Iris an der Hand, die sich noch einmal umdreht und winkt, mit einem schelmischen Lächeln. Iris geht, und sie wird nicht wiederkehren. Papa bringt sie fort. Weg von ihr und Mama.

Es ist Miriams Schuld. Irgendetwas Verkehrtes ist geschehen, ein schlimmer Fehler. Sie hätte das nicht tun sollen. Sie hätte nicht bei Mama bleiben dürfen!

Ihr Herz stolpert in unrhythmischem Takt. Woher kommen diese Bilder? Ihre Beine zittern. Sie hockt sich hin, vor das Grab, legt mit einer Hand die Blumen nieder, auf ein Bett von wild wucherndem Efeu. Die Blüten schimmern hell und zart auf dem grünen Grund. Miriam bedeckt ihr Gesicht mit den Händen.

Es ist ihre Schuld.

Das weiß sie. Etwas flüstert in ihrem dunkelsten Innern. Im Kindesinnern.

Du bist schuld, schuld, schuld.

Miriam weiß nicht, wie lange sie dort hockt, als eine Stimme sie aufschreckt. Eine Stimme, die sie kennt.

»Schön, dass ma jemand nach dem Grab guckt. Is ja nich so Frau Peters' Ding.«

Miriam blickt auf und schaut geradewegs in Frau Blotenbergs rundes Gesicht. Es ist von der Kälte gerötet.

»Die Blumen würd ich ma inne Vase tun. Wär 'n Jammer, wennse so schnell verwelken. Gibt's dahinten, soll ich ma eine holen?«

Miriam erhebt sich, kurz hat sie das Gefühl, zu schwanken. In ihrem Kopf pocht es, die Luft scheint sich vor ihren Augen zu verpixeln.

»Frau Blotenberg ...« Aus ihrer Kehle kommt nur ein Krähen.

»Nu setz dich ma besser, ich mach dat schon. Ganz blass siehste aus.«

Ediths Nachbarin führt sie sanft am Arm zu einer Rundbank, in deren Mitte ein Rosenbäumchen steht. Dann entfernt sie sich in Richtung Kapelle. Noch immer ist Miriam schwindelig. Sie kapituliert und lässt sich auf die Bank nieder, nimmt einen tiefen Atemzug. Frau Blotenberg kommt mit einer Vase zurück, befüllt sie mit Wasser. So viel Hilfsbereitschaft und Wärme. Miriam versucht zu lächeln. Aber ihre Mundwinkel haben keinen Kontakt mit ihrem Willen.

Schließlich findet sie ihre Stimme wieder. »Was für ein Zufall, dass wir uns hier treffen. Was machen Sie denn hier?« Sie nimmt die Vase entgegen. »Danke.«

»Na, ich besuch doch mein' Herrmann. Dahinten liegt er. Schön anner Birke.« Frau Blotenberg zeigt in Richtung der Bäume und setzt sich mit einem leisen Schnaufen neben Miriam auf die Bank.

Sie war also die Frau am Grab, und Miriam hat sie nur von hinten nicht erkannt.

»Hab alles wieder schier gemacht.«

»Wann ist er denn gestorben?«, fragt Miriam schwach.

»Vorletztes Jahr isser eingeschlafen. Na, und nu besuch ich ihn jeden Tag. Wenn er nich zu mir kann, muss ich eben zu ihm, ne?« Frau Blotenberg lacht asthmatisch, zeigt dabei ihre schiefen Zähne.

»Das tut mir sehr leid.«

»Na, nu lächle ma, Kind. Is doch schon so lange her.«

»Mit Ihrem Mann?«

»Nein. Mit deiner Schwester.«

»Das stimmt. Aber ich habe vieles bis vor Kurzem nicht gewusst.«

»So klein warse, das arme Mädchen.«

»Kannten Sie sie?«

»Jaja. Ihr wart ja ab und zu ma da bei der Edith. Hat uns schon mitgenommen damals. Dass so was ausgerechnet nebenan passiert ...«

»Nebenan?« Hoffnung schlägt in Miriams Brust. Vielleicht kann Frau Blotenberg Licht in die Dunkelheit bringen.

»Jaja ... sicher.«

»Können Sie mir davon erzählen?«

»Im Haus von Edith isses gewesen. Da isse gestorben. Wir mussten das ja mitkriegen, war ja Notarzt da und alles. Aber die konnten nich mehr helfen. Dann hamse sie rausgetragen, auf der Bahre. Schrecklich war das. Hat mein Kai alles mit angesehn.«

»Wann? Wann genau war das?« Durch Miriams Kopf bohren sich die Gedanken wie Würmer.

»Na, vor über dreißig Jahren. Morgens inner Frühe. Sind wir von wach geworden von dem Lärm und den Sirenen.«

»Heißt das, Iris hatte dort übernachtet?«

»Wird wohl so gewesen sein. Ich dachte, du weißt dat alles.«

Die Würmer werden viele, winden sich hin und her. Iris ist in Weddelbrook gestorben? War Miriam etwa dabei? Und wo waren ihre Eltern zu dem Zeitpunkt?

»Woran ist sie gestorben?«

»Erstickt isse, hat's geheißen. Hatte was verschluckt oder so. Das arme Ding.«

Miriam verstummt. Das könnte ein Gerücht sein. Mutter hatte gesagt, Iris sei an ihrer Allergie verstorben.

Frau Blotenberg wendet ihr den Kopf zu. »Ja, hamse das denn alles nicht erzählt?«

»Nein. Nur ... zum Teil.«

»So was ... Sachen gibt's.« Ediths Nachbarin wackelt verständnislos mit dem Kopf. »Für mein' Kai war das nich leicht. Hat sich danach zurückgezogen. So gern war der mit euch zusammen, wenn ihr da wart. Draußen durftet ihr ja spielen, dat war dem Joachim dann egal.«

Sortieren. Miriam muss alles durchdringen, die Würmer in klare Gedanken verwandeln.

»Un so hübsch warter zusammen, ihr zwei. Immer ham wir euch verwechselt ...«

Miriam schaut Frau Blotenberg mit Staunen an. »Verwechselt? Sahen wir uns denn so ähnlich?«

»Na sicher. Zwillinge halt.«

»Ja, aber ... zweieiige. Iris hatte blaue Augen. Das habe ich auf einem Foto gesehen.«

»Aber du doch auch.« Frau Blotenberg blickt Miriam an, als würde diese langsam den Verstand verlieren.

Und damit liegt sie nicht mal falsch, denkt Miriam. »Grüne. Ich habe grüne Augen.«

»Damals hattet ihr beide blaue. Nix, zweieiig. Ihr saht genau gleich aus. Habter euch 'nen Spaß draus gemacht manchmal und mein' Kai veräppelt.« Gurgelndes Lachen.

»Eineiig? Wir waren eineiige Zwillinge?«

Frau Blotenberg nickt triumphierend. »Genau gleich. Wie ein Ei dem annern.«

Miriam schüttelt den Kopf. Das kann doch nicht sein. Kann ...?

»Kann passieren, dass die Augenfarbe noch spät wechselt«, gibt Frau Blotenberg Antwort, bevor Miriam ihre Frage zu Ende gedacht hat. »Unsere Nichte, also die von mei'm Herrmann, die hatte immer grüne Augen. Und was soll ich sagen, kommtse inne Pubertät, so mit zwölf, dreizehn Jahren und schwups hatse braune. Kein Witz.«

Noch immer hält Miriam die Vase in ihren Händen, der Strauß liegt unberührt auf dem Grab. Sie starrt auf die Blumen. *Vergiss nicht, vermiss mich.*

Erst nach einer Weile steht Miriam von der Bank auf. Sie bohrt den Spieß, der am Boden des Gefäßes befestigt ist, in die harte Erde. Stellt den Blumenstrauß hinein in die Vase, ins kalte Wasser, auf das Grab.

Kalt. Iris. Was hast du in deiner letzten Nacht erlebt?

»Fährste gleich wieder heim?« Wieder Frau Blotenbergs Stimme.

»Ich weiß nicht, ich –«

»Is ja Zeit fürs Mittagessen. Mein Kai wartet. Immer Hunger hatter, der Bursche. Kannst gern mitkommen, ich mach Schnitzelchen.«

»Nein. Vielen Dank, Frau Blotenberg. Aber Sie –«

»Ich bin Christa.«

»Christa … du hast mir sehr geholfen. Danke. Bist du mit dem Auto hier?«

»Nein, mit mei'm Klapprad. Hab ich da vorn gelassen.« Sie zeigt Richtung Ausgang.

»Ich nehm dich gern mit und bring dich nach Hause.«

Christa nimmt freudig an.

Schnell ist das Rad im Kofferraum verstaut. Erstaunlich still ist es mit Christa im Wagen. Friedlich. Miriam kann in Ruhe ihre Gedanken sortieren. Eineiig also. Gibt es das? Eineiige Zwillinge, von denen nur eine an einer Allergie erkrankt? Sie wird es bei nächster Gelegenheit recherchieren.

Als sie das Auto auf Ediths Haus zusteuert, registriert sie in Sekundenschnelle, dass die Auffahrt besetzt ist. Von zwei Wagen. Der eine gehört Jannes. Der andere … das ist doch – Nils? In ihrem Kopf rattern die Gedanken. Sie parkt das Auto am Straßenrand und steigt aus.

Kai steht an der Gartenhecke und starrt seiner Mutter entgegen, die mit einem Stöhnen aus dem Wagen klettert.

»Nu isser wieder ganz durchn Tüdel, dass ich nich mit dem Rad komme. Aber anständig isser, mein Kai.« Christas Blick wandert wie verliebt zu ihm hin, dann zu den Autos in Ediths Einfahrt. »Nanu? Besuch? Na, seit die Edith nich mehr is, tobt hier der Mob.«

Miriam drückt die spröden, warmen Hände der Nachbarin. »Danke, Christa. Dass du mir so viel erzählt hast von damals.«

Kai funkelt Miriam verwirrt, fast ängstlich entgegen. Ihr ist jetzt klar, warum er sie für einen Geist hielt. Vielleicht denkt er auch jetzt darüber nach, ob sie die wiederauferstandene Iris ist, die er einst auf der Totenbahre sah.

***

Dieser Hornochse. Erst weigert er sich, mir noch mal zu helfen, und dann kommt er mir in die Quere. Was will der jetzt hier? Den Aufpasser spielen? Sich was abzweigen? Dem ist alles zuzutrauen. Vielleicht war es doch ein Fehler, ihn einzuspannen. Wenn auch nur ein Gramm fehlt, wird er das teuer bezahlen. Ich habe neue Aufträge im Darknet. Diesmal muss alles glattgehen. Damit ich meine Schulden loswerde. Sonst machen Jagos Leute Kleinholz aus mir. Das Ultimatum ist bald abgelaufen.

Wenigstens hat sie nicht die Bullen gerufen. Aus lauter Liebe wahrscheinlich. Die holde »Miri«. Das Lieblingskind. Und ihr Seelenverwandter, das Sensibelchen. Zu zartbesaitet, um das Geschrei auszuhalten. Mimimimimimi. Nicht genug, dass er sie auf dem Gewissen hat. Gleich zwei Tote gehen auf sein Konto. Auf seins und letztlich auch auf deins, »Miri«.

Alles wäre anders gekommen, wenn ihr nicht auf so beknackte Ideen gekommen wärt. Der Waschlappen und du.

20

Unschlüssig bleibt Miriam in der Auffahrt stehen. Kai und Christa sind zum Mittagessen verschwunden. Ein sachter Wind spielt mit Miriams Haarsträhnen, die sich über ihre Augen legen. Sie wischt sie beiseite, pustet sie von den Lippen. In ihrer Jackentasche fühlt sie das kühle Metall des Haustürschlüssels. Noch einmal hineingehen. Sie wird nicht allein dort sein. Warum trifft Nils sich hier mit Jannes, ohne dass sie davon weiß? Ihr Bruder hat mit keinem Wort auf ihre Nachrichten reagiert. Oder hat sie eine Nachricht von ihm übersehen? Sie blickt auf ihr Handy. Ein verpasster Anruf, eine WhatsApp. Hat er sich doch gemeldet? Nein. Es ist eine Nachricht von Arne.

»Ich mache mir Sorgen. Warum gehst du nicht ans Handy?« Die Nachricht hat er schon vor über einer Stunde geschickt. Miriam hatte seinen Anruf nicht gehört, wahrscheinlich war sie da noch im Auto unterwegs. Warum ist er so aufgeregt? »Alles gut«, tippt sie rasch zurück. »Ich habe Ediths Nachbarin getroffen und bin noch mal zum Haus gefahren. Komme bald zurück. Kuss«. Sie steckt das Handy wieder weg und den Schlüssel in die Haustür, die sich mit dem beinah schon vertrauten Quietschen öffnet.

»Hallo?«, ruft Miriam in die Stille des Flurs. Sie schließt leise die Tür, lässt den Schlüssel zurück in ihre Jackentasche gleiten. »Nils?«

Keine Antwort.

Jannes' Mantel hängt über dem Treppengeländer, dort, wo er ihn schon einmal abgeworfen hatte. An dem Abend, als er sie hier besuchte, als …

»Jannes? Ich bin es. Wo seid ihr?«

Was soll das? Wo stecken die beiden? Unwillkürlich muss sie sich auf die Lippen beißen. Noch mehr Erinnerungen. Sie haben früher oft Verstecken gespielt. *Eckstein, Eckstein, al-*

les muss versteckt sein … Und Miriam war immer eine Spielverderberin, weil sie es nie lange aushielt, nicht gefunden zu werden. Sie war das Mäuschen, das viel zu früh Piep sagte und umgekehrt schnell anfing zu heulen, wenn sie niemanden fand. Heute ahnt sie, warum.

Langsam setzt sie einen Schritt vor den nächsten. Schaut ins Wohnzimmer, in die Küche. Nichts. *Mäuschen, sag mal Piep …* Sie geht die ersten Treppenstufen nach oben, aber das ist unsinnig. Warum sollten sie oben sitzen? Es kann nur … Miriam nähert sich dem Abgang zum Keller. Die Tür ist wie immer angelehnt. Vorsichtig zieht sie sie auf, da hört sie Stimmen. Anscheinend aus dem Verlies. Sie klingen gehetzt, aufgebracht. Aggressiv.

»Ich hab dir gesagt, kümmer dich um deinen eigenen Dreck. Ich hab mit der Scheiße nichts zu tun.« Es ist Jannes.

Miriams Herz klopft.

»Ach. Der Herr Saubermann, was?« Nils – er lacht. Er lacht immer wie ein Ziegenbock, aber jetzt schwingt etwas mit, das Miriam fremd ist. Etwas, das sie an ihm noch nie wahrgenommen hat.

»Nimm das Zeug und hau endlich ab. Zu deiner Freundin. Dann könnt ihr euch gemeinsam zuballern. Oder weiß sie gar nichts von dem ganzen Mist hier?«

»Erstens hast du mir überhaupt nichts zu sagen.« Nils' Stimme klingt scharf wie ein Rasiermesser. »Und zweitens geht dich meine Süße einen Scheißdreck an.«

Was für eine Freundin? Und was hat Nils mit den Drogen zu tun?

»Raus!«, gibt Jannes zurück. »Das ist nicht dein Haus hier.«

»Nicht mein Haus? Hast du vergessen, dass deine Mama es *uns* vermacht hat? Und nicht dir!« Wieder ein meckerndes Nils-Lachen.

»Du bist ja irre.«

»Und wenn schon. Ihr geht mir auf den Sack mit eurem Getue. Du und deine ›Miri‹.«

»Sie ist deine Schwester, Nils.«

»Halb. Halb, mein Lieber. Das hast du wohl auch vergessen. Ihr vergesst verdammt viel, wenn ich mir das so recht überlege.«

Miriam stockt der Atem.

»Das hat so keinen Sinn mit dir«, resümiert Jannes, knapp und nüchtern.

Ein Reißverschluss geht auf – oder zu?

»Hey, das ist *mein* Stoff. Finger weg oder ...« Nils' Stimme wird drohend.

Jannes fällt ihm ins Wort. »Ich pack es ein, und dann verschwindest du damit!«

»Ich hab gesagt, Finger weg! Das mach ich selbst.«

Sein Stoff. Nils also und nicht Jannes hat die Drogen hier eingelagert? Wie betäubt führt Miriam ihre Hand vor den Mund. Wie kann das sein? Nils – der starke Bruder. Der muntere Bruder. Der erfolgreiche Geschäftsmann, mit beiden Beinen im Leben stehend, fest im Sattel und im Unterschied zu ihr und Jannes immer vor Selbstbewusstsein strotzend. Sie kann es nicht fassen.

Von unten hört sie ein Poltern. Sie werden doch nicht ...

»Hey!« Miriam stößt den Ruf aus der Kehle, noch ehe sie darüber nachdenken kann. »Hört auf!« Mit wenigen Schritten treppabwärts ist sie im Keller, der nackte Betonboden unter ihren Schuhsohlen knirscht von den noch immer herumliegenden Glasscherben. Sie bahnt sich den Weg an den Kartons vorbei zur Tür des Verstecks.

Jannes und Nils lassen voneinander ab. Zwei vertraute Augenpaare blicken sie überrascht an. Zwischen ihnen liegt eine geöffnete schwarze Reisetasche, ein paar der Tüten mit dem Kokain sind darin verstaut.

»Sieh an!«, schmettert Nils Miriam entgegen. »Na, Sista? Siehst ja aus wie 'ne Leiche.«

Sie fühlt ihr Herz bis in den Hals klopfen. »Was soll das, Nils?« Ihre Stimme bebt. »Das Zeug gehört dir?«

»Könnte man meinen.« Nils zeigt mit einer schrägen, triumphalen Geste durch den Raum. »Dann mal rein in die gute Stube!«

Jannes macht einen Schritt auf Miriam zu und legt eine Hand in ihren Rücken. »Geh. Ich erledige das hier.« Mit drohender Stimme fügt er hinzu: »Er wollte sowieso gerade verschwinden, nicht wahr, Nils?« Und lässt ungerührt weitere Päckchen in der Tasche verschwinden.

Nils sieht ihn nicht einmal an, stattdessen fixiert er Miriam. »Wie isses, wieder hier zu sein, Schwesterchen?«

Tränen schießen ihr in die Augen, lassen das Bild des Bruders vor ihrem Gesicht verschwimmen. »Das kann doch nicht sein, Nils. Was ist los mit dir? Wieso …?«

»Wieso?«, äfft er sie nach. »Was ist nur los mit dir?«

Seine Stimme fasst kalt in ihr Innerstes, stößt etwas in Miriam an. Sie kennt diesen toten, hohlen Ton. Nils klingt wie … er klingt wie Joachim. Miriam erinnert sich jetzt mit unerwarteter Heftigkeit. An die Härte des Onkels. Seinen Geruch. Die Gewalt seiner Stimme, die keinen Widerspruch duldete. Aus der sich jedes Fünkchen Wärme herausgeätzt hatte.

Tränen lösen sich aus Miriams Augenwinkeln, der Gehässigkeit ihres Bruders zum Trotz.

Er reagiert mit einer Geste, als würde ein Kind heulen, reibt sich mit beiden Fäusten die Augen. »Mimimimimimi. Heulsuse. Dein lieber Bruder, Miriam, Halbbruder, um genau zu sein – macht was mit Drogen. Hilfe!«

»Hör auf!«, geht Jannes dazwischen. »Lass sie in Frieden und hau ab!«

»Halt die Fresse! Ihr tut so verdammt brav. Alle beide. So verschworen. Einfach zum Kotzen!«

Miriam kann nicht glauben, was sie hört. Ist das ihr Nils, derselbe Nils, dem sie Fotos von Pia schickte, der sie immer mit seinen Witzchen aufmunterte? Das passt alles nicht zusammen. Vor Kurzem noch hat er ihr eine liebe Nachricht nach Weddelbrook geschickt, diesen Gruß aus L. A. Jetzt dieser Hass. Warum? Eine Ahnung fasst mit eisigen Fingern nach Miriam. Er wollte sich nur absichern. Abtasten, ob sie seinem Geheimnis auf der Spur ist. Wie lange schon tarnt er sein kriminelles Doppelleben?

»Seit wann … verkaufst du Drogen?« Miriam versucht, ihre Stimmlage unter Kontrolle zu behalten.

»Länger, als du glaubst. Und dein heiß geliebter Cousin hat mir sogar erlaubt, das Zeug hier zwischenzulagern. Die Alte hat den Keller sowieso fast nie betreten, seit …« Er tippt Jannes auf die Schulter. »Seit ihr lieber Junge mal sehr unartig war.«

»Du widerst mich an, Nils«, ist alles, was Jannes zurückgibt.

»Tu nicht so heilig! Als hättest du nicht auch Dreck am Stecken – Cousinenmörder. Und – ach ja!« Er richtet sich zu seiner vollen Größe auf und spuckt ihm das letzte Wort vor die Füße. »Vatermörder!«

»Wovon redest du?« Miriam schaut Nils fassungslos an.

Über sein Gesicht zieht sich ein hässliches Grinsen. Er haut Jannes scheinheilig auf die Schulter. »Schwups! Ein kleiner Schubs hat ausgereicht, was, Bro?«

Jannes' Gesicht wird weiß. »Du hörst sofort auf«, flüstert er.

»Womit? Die Wahrheit zu sagen? Einer sollte mal damit anfangen, oder nicht?« Er lacht blechern. »Du hast Vater die Treppe runtergeschubst. Und du hast Iris umgebracht. Im Grunde warst du verdammt fleißig. Und dein Mütterchen hat auch noch alles gedeckt. Nicht mal unsere Alte weiß, was sich hier im Keller zugetragen hat, ›Miri‹«, äfft Nils. »Sie haben es so aussehen lassen, als sei die Kleine einfach so krepiert, im Bett, nach dem Essen.«

»Ich habe nichts dafürgekonnt, Nils!«

»Ach nein?« Er tritt gegen die Tür zum Verlies. »Wer hat denn die Schokolade durch die Ritze geschoben? Etwa ich? Du warst schon immer ein Schwachmat. Ein Sensibelchen. Konntest es nicht aushalten, sie heulen zu hören.«

Jannes' Augenlider zittern. »Sie hat vor Angst geschrien. Ich wollte ihr nur helfen.« Er sagt es so leise, dass Miriam seine Worte fast nicht hören kann.

»Sie wär schon nicht gestorben, du Depp. Die Schokolade dagegen …« Nils wiegt seinen Kopf hin und her, und ein grausames Lächeln umspielt seine Lippen. »Verdammt süß und verdammt tödlich!«

Seine Stimme verhallt im Raum. Für einen Moment sagt niemand etwas. Miriam schluckt schwer. Schweiß tritt auf ihre Stirn, ihre Hände krallen sich krampfhaft ineinander. Sie sucht in Jannes' Gesicht nach einer Reaktion, doch er ist ganz in sich zusammengesackt.

Dafür schießt Nils' Blick jetzt zu Miriam, die zur Salzsäule gefriert. »Und du, meine Liebe …« Er kommt auf sie zu. »Du bist schuld, dass unser Schwesterchen überhaupt hier drin war. Krepiert ist sie, weil ihr beide alles versaut habt! Elend verreckt an Scheiß-Schokolade!«

Niemand rührt sich mehr. Es wird gespenstisch still.

Miriam fühlt das Herz in ihrer Brust pumpen, unfähig, etwas zu sagen.

Schuld. Das Wort hallt in ihrem Kopf wider. Es hat mit ihr zu tun, dass Iris sterben musste. An Schokolade? Sie spürt die Wahrheit immer deutlicher. Wie einen gähnenden Abgrund, eine finstere Schlucht, die sich vor ihr auftut.

Vergiss nicht, vermiss mich.

Das Mädchen mit den Zöpfen hüpft von ihr davon, dreht sich noch einmal mit einem schelmischen Lächeln zu ihr um …

Getauscht! Sie haben getauscht!

»Sie ist hier gestorben? Und ihr dachtet, sie sei ich«, flüstert Miriam schließlich.

Nils aalt sich in sadistischem Schweigen. Seine Lippen sind zusammengepresst, wieder zu diesem schiefen Grinsen verzogen. Seine Augen, nur noch schmale Schlitze, taxieren sie.

Es ist Jannes, der jetzt spricht, mit heiserer Stimme. »Ich wollte es dir schon einmal erzählen, Miri. Es ist passiert, nachdem du sie in der Kur besucht hattest. Iris wollte nicht länger da bleiben. Und du, nehme ich an … du wolltest nicht mehr hier sein müssen. Bei uns. Vielleicht war es auch nur ein Spiel. Niemand hat es mitbekommen. Wir alle dachten, das Mädchen, das dein Vater zurückbrachte, seist du. Mein Vater … Joachim hat …« Jannes atmet aus. »Er hat gedacht, *dich* hier unten einzusperren. Ich wollte nur trösten. Ich habe …« Er fixiert zornig Nils, dessen Grinsen nicht aus seinem Gesicht weicht. »Ich habe es verdammt noch mal nicht gewusst, dass sie keine Schokolade verträgt! Keiner hat es gewusst! Es war ein allergischer Schock, ich konnte nichts dafür. Aber du, Nils, du hast Wache gehalten … Du standest vor der Tür, als sie krepiert ist, und hast nichts unternommen!«

Er stößt seinen Halbbruder gegen den Arm, schubst ihn. Nils wehrt sich kaum.

»Weil ich kein Trottel bin. Wie du.« Sein Lachen wird von den engen Wänden hin- und hergeworfen. »Vater hat mir vertraut. Ich hatte einen Befehl, und seiner Ansage war Folge zu leisten, das weißt du so gut wie ich.« Sein Lachen bricht. »Mich hätte er gleich mit hier reingesteckt, wenn ich mich geweigert hätte. Da mochte ich meinen Wachplatz lieber. Und war froh, als endlich Ruhe war. Erst kam nur noch ein Röcheln und dann nichts mehr.«

Miriam bleibt jedes Wort im Hals stecken. *Vergiss nicht, vermiss mich.* Iris musste sterben, weil Miriam es zuließ, dass die Schwester mit Papa zu Joachim und Edith zurückfuhr. Sie, nicht Miriam. Sie selbst war bei der Mutter geblieben. In der Kurklinik. Die Erinnerung kriecht aus dem Versteck in Miriams Kopf, bäumt sich zu einer kalten Woge auf, die über ihr zusammenschlägt, in der sie zu ertrinken droht. Sie wollte nicht nach Weddelbrook zurück. Joachim nicht mehr sehen, seine finsteren, stechenden Augen. Nicht mehr im Keller frieren, sondern mit Mama am Meer spazieren. Und Iris, Iris ging, lächelnd. Sie hatte eine stille Freude daran, den Erwachsenen ein Schnippchen zu schlagen, die sie in der Klinik zwangen, sich von Schonkost zu ernähren. Sie und Miriam wollten ihren Gefängnissen entkommen, wenigstens für einen Tag. Und dabei blieb es. Denn am nächsten schon war Iris tot.

Tot. *Es ist deine Schuld, Miriam. Du hast sie gehen lassen.*

Miriam erstarrt, ihre Hände krallen sich ineinander.

Ihr Blick irrt haltlos durch den Raum, findet schließlich Jannes' Augen, die ihn diesmal erwidern. Sein Gesicht ist entgleist, schmerzverzerrt.

Er lässt von Nils ab. »Du bist krank. Krank und voller Hass, genau wie Vater. Du bist es nicht mal wert, mit dir zu streiten.« Er zieht die schwarze Tasche näher zu sich heran und fährt fort, die Beutel aus dem Regal hineinzuwerfen. Einer platzt. Eine mehlige Wolke stäubt auf.

»Pass gefälligst auf! *Fuck*, was meinst du, was das Zeug wert ist!« Nils Gesicht rötet sich vor Zorn. »Du hast keine Ahnung, was die mit mir machen, wenn –«

»Ich kann dir gar nicht sagen, wie egal mir das ist!«, fällt ihm Jannes ins Wort. Die Tasche ist fast voll, das Regal leer. Mit einem Ruck zieht er den Reißverschluss zu. »Du tust mir nur noch leid, weißt du das? Ein Scheiß-Opfer bist du. Weiter nichts. Genau wie wir. Das ist der einzige Grund, warum ich dich gehen lasse und nicht die Polizei rufe.« Er schiebt die Tasche verächtlich mit dem Fuß zu Nils. »Nimm das Zeug und verschwinde jetzt!«

Nils' Wangen. Sie werden fast violett.

Die Worte, die er hervorzischt, rollen rau von seiner Zunge, stoßen sich wie abgehackt von seinen Lippen. »Ich – bin – kein – Opfer!« Wie aus dem Nichts zieht er ein Klappmesser aus seiner Hosentasche, stürzt sich damit auf Jannes, der nicht schnell genug reagiert und gegen die Wand geschmettert wird. Das Messer blitzt dicht an Jannes' Kehle auf, der keuchend nach Luft schnappt.

»Nils!« Miriam erwacht aus ihrer Starre, zerrt von hinten am Arm des Bruders. Er reißt ihn weg, schmettert sie zu Boden, gerät selbst ins Taumeln.

Jannes reagiert sofort, stößt Nils von Miriam fort und stürzt sich auf ihn, der noch immer das Messer in der Hand hält. Miriam rappelt sich auf, fischt nach ihrem Handy, öffnet mit zitternden Fingern das Display, während Nils und Jannes einander bekämpfen. Kein Empfang in diesem Kellerloch. Verdammt!

Nils hat die Oberhand gewonnen. Mit seinem ganzen Körpergewicht hält er Jannes, der am Boden liegt, in der Schraube, umklammert ihn mit den Beinen, drückt mit ihnen auch dessen Hände gegen die Rippen. Das Messer. Es funkelt an Jannes'

Hals, hinterlässt ein feines Rinnsal aus Rot unterhalb seines Kinns. Dort, wo die Haut weich und verletzlich ist.

Miriam kreischt. Ihr Körper wirft sich wie im Reflex mit aller Wucht gegen Nils. Ein roher Schmerz durchstößt ihre Rippen, als sie gegen seine Ellenbogen kracht, mit denen er sie abwehrt. Sie stöhnt auf. Kurz bleibt ihr die Luft weg. Aber Nils' Gleichgewicht gerät außer Kontrolle, Jannes unter ihm versucht ihn abzuwerfen, sich unter ihm herauszuwinden – das Messer rutscht Nils aus der Hand, scheppert über den Kellerboden, springt aufblinkend in die Höhe und bleibt liegen. Das Überraschungsmoment ist auf Miriams und Jannes' Seite. Er nutzt die kurze Sekunde sofort, greift Nils bei der Kehle, schleudert ihn mit einem Wutschrei von sich. Das Keuchen der beiden Männer im Rücken, kriecht Miriam auf das Messer zu, birgt es wie einen gefährlichen Schatz, der ihr und Jannes vielleicht das Leben retten wird – dann sieht sie Schuhe. Vertraute Schuhe. Sie schaut hoch. Arne.

Sofort richtet Miriam sich auf, läuft zu ihm, der für den Bruchteil einer Sekunde wie versteinert im Türrahmen steht.

»Was zur Hölle …?« Sein Blick hetzt von dem Messer in Miriams Hand zu ihrem Gesicht, zu Nils und Jannes. Er schiebt Miriam mit Nachdruck zur Tür hinaus. »Ruf die Polizei!«

Mit einem Satz ist er bei den kämpfenden Männern und setzt seine ganze Kraft ein, um Jannes festzuhalten, ihm den Arm nach hinten zu drehen. Jannes ächzt.

»Nein!«, schreit Miriam dazwischen. »Du musst ihm helfen – Nils hat uns angegriffen, er hatte das Messer!«

Ein Ruck geht durch Arne, ein winziger Moment der Verblüffung. Binnen einer Sekunde besinnt er sich und lässt Jannes los, versucht mit ihm, Nils zu überwältigen, der wild um sich schlägt.

Miriam bleibt vor der Tür, tippt panisch auf das Display. Der Empfang ist wieder da, sie drückt mit flatternden Fingern den Notruf, gibt atemlos die Adresse durch. Dabei sieht sie Arne und Jannes gegen Nils kämpfen, dessen Faust hart in Arnes Gesicht landet. Der Stoß lässt Arne zurückfallen, ein Schwall

Blut rinnt aus seiner Nase. Jannes drängt von hinten gegen Nils, greift nach seinem rechten Arm, dreht ihn mit Gewalt nach hinten. Arne packt mit zu, sie halten gemeinsam Nils' Arme auf dem Rücken fest, schleudern ihn gegen die Wand. Seine Stirn wird mit Wucht gegen die Betonwand geschmettert. Ein betäubtes Zucken geht durch seinen Nacken, ein Knacken. Ein paarmal noch bewegen sich seine Schultern, die Hüften drehen und winden sich, er tritt um sich – doch die Füße gehen ins Leere. Arnes und Jannes' Griff bleibt eisern. Nils atmet schwer, flucht. Er hat keine Chance mehr.

Miriam spürt das Messer in ihrer Hand. Ihre Knie schlottern, als sie sich damit hinter Arne und Jannes stellt, das Messer fest umkrallt, ein glatter, kalter Fremdkörper.

Fremd wie das Lachen, das sich jetzt wieder durch Nils' Lippen kämpft, ein kehliges, krankes Lachen. »Was für ein Dreamteam. Ihr seid so lächerlich!«

Doch er scheint aufzugeben. Seine Stirn ist aufgeplatzt. Sein Blick wird verwaschen. Jede Spannkraft weicht aus Nils' Körper.

Arne lässt zögerlich mit einer Hand los, nimmt das Messer aus Miriams Fingern und hält es wortlos unter Nils' Kinn. Mit einem Nicken gibt er Jannes zu verstehen, von Nils abzulassen. Sie treten einen Schritt nach hinten.

Nils gleitet wie ein nasser Sack mit einer Schulter an der Wand entlang zu Boden. Arne geht langsam weiter rückwärts, das Messer dabei in die Höhe haltend. Den anderen Arm hält er vor Jannes und Miriam und schiebt beide mit sich zurück Richtung Tür. Jannes' Bein streift die Reisetasche, die wie ein schwarzes Tier noch immer auf dem Kellerboden ruht. Mit zwei Schritten sind die drei draußen und verriegeln mit einem Rums die Tür. Nils ist gefangen. Kein Laut dringt mehr nach außen. Die Verletzung hat ihn außer Gefecht gesetzt.

Arne dreht sich zu Miriam um, die sich in seine Arme, gegen sein blutverschmiertes Hemd wirft. Er streicht ihr behutsam über das Haar. Eine lange Weile verharren sie so, bis sich Miriams Pulsschlag allmählich verlangsamt.

»Alles gut, Mirja. Es ist vorbei.«

Miriam wendet ihm ihr nasses Gesicht zu. »Woher ... warum bist du gekommen?«

»Ich habe vorhin mit deiner Mutter telefoniert. Sie hat mir erzählt, dass du hier Drogen gefunden hattest. Da warst du aber schon weg. Ich habe mir Sorgen gemacht. Als du dich dann nicht gemeldet hast, bin ich losgefahren. Ich weiß, du wolltest allein sein, aber ich konnte nicht anders. Ich musste das einfach machen.«

Miriam küsst ihn sachte. Sie schmeckt das Blut, das ihm von der Nase über die Lippen geronnen ist. »Und wo ist Pia?«

»Bei deiner Mutter. Sie hat mir auch einen Schlüssel für das Haus mitgegeben.«

Miriam nickt nur.

Arne drückt sie an sich, streichelt ihren Rücken. »Glaub mir, sie wird das gut machen mit Pia. Sie kann es nicht so zeigen, aber sie liebt sie sehr. Und dich auch.«

Wieder legt Miriam ihr Gesicht an seine Brust. Seine Stimme klingt beruhigend, weich – doch sie hört sein Herz, wie schnell es pumpt.

Dann sieht sie Jannes, der auf den Boden geglitten ist, gegen die Wand gelehnt. Er erwidert ihren Blick, mit etwas Wundem, Nacktem darin. Dann nickt er stumm.

»Es tut mir leid, Jannes. Ich ... bin nicht darauf gekommen, dass Nils etwas mit der Sache zu tun hat. Warum hast du es mir nicht gesagt?«

»Ich hab's versucht, Miri. Aber du warst zu aufgelöst. Außerdem ... er ist mein Bruder. Und hat schon früher immer damit gedroht, allen zu erzählen, was damals wirklich passiert ist. Mit Iris. Und mit meinem Vater. Was ich ... getan habe.«

»Das heißt, der Sturz ... der Unfall von Joachim. Es stimmt also?«

»Ja.« Dann fügt Jannes flüsternd hinzu: »Als Iris tot war, da ... Es hieß einfach, sie sei an einem Allergieschock gestorben, weil ich ihr Schokolade gegeben hätte. So war es ja auch.« Seine Stimme wird kräftiger. »Aber man hätte ihr helfen können, wenn mein Vater sie nicht hier weggesperrt hätte. Wenn jemand gehört hätte, dass sie keine Luft mehr bekam. Das hat aber nie jemand erfahren. Auch deine Eltern nicht. Ich war unendlich zornig auf ihn und hilflos. Irgendwann, ein paar Monate später, habe ich in meiner Wut auf ihn eingeschlagen. Ihn gestoßen. Er fiel rückwärts die Kellertreppe runter … Ich … hatte nicht die Absicht, ihn zu töten.« Er bedeckt kurz sein Gesicht mit einer Hand. Gibt es wieder frei. »Nils hat es mit angesehen. Damit hat er mich schon als Kind unter Druck gesetzt.«

Arne schaltet sich ein. »Aber du weißt doch wohl, dass du als Kind mit dieser Geschichte gar nichts zu befürchten hattest?«

Jannes lächelt verkrampft. »Natürlich. Heute weiß ich das. Früher nicht. Ich hatte furchtbare Angst, bestraft zu werden. Oder in ein Heim zu müssen. Irgend so was.«

»Und was hast du mit den Drogen hier zu tun?« Arne verschränkt die Arme. »Wie sind die hier reingekommen?«

Es vergehen einige Sekunden, bis Jannes antwortet. »Ich habe eigentlich nichts damit zu tun. Sondern Nils. Er steckt schon seit Jahren in diesem Sumpf. Bekam Probleme mit irgendwelchen Drogenbossen. Er kriegte Panik. Da hab ich ihm erlaubt, das Zeug hier zwischenzulagern. Meine Mutter war ja im Krankenhaus, das Haus stand leer. Kurz darauf ist sie gestorben. Da sollte ich dann dieses beschissene Vorhängeschloss besorgen, Nils war in Amerika. Ich habe es angebracht, als ich dich … hier besucht habe, Miri. Das wollte er so. Damit du die Drogen nicht findest. Aber vor allem bin ich gekommen, um dich zu beschützen, und nicht, um Nils einen Gefallen zu tun. Ich hatte Sorge, dass hier seine komischen Typen aufkreuzen. Und hab dann auch prompt jemanden hier herumschleichen sehen. Ich hab Nils davon erzählt, und er meinte, dass es tatsächlich ein Dealer aus Bad Bramstedt war, mit einem seiner Kumpane. Die haben nur auf eine Gelegenheit gewartet, hier einzusteigen.«

Miriam hält sich erschrocken die Hand vor den Mund. Das Gesicht am Küchenfenster. Sie hatte sich und Pia mit ihrer überstürzten Fahrt hierher in Gefahr gebracht. Wieder bricht ihr der Schweiß aus.

»Es tut mir alles so leid, Miri!« Jannes lacht bitter. »Ich war ein Idiot. Nils' verlängerter Arm, wenn er im Ausland war. Irgendwann saß ich mit drin. Ich konnte ihn nicht mehr anschwärzen, ohne mich selbst reinzureiten. Ich bin schließlich vorbestraft.«

Er sieht Miriam unsicher an. Sie nickt verstehend.

»Als ich ihm dann erzählt habe, dass du wieder wegfährst von hier«, erzählt er weiter, »da wollte er, dass ich das Kokain für ihn rausschaffe. Ich hatte nicht damit gerechnet, dass du so schnell wiederkommst, deshalb haben wir uns hier im Keller getroffen. Aber als alles aufflog, du so entsetzt von mir warst – da bin ich nur geflohen und hab den Scheiß zurückgelassen. Ich dachte, du hetzt mir die Bullen hinterher. Danach habe ich mich geweigert, Nils länger zu helfen. Ich will damit nichts mehr zu tun haben, Miri. Wenn du die Polizei gerufen hättest – mich jemand damit erwischt hätte … Danke, dass du es nicht getan hast.« Jannes lächelt schief.

»Ja. Jetzt macht alles einen Sinn.« Miriam denkt nach. »Aber sag mir noch … woher habt ihr alle gewusst, dass Joachim Nils' Vater war?«

»Nicht alle. Meine Mutter hat auch das nie kapiert. Aber Joachim … mein Vater hat es Nils irgendwann mal gesagt. Um einen, wie er immer meinte, ›Mann‹ aus ihm zu machen. Nils ist nur so geworden, weil unser Vater mehr Potenzial in ihm gesehen hat als in mir. Wäre ich stärker gewesen, brutaler, dann hätte er Nils in Ruhe gelassen und ihn nie wie seinen Sohn behandelt. Und glaub mir, das war zu keiner Sekunde etwas Gutes. Das hier …« Er macht eine unbeholfene Geste, die alles, was in diesem Keller geschehen ist, damals und heute, einzuschließen scheint. Jannes findet nicht die passenden Worte, sein Satz erstirbt. Er schüttelt den Kopf, schluckt. »Ich habe mich für alles geschämt. Wie hätte ich … irgendjemandem davon erzählen können?« Er bedeckt seine Augen mit einer Hand und verstummt.

Miriam hockt sich zu ihm, nimmt ihn in den Arm. Sie kann Tränen sehen, die unter seinen Fingern hervorperlen, blaue, geschwollene Finger. Abschürfungen auf seinen Händen. Kampfspuren.

Eine Weile sitzen sie so. Niemand sagt etwas. Miriam schaut auf zu Arne, sieht, wie er schweigend zwischen ihr und Jannes hin- und herblickt. Ob er spürt, was zwischen ihnen ist? Miriam weiß es nicht. Falls er etwas bemerkt, ist sie froh, dass er sich zurückhält. Und versteht, dass alles andere jetzt wichtiger ist.

»Lasst uns hochgehen«, sagt Arne schließlich. »Es gibt noch viel zu besprechen, glaube ich. Und die Polizei wird jeden Moment hier sein. Sie werden dich mit zur Rechenschaft ziehen wegen der Drogen, Jannes. Aber ich kloppe dich da raus.«

Jannes nickt ihm dankbar zu.

Aus dem Verlies dringt noch immer kein Laut. Als sei Nils tot. Tot wie damals die kleine Iris.

Schon auf der Treppe nach oben hören sie die Sirene.

***

Lächerlich. Was für ein Schmierentheater. Es ist vorbei. Ich hab's vergeigt. Aber niemand darf mich Opfer nennen!

Wenigstens kommen Jago und seine Gefolgschaft nicht mehr an mich ran, wenn ich im Knast bin. Eigentlich eine gemütliche Vorstellung. Gemütlicher, als hier auf dem Beton zu sitzen. Sie sind es, die jetzt Schiss haben müssen. Ich könnte als Kronzeuge aussagen. Die ganze Bande hochgehen lassen. Auch die kleinen Fische. Ich kenne den ganzen beschissenen Ring und ihre Tricks. Ihre Codes. Wie wär das?

Ich muss aufhören zu zittern. Mir ist kalt. Schrecklich kalt. Und ihr steht draußen, wie Vater früher.

Jetzt könnt ihr in Ruhe weiter heile Welt spielen, Verstecken und Blindekuh. Ihr habt ja euren Bösen. So war es schon immer. Du, Glücksmarie, Sonnenkind, Papas liebes Mädchen. Verschont und gehätschelt, nur vergessen solltest du. Ich, Nils, das Arschloch, die fleischgewordene Schuld, weil die Alte es nicht lassen konnte, mit ihrem Schwager zu vögeln. Nicht mal umarmen konnte dein heiß geliebter Papa mich, als hätte ich die Pest. Ich war Abschaum. Oder nicht mal das. Ein Nichts.

Keine Ahnung habt ihr, wie das ist. Mein richtiger Vater hat mich immerhin als seinen Sohn gesehen, wenigstens das. Wollte was aus mir machen. Brutal, aber das war immer noch besser als die Kälte zu Hause. Die Gleichgültigkeit. Bei ihm konnte ich jemand sein, ich musste mich nur genug anstrengen. Seine Befehle ausführen. So hätten wir weitermachen können. Er wäre irgendwann stolz auf mich gewesen. Bestimmt.

Wäre nicht die Scheiße mit Iris passiert. Iris ist tot. Ich wusste es, als er morgens die Tür öffnete und es so still war da drin, wie in einem Grab. Ich hab ihr Gesicht gesehen. Meine Schwester. Verquollen und fremd. Entstellt. Starr. Wisst ihr, wie es ist, mit jemandem zu sterben? Ich war tot, mit ihr, von einem Moment zum anderen, als ich sie sah. Und dann taten sie so, als sei Iris oben im Bett gestorben und nicht in diesem Verlies. Vater wusste, was ihm geblüht hätte, wenn das herausgekommen wäre. Kein Wort durften wir sagen. Ich dachte damals, dass man mich sonst abholen und bestrafen würde. Deshalb drang nie ein Wort über meine Lippen. Bis heute!

Dabei war es verdammt noch mal nicht meine Schuld. Ich hab nur getan, was Vater wollte.

Mein Kopf platzt. Ich hab einen Scheißdruck auf der Blase. Lasst ihr mich jetzt hier drin verrecken? Die Tasche steht vor mir, was für eine Ironie. Ich lache. Könnte mich jetzt zuballern. Würde für Monate reichen.

Was soll's. Lasst mich einfach in Ruhe. Ob ich hier einsitze oder bei den Bullen. Ich kann ewig in diesem Kellerloch bleiben.

In die Hose mach ich nicht.

Siehst du, Papa? Diesmal nicht.

21

Streifen. Quadrate. Gelb und grau, auf der Bettwäsche. Mit jedem Atemzug scheinen sich die Linien über Vaters Brust auszudehnen und wieder einzuziehen. Kaum merklich. So wenig wahrnehmbar wie seine schwachen Lebenszeichen. Seine dünnen Arme ruhen auf der Bettdecke, die Adern bilden bläuliche Wellen auf der durchscheinenden Haut. Die Hände leicht geöffnet, mit gerundeten Fingern, sachte ein Foto umfassend, das Miriam ihm mitgebracht hat. Eines von denen, die sie aus der alten Kamera hat entwickeln lassen.

Papas Augen sind geschlossen. Mutter sitzt stumm neben ihm, wendet den Blick zur Birke, aus dem Fenster. Miriam hat es auf Kipp gestellt, und kühle Luft streift manchmal ihre Wange. Sie ist bereit.

Das Bilderbuch liegt offen auf ihrem Schoß. Nur ein Schluck Wasser, dann liest sie weiter.

»Aber eines Tages blieb Anna mitten auf dem Weg stehen und packte Matthias beim Arm. ›Matthias‹, sprach sie, ›die Schule hat nicht geholfen. Ich habe keine Freude in meinem Kinderleben, und ich wünschte, ich lebte nicht bis zum Frühling.‹ Gerade als sie die Worte gesprochen hatte, da sahen sie den roten Vogel. Er saß auf dem Boden, er war so rot gegen den weißen Schnee, so flammend, flammend rot gegen das Weiß. Und er sang so klar, dass der Schnee auf den Tannen zu tausend Schneesternen zerbarst, und sie fielen ganz sacht und still zur Erde herab …«

Die Quadrate dehnen sich. Ziehen sich wieder zusammen.

»… Tief in den Wald hinein ging es, immer weiter fort vom Weg, kreuz und quer flog der Vogel. Anna und Matthias strebten ihm nach durch die Schneewehen …«

»Meinst du, er kann dich hören?«, unterbricht Jutta leise. Es klingt nicht wie ein Vorwurf. Es ist eine bange, hoffnungsvolle Frage.

Miriam betrachtet das eingefallene Gesicht ihres Vaters, seine geschlossenen Augenlider. Sie legt ihre Finger in seine halb geöffnete Hand. Ein leises Zucken, kaum spürbarer als der Flügelschlag eines Schmetterlings.

Sie sieht ihre Mutter an, die ein Taschentuch in ihren Fingern zerdrückt, und nickt. »Ganz sicher.«

»Dann können wir auch nachher etwas singen für ihn, was meinst du?«

»Ja. Das ist eine gute Idee.« Sie berührt Jutta am Arm, die ihre Hand auf ihre legt.

»Lies weiter.«

Astrid Lindgrens Worte reihen sich aneinander wie eine sanfte Melodie, schöner als jedes Schlaflied. *»›Er singt hinter der Mauer dort.‹ Vor ihnen ragte eine hohe Mauer, und in dieser Mauer war eine Pforte …«*

Es klopft an der Tür. Frau Neubauer erscheint in der Öffnung, geht mit ein paar Schritten an Vaters Bett, fühlt seinen Puls. Zu Jutta gewandt flüstert sie: »Kommen Sie klar? Kann ich etwas tun?«

Mutter schüttelt den Kopf. »Es geht schon, vielen Dank.«

Frau Neubauer nickt ihnen verständnisvoll zu. »Sonst melden Sie sich.« Kurz fällt ihr Blick auf das Buch auf Miriams Schoß. Sie lächelt.

Leise schließt sie die Tür hinter sich. Und auf einmal erinnert sich Miriam an Papas Abschiedsworte, nachdem sie ihn mit Pia besucht hatte. »›Vergessen Sie nicht, die Pforte zu schließen, Frau Neubauer!‹« Natürlich. Er war damals schon in Gedanken bei dieser Geschichte. Miriam erzählt ihrer Mutter davon.

»Das könnte sein«, stimmt diese zu.

»Er hat auch noch andere komische Dinge gesagt an dem Tag.«

»Was denn?«

»›Zwei Mal Blubb hat's gemacht‹, zum Beispiel, als er Pia sah. Und er –«

Jutta lacht leise auf. Presst sich das Taschentuch an die feuchten Augen. »Er meinte eure Geburt. So hat er es euch früher oft erzählt, als ihr noch klein wart. Du und ... Iris. Erst kam sie mit einem Blubb. Dann du.«

»Wirklich?« Miriam streichelt Papas Hand. Ihr Herz segelt mitten hinein.

»Er hat euch immer so geliebt. Ihr wart der Grund, dass er mich damals nicht verlassen hat.«

»Er wollte dich verlassen?«

Jutta nickt schnell, ihr Kinn kippt auf und ab. »Wir haben es dann ... trotzdem irgendwie gemeistert. Zusammen. Aber er ... als ich mit euch schwanger war, hatte ich ihm gebeichtet, dass Nils nicht sein Junge ist. Ich wollte ... so eine Art Neuanfang.« Ihre Stimme ist sehr leise geworden, fast bewegen sich nur die Lippen. Vater soll sie nicht hören. »Seitdem glaube ich nicht mehr daran, dass es immer das Richtige ist, die Wahrheit zu sagen, Miriam. Unsere Liebe bekam Risse, die wir nie wieder flicken konnten.«

»Aber die muss es vorher schon gegeben haben. Sonst hättest du nicht –«

Jutta legt den Zeigefinger auf ihre Lippen, um sie zum Schweigen zu bringen. »Ja, wahrscheinlich«, flüstert sie dann. »Aber Nils hatte danach auch keine Chance mehr bei ihm. Ich habe versucht, das auszugleichen. Dem Jungen gerecht zu werden. Aber nachdem wir Iris verloren hatten ... meine Kraft reichte nicht.« Wieder zerknetet sie ihr Taschentuch, es hängt in Fetzen von ihrer Hand herab. »Ich gebe mir die Schuld an seiner Spielsucht. Daran, dass er auf die schiefe Bahn geraten ist und im Gefängnis sitzt.« Sie schnäuzt sich.

Nicht mein Kind. Nicht mein Kind ... Miriam versteht jetzt so vieles. Ihr Blick wandert zu der Bettdecke, den Quadraten. Den Händen mit Haut wie Papier, mit dem Foto darin.

»Es ist gut, dass er einsitzt, Mama. Nils hat jetzt wenigstens die Chance, sein Leben zu ändern. Wenn er klug ist, nutzt er sie und lässt den ganzen Ring hochgehen.«

»Das wäre ein guter Anfang.«

»Wusstest du, dass er eine Freundin hat?«

»Nein. Er hat nie von ihr erzählt.«

Miriam zieht die Schultern nach oben. »Mir auch nicht. Jannes sagt, sie hätte auch mit dem Milieu zu tun. Deshalb hat Nils sie wohl nie erwähnt. Von der Spielsucht und seinen Betrügereien hat sie aber anscheinend nichts geahnt.«

Juttas Stirn legt sich in Falten.

»Dich trifft keine Schuld an Nils' verpfuschtem Leben. Schuld ist das, was Joachim … uns allen angetan hat.«

Neue Tränen schießen Jutta in die Augen. »Ich habe es nicht gewusst«, raunt sie. »Sonst hätte ich euch doch nie … Ich mache mir auch Vorwürfe wegen dir. Es tut mir leid, wenn ich dir keine gute Mutter war. Ich war … ich konnte nie ganz ausblenden, dass ihr damals getauscht hattet, Iris und du. Dass Iris noch am Leben wäre, wenn …«

Miriams Herz bleibt fast stehen.

Jutta spricht den Satz nicht zu Ende. Wischt mit ihren krummen Händen den Gedanken fort. »Das ist sinnlos. Dich trifft keine Schuld. Ihr wart Kinder. Aber Edith … warum hat sie euch nicht beschützt? Sie hätte die Kleine doch … Ich dachte, Iris sei wegen der Schokolade von Jannes in Ediths Haus an einem Asthmaanfall erstickt. Dafür habe ich meine Schwester und Jannes immer gehasst. Ich hab nicht mal geahnt, dass es noch viel schlimmer war. Dass Jannes ihr nur etwas Gutes tun wollte. Und sie allein sterben musste. In dem Keller, im Dunkeln, voller Angst!«

Juttas Stimme schraubt sich hysterisch hoch, bohrt sich durch Miriams Kopf. Vater wird unruhig.

»Lass uns später über all das sprechen, Mama. Das ist nicht der passende Moment.«

»Du hast recht.« Die Mutter steht auf, geht mit dem Waschlappen zum Waschbecken, befeuchtet ihn neu. Tupft Vater über die spröden, aufgerissenen Lippen, die all die Jahre die Geheimnisse nie preisgaben. Um sie, Miriam, zu verschonen.

Sie braucht einen Moment, bis sie die nächste Seite im Buch umblättert. *»Matthias nahm Anna bei der Hand, und dann schritten sie durch die Pforte. Und da sahen sie den roten Vogel. Es war das Erste, was sie sahen. Er saß auf einer Birke, und* *die Birke hatte krause grüne Blättchen, und es war Frühling. Alle Lieblichkeit des Frühlings überfiel sie im klingenden Hui, tausend kleine Vögel sangen und jubilierten in den Bäumen, es plätscherte in allen Bächen, alle Frühlingsblumen leuchteten, und auf einer Wiese, so grün wie die des Paradieses, spielten Kinder …«* Sie versucht, ihrer Stimme einen melodischen, frohen Klang zu geben.

Draußen verdichtet sich graues Dämmerlicht. Jutta schließt das Fenster, zieht die Decke enger um ihren Gregor. Setzt sich wieder hin. Tupft.

»›… wenn die Pforte geschlossen wird, dann kann sie nie wieder geöffnet werden‹, sagten die Kinder …«

Miriam nimmt einen Schluck Wasser. Sie blickt ihre Mutter fragend an, die nickt und Vaters Arm berührt.

»… und Matthias nahm sie bei der Hand und führte sie durch die Pforte, hinein zur Sonnenau des ewigen Frühlings, wo das erste Birkenlaub duftete … Hinter ihnen lag der kalte, frostige Wald und erwartete die Winternacht. Anna schaute zurück durch die Pforte in die Finsternis und Kälte, und sie schauderte …«

Plötzlich reißt Papa die Augen auf. Weit, ganz weit. Er richtet sich kaum merklich auf, ein Ächzen tönt hohl aus seiner Brust.

»Gregor?« Juttas Stimme wird spitz. Erschrocken lässt sie seine Hand los, springt auf. »Was hast du? Tut dir was weh?«

Miriam zieht ihre Mutter sanft ein wenig von seinem Bett zurück. »Bleib ruhig, Mama«, flüstert sie ihr zu. »Er geht.«

Wortlos schüttelt Jutta den Kopf, immer wieder, ihre Hand legt sich vor den geöffneten Mund, verdeckt einen stummen Schrei.

Ein lang gezogenes Seufzen, von tief unten aus Papas Lunge. Sein Blick staunend geradeaus gerichtet, als würde er etwas sehen, weit weg. »Mei…!«

»Papa?«

»Meiinnn Mädchen …« Seine Gesichtszüge entspannen sich.

Ein Zurücksinken. Das Leben weicht stöhnend aus seinem

geöffneten Mund, dann schließt er sich. Ein Lächeln auf seinen Lippen bleibt zurück, sanft gewölbt wie die Sichelform eines liegenden Mondes.

Jutta schluchzt auf, wendet sich ab. Nie war es stiller in diesem Zimmer.

Mit wehendem Finger sucht Miriam die Zeilen. *Warte noch, Papa. Bitte.* Sie schluckt hart, der Kloß in ihrem Hals droht zu platzen. *»Da sahen sie einander an, Matthias und Anna. Sie sahen einander lange an, und dann lächelten sie ein bisschen. Und dann machten sie ganz sacht und leise die Pforte zu.«* Sie stößt die Worte rasch aus, sie quetschen sich schmerzhaft durch ihre enge Kehle und verhallen ohne Echo im Raum. Aber etwas wird weit. Sie spürt es. Etwas ist noch da. Etwas von ihm kann sie hören.

Das Buch rutscht Miriam vom Schoß zu Boden, als sie sich zu ihrem Vater beugt. Die Quadrate und Linien auf der Decke bewegen sich nicht mehr. Gelb wie die Sonne. Grau wie der Abend draußen vor dem Fenster, bei der Birke.

Vaters Lippen sind noch warm, als Miriam ihren Mund still an seinen legt.

Vorsichtig nimmt sie das Farbfoto aus seiner Hand. Das von den zwei Mädchen, die sich wie ein Haar dem anderen gleichen, mit blonden Zöpfen. Sie hat es schon oft betrachtet. Nur wer genau hinsieht, kann erkennen, dass die eine von ihnen eine Nuance blasser ist, einen Hauch zerbrechlicher. Iris. Sie erkrankte im Unterschied zu Miriam an einer schweren Allergie. Das geschieht selten, dass nur ein Zwilling von einer solchen Krankheit betroffen ist. Aber es kommt vor. Miriam hat es in Erfahrung gebracht.

Um Hals und Dekolleté der beiden Mädchen schmiegen sich je zwei filigrane Ketten aus Gänseblümchen. Mit scheuem Blick schauen beide aus dem Bild heraus. Zwei Augenpaare in Taubenblau.

Epilog

Die Blumen an Ediths Rosenstöcken trotzen den verdorrten Ästen des Vorjahres, die niemand weggeschnitten hat. Saftig grün winden sich die Triebe durch die alten, erfrorenen Zweige. Blütenköpfe wippen im Wind schwer auf und ab. Pias muntere Rufe werden von der Hauswand zurückgeworfen, ihre schnellen Kinderschritte hallen auf dem Pflaster, klopfen gegen das Gestein wie ein pochendes Herz. Sie rennt jauchzend auf Hannahs ausgebreitete Arme zu, die Stoffkatze von Iris schaukelt in der Kinderhand hin und her.

Miriam lächelt. »Vorsicht!«

Hannahs Bauch wölbt sich dem Mädchen entgegen, das sich mit Wucht in ihre Arme wirft. »Ach, dass Mama immer so ängstlich sein muss, was, meine Süße?«, lacht Hannah und knuddelt die Kleine, verdreht gespielt genervt die Augen. »Wann hört das mal auf?«

»Nie so richtig. Aber Frau Dr. Psycho gibt sich redlich Mühe«, zwinkert Miriam Hannah zu. »Trotzdem – du willst ja wohl keine Frühgeburt riskieren.«

Hannah seufzt theatralisch und setzt Pia wieder auf dem Boden ab. »Sag deiner Psychotante mal einen schönen Gruß. Du bist mir immer noch zu schissig, und die Frau soll mal ihre Arbeit vernünftig machen.«

Miriam lacht. Wenn Hannah wüsste, mit wie großen Schritten sie vorankommt. Es ist die Therapeutin, die ihr überhaupt die Augen darüber geöffnet hat, warum Miriam erst mit Pias Geburt an ihrer Angststörung erkrankte. Das passiere oft in Zeiten der hormonellen Umstellung, hatte die Psychologin erklärt. Außerdem sei mit dem »Auszug« Pias aus dem Mutterleib das alte Trauma des Verlustes aufgebrochen. Dann noch dem Baby mit der Augenfarbe der verlorenen Schwester ins Gesicht zu sehen habe das Verdrängte entfesselt.

Doch vor Miriam liegt noch ein weiter Weg.

Sie verstaut mit Hannah die letzten Putzutensilien im Kofferraum des Kombis. Unter *»Holy shit!«*-Ausrufen hat die Freundin ihr geholfen, den gröbsten Schmutz aus dem leer geräumten Haus zu besiegen. Jörg ist auch mitgekommen, um letzte Hand mit anzulegen und gemeinsam mit Arne den antiken Küchenschrank vom Dachboden zu hieven. Er hatte Hannah so gut gefallen, und Miriam schenkt ihn ihr. Sie selbst legt keinen Wert mehr darauf, Gegenstände aus dem Haus aufzubewahren. Nur die alte Standuhr haben Arne und sie vor Kurzem abgeholt. Alles andere im Haus Verbliebene zerstreute sich bei einer Haushaltsauflösung, danach war eine Firma angerückt, die den Rest entrümpelt hat.

Die dreifarbige Nachbarkatze schleicht neugierig um Hannah und Miriam herum.

»Tatze!« Pia läuft kreischend auf das Tier zu. »Ei! Ei machen!« Der Vierbeiner nimmt Reißaus. Enttäuscht bleibt die Kleine stehen und schaut ihm hinterher, schiebt die Unterlippe vor. »Tatze. Ei … nein?«

»Du kannst nachher bei Louis ei machen. Zu Hause. Er freut sich schon auf uns.« Miriam streichelt ihrem Mädchen gedankenverloren über den blonden Kopf. Dann dreht sie sich dem Gebäude zu und seufzt. »Ich bin so froh, dass dieser Alptraum ein Ende hat.«

Hannah nickt. »Ja. Es wird höchste Zeit.«

Arnes gebeugter Rücken wird im Eingang sichtbar, er und Jörg versuchen unter Stöhnen und Schimpfen den massiven Schrank über die Schwelle zu wuchten, der sich in der Tür verkeilt hat.

»Papa da!« juchzt Pia, die ihren Kummer um die geflohene Katze im selben Moment vergessen hat, und rennt Arnes Rücken entgegen, ihr Kleidchen flattert um die kurzen Beine, das Stofftier schleift sie hinter sich her über das Pflaster. Auf der Treppe stolpert sie, fällt hin und beginnt laut zu schreien.

»Ach Maus!« Miriam läuft zu ihr hin und nimmt sie auf den Arm.

Dann entdeckt sie Christas grauen Schopf bei der Einfahrt.

Kai steht breitbeinig wie ein Bulle daneben und grinst Pia an, die augenblicklich vergisst zu weinen, zurückstarrt und die Schmusekatze an ihre nasse Wange drückt.

»Christa! Wir wären gleich noch rübergekommen zum Tschüss-Sagen.«

»Ach so.« Frau Blotenberg zupft ihren Sohn am Ärmel. »Geh ma hin, Kai. Guck ma, die brauchen da Hilfe.«

Kai trottet folgsam, den Nacken gebeugt, zu Arne und Jörg, die noch immer mit dem Schrank in der Eingangstür kämpfen.

»Is alles fertig jetz, was?«, wendet sich Christa Miriam zu.

»Ja. Endlich.«

»Habt jetz auch genuch rumgepütschert im Haus. Wann is Schlüsselübergabe?«

»Nächste Woche.«

»Und wie sind die neuen Leute so?«

»Sehr nett, ihr werdet bestimmt gut miteinander klarkommen.«

»Ham die Kinder?« Christas Mund öffnet sich hoffnungsvoll und legt ihre schiefen Zähne frei.

»Ja, es ist eine Familie mit zwei Kindern. Sie möchten anbauen.«

»Ach je, da hamse was zu tun. Und Lärm gibt das. Ihr könnt euch wirklich nich vorstellen, selbst hier zu wohnen?«

Miriam hebt bedauernd die Schultern. »Nein. Wirklich nicht.«

»Schade.«

Kai kehrt stumm zu ihnen zurück.

»Habt ihr es geschafft?«, fragt Miriam ihn.

Er nickt.

»Ich sach ja, mein Junge kann zupacken.«

»Ja. Dank dir fürs Helfen, Kai.«

Er kratzt sich verlegen am Hinterkopf. Pia beobachtet ihn, studiert aufmerksam sein Gesicht. Sie wendet den Blick nicht von ihm ab, auch nicht, als Arne und Jörg zu der kleinen Gruppe dazustoßen. Der Schrank ist endlich im Anhänger verladen.

Jörg tupft sich den Schweiß von der Stirn. »Meine Güte … ich brauche eine Dusche.«

Miriam sieht ihn halb mitleidig, halb belustigt an.

Er schaut zurück, ein Gedanke zeichnet sich auf seinem Gesicht ab. »Hör mal, Miriam. Ich habe mir einfach kein Bild davon gemacht, was für eine traurige Geschichte sich hier abspielt. Abgespielt hat. Tut mir leid, wenn ich … na ja … manchmal nicht verstanden habe, wieso Hannah so dringend für dich da sein wollte. Sie hat mir erst später erzählt, warum. Ich …« Er hebt die Schultern. »Ich bin wohl besessen von deiner Freundin. Wird sich bessern.«

»Nix da!« Hannah knufft ihn in die Seite. »Das wird schön so bleiben, gefälligst.«

Miriam antwortet nichts, sie streicht nur über Jörgs Arm und lächelt.

»Können wir?«, sagt Arne und legt seine Hand um ihre Taille. »Wir sind fertig hier.«

Miriam nickt. Sie umarmt Christa. Es liegt sich weich und warm an deren großem Busen. Die Nachbarin wischt sich tatsächlich eine Träne aus dem Augenwinkel.

»Wenns ihr mal in der Gegend seid, klingelt ma vorbei. Hab immer Kuchen da und 'n Käffchen.«

»Das machen wir, Christa. Danke für alles!«

Die Nachbarin winkt ab.

»Auch dir alles Liebe, Kai.« Miriam hält ihm die Hand hin, er nimmt sie und drückt sie kurz. Dabei schaut er die kleine Pia an, die noch immer an Miriams Hüfte sitzt und sich an Kai nicht sattsehen kann.

Auf einmal huscht ein schelmisches Lächeln über ihr Gesicht. Sie streckt den Arm aus und hält Kai das Stofftier hin. Iris' alte Schmusekatze.

»Da-da«, sagt Pia.

Kais Mund verzieht sich zu einem breiten Grinsen. »Eine Muschi! Die ist aber schön.«

»Da!«, krakeelt Pia jetzt, ihre Hand hält ihm noch immer die Katze hin. Sie wedelt damit auf und ab.

»Ich glaube, sie möchte dir das Stofftier schenken, Kai«, meint Jörg.

Hannah lacht. »Süß!«

Ein feiner Stich geht durch Miriams Herz. Aber sie sieht Kais ungläubiges Gesicht.

»Für mich?«, sagt er.

Pia nickt fröhlich.

Er nimmt linkisch das Tier aus Pias Hand entgegen. »Darf ich das echt behalten?«, fragt er unsicher in die Runde.

Und Miriam atmet ein. »Das ist schon in Ordnung. Nimm es ruhig.«

»Oh danke. Die ist niedlich. Ich mag Katzen total gern!« Er wirft das Stofftier in die Luft und fängt es wieder auf.

Wenig später sitzen alle im Wagen, Pia im Autositz auf der Rückbank mit Hannah und Jörg, die sich bei den Händen halten. Arne auf der Fahrerseite, Miriam daneben. Er blickt sie an, so wie er es tut, wenn er weiß, was in ihr vorgeht, und legt kurz seine Hand auf ihren Oberschenkel. Lässt den Motor an.

Als Miriam Ediths Haus im Rückspiegel wie schwerelos davonschweben sieht und Kai mit der Stoffkatze hinter ihnen herwinkt, weiß sie, dass es gut war.

Vergiss nicht. Vermiss mich …

Nicht vergessen. Sie wird immer wiederkommen. Zu Iris und Papa. Seine Urne wurde in ihrem Grab zur letzten Ruhe gebettet, sie sind nun beisammen, beide. Miriam hat heute Morgen zwei Ketten aus Gänseblümchen geflochten und bei ihnen niedergelegt, auf den dunkelgrünen Efeu.

Vergessen – nie. Nur loslassen.

Miriam lässt das Autofenster an ihrer Seite aufgehen, streckt ihren nackten Arm in den warmen Fahrtwind und winkt zurück, bis Kai, Christa und das Haus aus ihrem Sichtfeld entschwunden sind.

Dank

Um einen Roman zu schreiben, bedarf es der irrsinnigen Hoffnung, er möge eines Tages das Licht der öffentlichen Welt erblicken. Eine Hoffnung, die ständig einbräche, gäbe es nicht Menschen, die diesen Irrsinn mit mir teilen. Ihnen gebührt mein innigster Dank!

Allen voran meiner wunderbaren Agentin Kathrin Nehm, die sich meines Manuskriptes annahm und mir seitdem mit Rat und Tat zur Seite steht. Deine Erfahrung und dein Weitblick sind von unschätzbarem Wert.

Ein großes Dankeschön auch dem engagierten Team vom Emons Verlag, besonders meiner Lektorin Christine Derrer, für die schöne und bereichernde Zusammenarbeit.

Unverzichtbar ist für mich auch der Austausch mit anderen Autorinnen – ihr gebt mir Rückenwind. Katrin Thiele hat seit der ersten Stunde an diesen Roman geglaubt und mir immer wieder erleuchtend in den Hintern getreten. Leonie Lastella, deine Unterstützung und Ideen sind unersetzlich. Danke für deine Freundschaft, Krabbensalat und so viel mehr! Catrin George verdanke ich Einblicke in ein Grenzerlebnis, das ich hier nicht benennen möchte. Es soll ja Leser geben, die zuerst zum Nachwort blättern. Ivonne Keller möchte ich danken für unermüdliches Daumendrücken und ihren tatkräftigen Einsatz in Technikfragen. Vielen Dank auch an Jana Lukaschek für die Hilfsbereitschaft, ihr Expertenwissen über Drogenkriminalität mit mir zu teilen.

Ein herzliches Danke geht außerdem an meine Testleserinnen, die mit viel Elan geholfen haben, die letzten Stolpersteine aus dem Buch zu räumen. Ihr seid großartig!

Last, not least danke ich meiner Familie: Meiner Mutter Annegret, die immer an mich glaubt und von deren Warmherzigkeit sich Miriams Mutter eine große Scheibe abschneiden müsste. Meinen wundervollen Töchtern, die mich mit ihrer

Neugier und Freude stets zum Schreiben ermutigen. Und der größte Dank gebührt in Liebe meinem Mann – meinem Fels in der Brandung seit fast dreißig Jahren.